DERNIER RECOURS

Direction artistique et couverture : Mathieu Persan
Conception graphique intérieure et mise en page : Farida Jeannet

44, quai Henri IV – 75004 Paris
ISBN : 978-2-38094-707-6
Dépôt légal : juin 2025
SANG-FROID N° 27

Mimosa Effe

DERNIER RECOURS

S A N G • F R O I D

À tous les Joan, Sabri, Selma et Sousou
de Seine-Saint-Denis et d'ailleurs.

Prologue
Children of the Grave

Mercredi 20 novembre 2019

Le mois de novembre était arrivé avec le froid hivernal. Joan souffle sur ses mains pour tenter de les réchauffer. Il ne faudrait pas qu'au moment fatidique la machine s'enraye simplement pour des doigts engourdis. Elle attend, tapie dans l'allée sombre de l'immense demeure. L'ombre du cyprès la camoufle assez pour que sa proie ne se doute de rien. Dehors, il n'y a pas un bruit. Seul le vent souffle dans ses oreilles. Elle ne sait pas quand il va finir par arriver. Mais il viendra. Et quel que soit le nombre de minutes ou d'heures à attendre, elle se tiendra là.

Rien, pourtant rien n'avait destiné Joan Mendes à devenir une tueuse.

Elle se souvient encore s'être tenue frêle contre son oncle, des larmes dans les yeux. Elle tient le Colt 45 dans sa main d'adolescente. Le poids de l'arme lui semble si lourd. C'est le poids de la mort, avait dit Leandro, le plus jeune frère de sa mère. Joan ne voulait pas apprendre à tirer. « Juste au cas où », l'avait rassurée son oncle. Il l'avait emmenée dans un vieux hangar isolé avec des cibles à forme humaine. « Vise le cœur, Jojo. » L'oncle Fonseca, c'était du genre malfrat sans aucune moralité. C'est ce que disaient ses sœurs, la mère de Joan et sa tante. Joan, elle, l'avait toujours aimé. Il était drôle et impertinent à sa façon.

Aujourd'hui, on y est, à son « juste au cas où ». L'arme calée dans la poche centrale de son sweat à capuche Nirvana. Joan se rend compte qu'il n'y a plus de notes de musique dans sa tête. Elle en avait toujours eu depuis qu'elle était toute petite. Ça lui venait de son père qui l'avait élevée avec une guitare. Toutes les émotions passaient toujours par la musique. Quand elle vivait quelque chose, des notes lui revenaient, des bribes de paroles. Mais pas ce soir. Ce soir sa tête est vide. *Le son de la mort.*

Joan est là à attendre comme si plus rien ne l'habitait. Elle ne pense pas à ces derniers jours.

Elle ne pense plus à Sabri.

Elle ne pense plus à Selma et à Sousou.

Elle ne pense plus à Angela.

Elle ne pense plus à Antona.

Elle ne pense plus à Rose.

Si elle ne pense plus à Rose, pourquoi a-t-elle son sourire dans la tête, un sourire accroché à ses lèvres fines ?

C'est alors que Joan entend du bruit. Le loup sort enfin de sa tanière, pense-t-elle.

Rien n'avait destiné Joan à devenir une tueuse.

Ou au contraire tout l'y avait menée.

Elle enlève le cran de sécurité. Dans sa poitrine, son pouls s'accélère. Elle le remarque à peine.

Il y a quelques semaines, elle a fêté ses 29 ans. Jamais, elle ne fêterait ses 30 ans. Pas vraiment.

Elle le voit.

La colère l'envahit.

Une colère brute. Implacable.

Elle tire une première fois dans sa jambe.

Dans quelque temps, on dira *avec préméditation*. Mais Joan n'a rien prémédité.

Tout ça est un enchaînement de coïncidences.

Elle s'avance vers l'homme. Il la regarde les yeux un peu humides.

Qu'il a l'air ridicule, se dit-elle alors.

Elle braque son arme en visant son front.

Il ouvre la bouche.

Elle tire.

Le sang s'écoule de son crâne. Ses yeux sont restés ouverts, alors elle s'accroupit à ses côtés pour clore ses paupières de ses doigts. Elle reste dans cette position en entendant les sirènes au loin.

Revolution in their minds, the children start to march
Against the world in which they have to live
And all the hate that's in their hearts.

Dans sa tête, la musique est revenue.

Chapitre 1
Bienvenue chez Hoïkos – *Angie*

Mardi 12 novembre 2019

Il y a deux choses à savoir sur Joan Mendes. La première chose c'est que Joan (prononcez Jo-ann, Pas Djoan encore moins Djon) avait toujours adoré les meubles Hoïkos, elle était passionnée depuis sa plus tendre enfance par les chambres d'exposition. C'est pour ça qu'au bout d'une année à écumer les petites annonces Pôle emploi comme si elle allait réellement trouver le job de ses rêves, elle avait sauté sur l'occasion.

Quand elle avait dit à ses parents qu'elle irait travailler à Hoïkos Paris-Nord, sa mère avait soufflé fort. Chez les Mendes, on avait espéré que Joan valait mieux que ça. Elle aurait dû réussir. Mieux que la génération précédente. « C'est pour ça qu'on se crève, nous, pour que vous ayez une belle vie Ozzy et toi. » Depuis l'enfance, c'était comme une ritournelle qui l'avait mieux bercée que Patti Smith. Elle y avait cru, Patricia Mendes, que sa fille allait gravir les échelons et devenir quelqu'un. Mais après l'échec au bac, le redoublement et les errements à la fac, elle avait déchanté. Elle avait soufflé pour montrer à sa fille qu'elle restait une lourde déception.

Son père avait souri. Il faut bien qu'elle mange. Tous les grands artistes ont fait des petits boulots. Il avait haussé les épaules. « C'est bien ma fille, t'es une travailleuse toi, comme ton père. »

À Hoïkos, toutes les journées se ressemblent. Une fois que tu as appris une tâche, tu la feras toujours dans le même temps imparti. Exactement trente-cinq minutes pour sortir les poubelles. Cinquante-quatre minutes pour la mise en place. Vingt-cinq minutes pour aller chercher le carton de muffins aux pépites de chocolat à décongeler, avoir la sensation des doigts qui se brisent dans le congélateur, pester contre le manque d'équipement, glisser toujours au même endroit, ressentir la panique (deux minutes quand on retourne tous les cartons un à un, il n'est pas là, il n'est pas là, là non plus). Sept minutes trente pour enfiler l'uniforme, huit minutes pour se rhabiller. Quatre minutes pour courir après le bus.

Aujourd'hui n'est pas un jour particulier. C'est un jour comme les autres en semaine 6. Joan est plus fatiguée qu'en semaine 4. On est mardi, demain c'est repos, mais il faudra assumer le week-end. Aujourd'hui n'est pas un jour particulier, elle a peut-être un peu plus mal au dos mais à peine. Et puis, elle a l'habitude à présent. C'est toujours la même musique qui passe. Entrecoupée des mêmes publicités. Vous savez celles que vous adorez répéter à chaque fois que quelqu'un vous dit : « Je travaille chez Hoïkos ». Tiens en voilà une justement : « Chez Hoïkos, c'est comme à la maison, menu gourmand à 6 euros 95. Hoïkos »

Joan s'appuie contre le comptoir. Elle rêve de la pause : d'un café chaud, de s'allonger dans la salle de repos, sur un pouf aux couleurs Hoïkos. Peut-être qu'elle s'en achètera un pour chez elle. Ce serait joli ce pouf dans son studio. Quand Joan se figurait travailler chez Hoïkos, elle espérait que bientôt elle pourrait s'acheter un appartement intégralement meublé Hoïkos. Pourtant en un an et demi, elle n'a acheté qu'un wok qu'elle n'utilisait pas et une lampe de chevet. Le reste de son appartement restait dépareillé.

– Mademoiselle.

Une cliente blonde à la face rougeâtre et à la mâchoire carrée la hèle comme si elle était un taxi au milieu de la route. Joan inspire profondément et ne peut s'empêcher de remarquer que le rouge à lèvres de la blonde dépasse sur la commissure droite de ses lèvres. Elle arbore son plus joli sourire, son « sourire Hoïkos » comme elle aime l'appeler. Elle prend le billet de 20 euros que lui tend la cliente. Quelques mots polis. Elle ouvre le tiroir-caisse rapidement. Elle a l'habitude.

Joan tend la main vers la cliente, avec toujours le même sourire. Parfois, le soir, elle se rend compte qu'elle a mal aux joues.

– Votre monnaie.

La blonde fronce les sourcils. Il n'y a rien de particulier. Elle doit vouloir vérifier que Joan ne s'est pas trompée.

Et puis, il y a un bruit strident.

Comme une sirène. Ou une alarme.

Joan se retourne.

Le four est en train de sonner. Elle tire la poignée en fer vers le bas. La porte s'ouvre. La fumée en sort instantanément. Les paninis sont recouverts d'une couleur noire. Elle ne peut s'empêcher de jurer. Merde. Elle se retourne vers le comptoir. Les clients qui s'amoncellent derrière la regardent, suspicieux. Elle fait de grands gestes pour faire partir la fumée. Et toujours l'alarme stridente du four, alors elle saisit la plaque à pleines mains.

Elle hurle.

Elle a oublié les maniques en caoutchouc.

Elles sont là, les maniques, à l'observer, à la toiser même, suspendues sur le haut du fourneau.

Quelle conne.

Il n'y a rien de particulier. En restauration, cela arrive les accidents, souvent. Elle a lâché la plaque, le sol est maintenant jonché de paninis carbonisés. Avec ses mains brûlées, elle prend le téléphone et compose le numéro de son chef. Quand il arrive, les clients sont très énervés. Ils insultent Joan. « Pas futée celle-là. » « Et j'ai faim moi. » Le manager l'envoie mettre de l'eau sur ses mains et de la Biafine. Elle monte à l'étage, fonce aux toilettes, ouvre le robinet en grand, et laisse ses mains dessous jusqu'à ce que le froid engourdisse ses doigts.

Elle pourrait déclarer l'accident de travail. Le département RH est juste à côté. Mais ce n'est rien de particulier et le chef ne lui a pas précisé. Elle observe ses mains bouffies et pleure bêtement. Il y a la fatigue qui l'envahit et l'angoisse aussi. Elle pense à la bière qu'elle boira en rentrant pour se détendre.

Dans une des toilettes, le bruit de la chasse d'eau retentit. Une grande blonde avec des cheveux tirés en arrière. De grosses lunettes rondes, des pommettes saillantes, des dents un peu jaunies par la clope. Maeva

Popescu, sa collègue, s'approche de l'évier, puis se lave les mains.

– Qu'est-ce que tu fais là, Jojo ?

Quand elle dit « Jojo », elle appuie sur les syllabes. Elle ne dit pas « Jojo », elle dit « Djodjo ». Joan ne la reprend jamais.

– Je me suis cramé les mains, avec le four, les paninis, je les ai laissés cramer.

Maeva se retourne vers elle et la regarde d'un air sévère. Elle arrache quelques serviettes :

– Toujours, je te dis de faire attention, jamais tu m'écoutes. Va déclarer l'accident maintenant.

– Le chef m'a pas dit de le faire, oppose Joan.

Maeva jette la boulette de papier trempé et saisit le bras de Joan :

– Depuis quand tu vas écouter le chef ? C'est un très mauvais chef, s'énerve sa collègue. Et arrête de pleurer, tu vas pas pleurer pour ça !

Joan hausse les épaules et essuie ses larmes du revers de sa manche. Il est déjà 19 heures, elle finit dans une demi-heure. Demain, c'est repos. Mais comme les cloques lui tirent la peau des mains, elle se dirige vers les bureaux quasiment vides. Elle croise Yvonne Letellier, la secrétaire de direction.

– Yvonne, y a quelqu'un en RH ?

À Hoïkos tout le monde se tutoie. Joan se souvient de l'entretien d'embauche : « Chez Hoïkos, on croit au management à l'horizontal, les collaborateurs sont heureux et ils travaillent efficacement. »

– La petite Angélique, pourquoi ?

Joan montre ses mains. Elle reste évasive.

– On m'a dit de déclarer l'accident.

Yvonne hoche la tête.

Joan Mendes se dirige vers le bureau des RH. Sur la porte on peut lire :

Notre rêve : changer la vie de tous

Elle frappe à la porte. Pas de réponse. Elle réessaie. Toujours rien.

Joan regarde sa montre. 19 h 35. Son chef va la tuer si elle ne revient pas.

Elle tourne les paumes de ses mains vers elle, ce n'est pas grand-chose. Angélique a dû faire une pause. Dans le bureau, il n'y a aucun bruit.

Elle traverse les bureaux dans l'autre sens. Quand elle passe devant elle, Yvonne lui demande si c'est bon.

– Elle est pas là, Angélique, elle est peut-être en pause, je repasserai.

Joan Mendes ne connaît pas Angélique. Elle sait juste qu'elle était à Montigny-le-Bretonneux avant d'être transférée ici, à Paris-Nord. Elle ne connaît pas son nom de famille. Elle la trouve jolie, un peu. Le genre de fille que son père aimerait qu'elle ramène pour les repas de famille. Une fille respectable. Peut-être même catholique. Alors quand elle la voit, dans sa tête elle chante *Angie*, parce que Sergio Mendes, son père, la lui chantait comme berceuse avec sa guitare acoustique tous les soirs quand elle était enfant.

– Non, elle n'est pas en pause, je t'assure. Je surveille tout ici.

Joan sourit à Yvonne, pour ne pas lui montrer qu'elle ne voit en elle qu'un chien de garde. Aujourd'hui n'est pas un jour particulier, un jeudi comme les autres en semaine 6. Parce que la semaine 6, on travaille six jours. Joan s'apprête à sortir mais sur la dernière note du refrain des Stones qui s'est joué dans sa tête son pouls s'accélère. Elle court vers le bureau d'Angélique et ouvre la porte.

Son corps est étendu sur le sol à moquette blanche, dans une mare de sang. Le coupe-papier dont la lame est rougie est toujours dans sa main.

Aujourd'hui ne devait pas être un jour particulier. Un mardi en semaine 6. Pourtant, Angélique des RH s'est coupé les veines dans son bureau.

La deuxième chose à savoir sur Joan Mendes, c'est qu'elle déteste Hoïkos.

Chapitre 2
La rencontre – *Lonely Day*

Jeudi 19 juillet 2018

Antona était entrée dans la vie de Joan au mois de juin, un peu plus d'un an auparavant. Elles auraient pu ne jamais se rencontrer. Elles n'étaient certainement pas du même monde, quand bien même Antona voulait lui faire croire le contraire. Parfois certaines rencontres tiennent du hasard de la vie, de coïncidences heureuses ou malencontreuses. Dans le cas de cette rencontre, il était difficile de trancher.

Antona était entrée dans la vie de Joan comme un coup de vent. Joan l'avait découverte avec sa taille minuscule, ses hanches menues et ses poignets fins. Elle se tenait toujours droite, un fil de fer semblait maintenir son cou. Elle avait tout ravagé sur son passage en peu de temps.

Quand Joan l'avait vue débarquer à Rock and Rosny, elle n'avait pas pu empêcher un sourire narquois. Elle ne se rappelle même pas l'avoir trouvée belle ou attirante. Pourtant belle, Antona l'était. Elle n'était pas d'une beauté classique, des cheveux bruns très bouclés qu'elle attachait dans une coiffure qui lui donnait l'impression d'avoir une coiffe de la noblesse à l'époque de Louis XVI et de petits yeux marrons un peu enfoncés. Mais ce sont ses vêtements qui juraient. Ils juraient avec le rock, ils juraient avec Rosny et ils juraient certainement avec la cité Danielle Casanova ou « Casa » pour ses habitants. Joan ne s'était pas dit au moment où elle l'avait rencontrée qu'elle en tomberait amoureuse. Il n'y avait aucune raison pour le prédire. Tout l'agaçait dans cette drôle de femme, de son chemisier blanc à frous-frous à sa jupe droite aux imprimés pastel ; de son air innocent de petite-bourgeoise, à sa voix fluette.

Alors que Joan y repenserait plus tard, elle dirait encore qu'elle ne comprenait pas comment elle avait pu succomber, que ce n'était vraiment pas le genre de femmes qu'elle aimait habituellement. Sousou et Selma, ses meilleures amies, ne diraient rien mais bien sûr se jetteraient des regards en coin, pensant probablement à son amour transi pour son ancienne professeure de français, Ingrid Lambert, qui ressemblait fortement à Antona ou même à Rose dont elle était physiquement assez proche.

Des mois après la rupture, recroquevillée en boule dans son lit, tirant sur son joint, reniflant, chialant même, peut-être, toutes les larmes de son corps, elle a bien sûr le sentiment qu'elle va en crever, que quelqu'un est arrivé derrière elle pour lui éclater les genoux à coups de masse. Mais au moment de cette rencontre, elle est calme. Au moment de la rencontre, oui, elle était calme. Autour d'elle tout s'agitait. Mais ici, à Rock and Rosny, elle était, pour la première fois de sa vie (et la dernière), la patronne des lieux.

À côté d'elle, il y avait Selma qui faisait ostensiblement la gueule. Les yeux rivés sur son portable, elle ne lui adressait pas la parole.

Joan était heureuse.

Ce festival de rock en plein milieu de Rosny-sous-Bois, c'était son bébé. Elle avait mis plus de trois ans à le monter : des dossiers de financement, des tonnes de papiers sous lesquelles elle croulait. Rock and Rosny était né. Il était là, devant ses yeux, comme un rêve de gosse. Le même rêve un peu débile depuis que son père lui avait mis une basse dans les mains et qu'elle avait touché les cordes avec le bout de ses doigts. Joan n'avait jamais rêvé de grandiose. Elle n'avait pas rêvé de l'Olympia ou de faire la tournée des Zénith de France, non elle avait eu ce rêve simple. Jouer sur une vraie scène au milieu de sa cité.

En grandissant, elle s'était rendu compte que ses camarades de classe n'aimaient pas le rock. Personne n'était jamais impressionné lorsqu'elle lançait les premières notes de *Voodoo Child*. Personne ne viendrait la voir jouer. Jamais. Personne ne viendrait écouter du rock à « Casa », la cité Danielle Casanova, dans laquelle elle avait toujours vécu. Voilà les premières pensées qu'elle avait eues, enfant. Alors qu'elle était capable de réciter par cœur les paroles de chaque chanson des Stones, ses amies faisaient saigner leurs oreilles sur de la pop musique, que le rap remplacerait très rapidement. À 10 ans, Joan avait pleuré en rentrant de l'école, on ne la comprenait pas. Son père, qui était persuadé qu'elle était une enfant surdouée, l'avait bercée longtemps dans ses bras. Il lui avait murmuré des mots doux. Et puis sur le tourne-disque, il avait posé le vinyle. Délicatement, presque sans crépitement, il avait placé le phonocapteur sur l'extrémité. La voix rauque de Janis avait calmé immédiatement Joan. Mais c'est le premier « Oh Lord » a capella qui l'avait réconfortée, qui l'avait réchauffée. Son sourire était éclatant sur son visage à présent.

Bien sûr, la désillusion fut totale dans un premier temps. Puis, à 13 ans, quand tous ses camarades écoutaient du rap, en particulier Selma, elle s'était décidée enfin à monter son propre groupe, Strange Connexion. Adam, son voisin de classe boutonneux, était à la guitare et au chant. Joan n'osait pas encore utiliser cette voix qui plus tard ferait craquer Rose. Elle se contentait des chœurs. Puis, il y avait Kevin-Renaud qui faisait de la batterie et qui habitait Villemomble, chez les bourgeois. Ils s'étaient rencontrés sur le forum Tout-en-Rock : il avait 15 ans et de longs cheveux noirs un peu gras. Le premier concert avait eu lieu dans son appartement en plein milieu du salon où les bibelots s'entassaient. En plus de ses parents, cinq personnes étaient venues dont Selma. Joan ne se rappelait pas des autres. En dessous du gros crucifix en bois, ils avaient effectué une reprise malheureuse de *Light My Fire.* Adam prononçait tellement mal l'anglais que le père de Joan fronçait les sourcils tout du long. Le visage de Selma se tordait dans une moue terrible. Mais après la chanson, elle avait applaudi de toutes ses forces en criant même un « bravo » suraigu. Cette image fondait leur amitié, quel que soit le degré d'incompréhension de Selma sur les choix de Joan, elle chercherait toujours à la soutenir, même quand bien plus tard, des années après, le destin de Joan serait scellé.

Ce ne fut pas tout de suite la renommée. Joan changea de groupe plusieurs fois. Puis, lorsqu'elle arriva au lycée Charles de Gaulle, il y eut The Ultimate Temptation, fondé avec Sabri et Thomas. Elle avait teint ses cheveux en rose et alors il s'était passé quelque chose de véritablement étrange, elle avait commencé à avoir du succès. Pas un énorme succès bien sûr. Mais bientôt, à Rosny, tout le monde connaissait son groupe et sa reprise de *Cherry Bomb*. Elle faisait quelques concerts dans les villes de la Seine-Saint-Denis. Une fois, elle avait joué dans un bar de Montreuil où elle avait rencontré Julie. Julie, aux cheveux rasés et au piercing placé entre les deux narines, comme un taureau, aurait dit Patricia, sa mère.

Il y avait eu Julie et sa première fois, puis d'autres et puis il y avait eu Rose. Rose et toute sa vie. Rose et trop de place. Rose et l'appartement. Rose et ses réussites. Rose et la rupture. Rose et la fuite. Rose tout court et le chagrin. Puis plus que le chagrin.

Après le chagrin, il n'y a plus que le vide. Alors Joan s'était accrochée à ce rêve qu'elle avait eu ado, dans le garage de son oncle Leandro : le festival. Après ça elle pouvait bien rater sa vie, la fac, l'amour et le reste. Il restait le son. Le son qui monte dans les tours.

Quand elle la rencontre, elle ne peut pas s'attendre à tomber amoureuse et sûrement pas d'elle. Joan est là assise à cette table. Elle trône au milieu de la salle. Elle revoit les comptes avec Selma. Mais Selma fait la gueule. D'ailleurs, elle ne sait pas pourquoi Selma fait la gueule. De loin, elle voit cette fille errer et rien ne va chez elle. Elle ne connaît pas son prénom. Elle l'appelle en lui faisant un geste de la main. Elle ne sait pas vraiment pourquoi elle fait ça. Pour asseoir son autorité ? Peut-être.

– Et toi, la Parisienne, ramène-toi.

L'autre se retourne, stupéfaite. Elle s'avance vers Joan, presque décidée à lui bondir à la gorge.

Elle répond de manière cinglante qu'elle habite Pantin. Les sourcils de Joan se lèvent. Elle a presque envie de rire. Selma lève les yeux de son téléphone. Elle sourit à l'autre puis dit simplement que c'est Antona. Joan cligne des yeux plusieurs fois de suite dans une attitude presque surjouée.

– Antona ? C'est un vrai prénom ça ?

– C'est en tout état de cause mon prénom, répond froidement Antona.

– En tout quoi ?

– En-tout-état-de-cause, articule Antona.

– Je comprends rien à ce qu'elle dit, marmonne Joan en se tournant vers Selma.

Selma continue de fixer son téléphone et ne dit rien. Joan se frotte les tempes avec ses deux index.

– La non-parisienne tu peux prendre les cartons et aller les déposer devant la scène ?

Antona fronce les sourcils. Son visage a pris une teinte un peu plus rouge. Ses traits se contractent.

– Je ne suis pas bénévole.

– Tu n'es pas bénévole ?

Antona secoue la tête.

Joan se tourne complètement vers Selma.

– Qu'est-ce qu'elle fait là ?

Selma hausse les épaules.

– C'est Antona, je t'en ai parlé déjà.

– Non.

– Mais si c'est ma pote de Sciences Po, elle fait une thèse, sur les politiques culturelles dans les quartiers populaires.

En prononçant cette phrase, Selma a l'air de profondément s'ennuyer. Joan se retourne : « Tu dégages. » L'autre s'offusque. L'autre avec son prénom de bourge et ses grands airs. Elle prend Selma à partie. Selma ne bouge pas. Joan regarde Antona s'agiter avec mépris.

Joan prend son pétard posé sur la table et enfile sa veste Harrington, elle s'approche d'Antona et lui sourit.

– Tu peux te calmer, je ne sais pas où tu te crois, mais ici c'est Casa, soit tu bosses soit tu dégages. Tu portes mes cartons où je te fais sortir d'ici par la force.

Selma se lève à son tour, elle pose sa main sur le bras d'Antona, mais ne dit rien. Elle suit Joan presque en courant.

Dehors, le vent est frais. Mais on n'annonce pas de pluie. Dans deux jours, le festival ouvrira ses portes. Selma allume une cigarette et s'assied sur les marches humides. Joan piétine : « Pourquoi tu me ramènes ce genre de connasses ? »

Selma est silencieuse, elle tire une nouvelle bouffée. Joan s'approche et Selma lui prend la main en l'attirant vers elle. Joan s'assied. Selma entoure ses bras autour des épaules de Joan.

– C'est qui cette meuf, sérieux, qui peut pas porter deux putains de cartons !

Selma sourit. Elle embrasse Joan sur la tête.

– Une meuf que j'ai baisée.

Non, au moment de sa rencontre, Joan n'imaginait pas tomber amoureuse d'Antona.

Chapitre 3
L'interrogatoire – *Last Resort*

Mardi 12 novembre 2019

Joan ne voit plus rien. Plus rien à part du sang partout. Du sang sur la moquette, du sang qui coule des poignets d'Angie, du sang sur ses mains à elle, sur son pantalon, sur son tee-shirt bientôt, puis sur ses chaussures de sécurité. Une tache tenace sur le dessus de la chaussure, qui refusera de partir quand, quelques jours plus tard, elle frottera à en faire saigner les bouts de ses doigts. Encore du sang. Ses oreilles bourdonnent, elle n'entend pas hurler Yvonne, ni son chef qui lui parle, elle n'entend pas ses collègues. Elle n'entend pas non plus Mohammed, le délégué syndical, s'en prendre au patron. Elle ne sait pas ce qu'il lui a dit à ce moment-là. Elle le saura bien plus tard. Qu'il s'est tourné vers le directeur de magasin et qu'il lui a dit : « Ça se payera. » Trois mots définitifs qui seront bientôt utilisés au tribunal de grande instance de Pontoise, un procès à la va-vite, en comparution immédiate. Mais, pour l'instant, il n'y a que la colère de celui qu'à Hoïkos tout le monde appelle « Momo », une colère brute que personne ne trouve inconvenante. Elle est logique. Angie se vide de son sang. Si les pompiers n'arrivent pas à temps, elle va crever ici même, sur le tapis d'Hoïkos. Pour l'instant, Joan ne peut pas se demander si Momo a une raison particulière d'en vouloir au chef, Jean-Baptiste. Ici, à Hoïkos on s'appelle tous par son prénom.

« C'est le management horizontal, on ne croit pas à la verticalité, on pense qu'un collaborateur heureux est un collaborateur efficace. »

Sandra, la DRH, pour directrice des ressources humaines, lui souriait. Un sourire impressionnant. Il semblait figé. C'était à l'entretien d'embauche. Il y a presque un an, maintenant.

– Dans quelle valeur d'Hoïkos te reconnais-tu ?

Derrière le bureau de Sandra, une fenêtre donnait sur l'autoroute. C'était par cette fenêtre que son rêve s'envolait, s'était-elle dit. Mais Joan secoua la tête. Son rêve était fini depuis bien longtemps. Elle s'était accrochée à la rupture avec Antona pour ne pas voir la vérité en face. Il n'y avait plus aucun espoir pour Rock and Rosny. Elle n'avait plus rien. Elle n'était rien. Pourtant, elle y avait cru, Joan. À l'école, elle bossait comme une dingue. Elle lisait des tonnes de bouquins jusqu'à s'en faire mal à la tête pour espérer que cela s'imprime dans son crâne.

Elle se souvient encore des bulletins : *Peut mieux faire. Ensemble mitigé. Il faut travailler de manière régulière.* Il n'y avait rien à faire, Joan était une élève moyenne. Et quand on fait le lycée Charles de Gaulle de Rosny, moyen ça ne sert à rien. Moyen, ça veut juste dire que tu vas finir caissière. Elle aurait dû le voir vite Joan, qu'elle n'y arrivait pas. Mais au collège, elle était encore une bonne élève. Bien sûr, Selma brillait, mais elle se trouvait juste derrière. C'est au lycée que l'écart s'était creusé. Pourtant le soir en faisant la route jusqu'à Casa, Selma et elle procédaient toujours au même rituel.

– Je serai avocate, commençait son amie.

– Je serai médecin, répliquait-elle.

– J'aurai deux enfants.

– Je n'aurai pas d'enfants.

– J'aurai une femme exceptionnelle, genre chanteuse d'opéra.

– D'opéra ?

Selma monte sur le petit muret et se tient en équilibre avec ses deux bras tendus.

– D'opéra !

Joan s'esclaffe. Selma n'aime que le rap. Mais Selma dit qu'opéra ça fait classe surtout.

Tous les soirs, elles s'inventaient des vies pour quand elles partiraient de Casa. Bien des années plus tard, elles n'étaient pas parties. Joan avait raté son bac et Selma avait décroché une mention très bien. Une prépa puis Sciences Po. Mais elle non plus n'avait pas quitté Casa. Après un redoublement, Joan avait fini par décrocher son bac, puis elle avait fait la fac. Paris 8 : elle avait pris Lettres. Elle avait raté sa L1. Puis sa deuxième L1. Elle avait décroché la troisième, mais la L2 l'avait larguée : le temps de transport, le boulot à côté, chez MacDo, le groupe.

– La famille, elle avait répondu lors de l'entretien d'embauche.

On l'avait embauchée à la cafétéria.

Et à présent, ses mains brûlées sont pleines de sang. Elle regarde ses mains et elle pleure. Elle pleure en suffoquant presque.

– Mademoiselle.

L'impression qu'on écrase sa poitrine. Le corps d'Angie lui est enlevé devant ses yeux sur un brancard. Elle se lève, hébétée, et elle suit les pompiers comme un automate. Sans doute parce qu'en tenant les poignets d'Angie, elle avait senti de plus en plus faiblement son pouls.

– Mademoiselle, vous pouvez nous suivre.

Un agent en uniforme lui indique la porte. Elle le regarde droit dans les yeux et, pendant un quart de seconde, elle se voit courir de l'autre côté à toute vitesse. Le flic doit l'avoir senti car il dit : « C'est juste la procédure, on veut vous poser quelques questions. »

Elle acquiesce et suit le flic. Il ouvre une porte, mais elle sait déjà où elle est. C'est le bureau de Jean-Baptiste, le directeur du magasin. Il est là avec son gros visage rougeaud. Mais il est différent aujourd'hui. Joan se rend compte que sa mâchoire est contractée. Elle ne sait pas encore que Mohammed a proféré des accusations contre lui. Des accusations graves. Joan ne sait pas encore qu'en tant que directeur de magasin, il peut être tenu pour responsable de cette tentative de suicide. Elle ne sait rien. Elle n'aime pas Jean-Baptiste par principe, parce que c'est le chef. Joan n'a pas une conscience politique très importante. Elle n'y connaît rien, mais en grandissant à Rosny elle a appris deux choses essentielles pour la survie en milieu hostile : tu cours quand il y a des flics et tu ne parles pas au patron.

Jean-Baptiste fixe le badge orange pendu à son cou où l'on peut lire l'inscription : *Joan/ Comment puis-je vous aider ?* Il acquiesce :

– Ah oui, Joone.

Même avec tout ce sang, elle ne peut s'empêcher de le corriger.

– Joan.

– Pardon ?

– Joan, c'est mon prénom, ça se prononce Jo-an.

Jean-Baptiste fronce les sourcils.

– Mais quand même avec cette graphie c'est américain non ?

– Je suis portugaise, dit-elle en haussant les épaules.

Assis sur une chaise, à côté du bureau, il y a un inspecteur de police. Elle le reconnaît parce qu'il ne porte pas l'uniforme Hoïkos. Juste une chemise blanche entrouverte et un imper grisâtre. L'inspecteur de police se racle la gorge. Jean-Baptiste incline la tête en souriant de manière crispée et sort. L'inspecteur invite alors Joan à s'asseoir en face de lui.

Elle réfléchit quelques secondes puis s'assied finalement. Elle observe l'inspecteur en détail. Il est petit, des lunettes rondes. Elle fait une moue. Il ne ressemble pas à un flic, il ressemble au souffre-douleur sur lequel elle tapait en sixième, pour être respectée : Ryan. Oui son nom c'était Ryan Amari.

– Bonjour, capitaine Girard, du commissariat de Gonesse. Ne vous inquiétez pas, c'est un simple interrogatoire de routine.

Joan acquiesce lentement. L'inspecteur Girard se racle la gorge.

– Tu pourrais peut-être commencer par décliner ton identité ?

Joan plisse les yeux. Il est passé au tutoiement. En elle, il y a quelque chose qui s'énerve. Ce n'est pas elle, parce que Joan n'est pas quelqu'un qui s'énerve facilement. Elle baisse les yeux et regarde ses mains ensanglantées. Elle pose les doigts sur le bureau en faisant les accords dans le vide de *Children of the Grave* de Black Sabbath.

– Joan Mendes, elle dit sans même le regarder. Elle se concentre sur ses mains pour ne pas laisser éclater sa rage. Joan ne sait pas vraiment pourquoi elle se sent si énervée.

– Tu viens d'Aulnay ?

Et toujours ce tutoiement. Elle le regarde furtivement, puis baisse à nouveau les yeux. Elle entend presque distinctement la chanson dans sa tête.

– Rosny, elle articule.

Elle relève la tête. Elle se sent dans la même situation qu'à son entretien d'embauche. Il lui demande pourquoi ici, c'est loin quand même. Elle aurait pu aller bosser à Rosny 2. Elle secoue les épaules. Dans sa tête, elle pense : *Est-ce que je t'en pose des questions sale flic ?* Mais elle répond sobrement. C'est Hoïkos. Ça paye bien. On a des bons avantages. L'ambiance est bonne. Elle aime bien travailler ici. Le discours est rodé, Joan ne devrait avoir aucune raison de le prononcer à cet instant précis. Il n'y a pas de patron, juste un pauvre flic de Gonesse. Angie est presque morte dans son bureau et elle sent sa peau tirer en dessous du sang. Elle sent les cloques se former sur ses doigts. Là où elle s'est brûlée. Le discours est automatique. Elle n'en a pas d'autres. Depuis un an, elle ne prononce pas d'autre discours, même pas dans sa tête. Il y a juste la rage.

Maintenant, tout de suite. Mais bientôt, elle rentrera, elle lavera ce sang. Il coulera dans sa douche sur la peau de ses pieds avant de s'écouler dans le siphon. Elle reprendra sa basse dans ses mains et elle se promet qu'elle jouera, oui aujourd'hui, elle le fera.

Il y a, ici, une fenêtre. C'est étrange, se dit-elle. Elle avait toujours pensé Hoïkos comme un lieu sans fenêtres. Comme s'ils travaillaient sous la terre. Certains jours d'hiver, elle ne pouvait pas voir la lumière du jour.

Ici, il y a une fenêtre qui donne sur l'autoroute, comme dans le bureau de Sandra. C'était donc ça qui faisait d'eux des cadres, le droit à une fenêtre. Son regard se perd là-bas. Elle ne sait pas à quel moment elle avait compris qu'il ne se passerait rien dans sa vie. Tout s'était passé très vite finalement : la fin de Rock and Rosny, le jour où Antona avait écrasé son cœur avec un marteau et sa décision d'aller travailler à Hoïkos. Finalement, ça s'était sans doute produit avant : peut-être quand elle avait été exclue du lycée pour une bagarre, quand elle avait raté l'épreuve anticipée de français, ou alors quand elle avait revendu la drogue pour Leandro ou encore quand Sabri avait pris sa place en garde à vue.

– Vous la connaissiez bien Mlle Gianni ?

Elle tourne à nouveau la tête vers l'inspecteur Girard. Il a repris le vouvoiement.

– Qui ?

– Angela Gianni, la victime.

– La victime, répète-t-elle.

– Pardon ?

– Vous avez dit la victime.

– C'est le terme.

– C'est donc qu'il y a un coupable, non ?

Girard est mal à l'aise.

– Vous la connaissiez ? demande-t-il.

Elle secoue la tête.

– Pas vraiment. On connaît personne ici. Pas vraiment.

Girard hausse les sourcils.

– Mais un jour, j'ai fait équipe avec elle au bowling.

Joan sent son corps s'affaisser.

Je suis fatiguée. Tellement fatiguée, pense-t-elle. Mais elle ne dit rien.

Après l'interrogatoire, son manager vient la voir, elle peut rentrer chez elle, de toute façon il faut qu'elle se lave. Elle sort dehors toujours en uniforme. Il fait froid, la nuit est presque tombée. Dans le patio, Mohammed fume une clope avec Cyrille, une employée de la logistique.

Mohammed se tourne vers Joan et lui tend une clope. Elle la prend et l'allume. Elle se rend alors compte que ses mains sont prises de tremblements.

– Ça va ? lui demande Cyrille.

Joan regarde Cyrille. Elle voit alors que tout le monde est dans le même état. Une fatigue dans les yeux et une rage au fond du bide.

– Je vais rentrer, ça ira mieux après. Qu'est-ce qu'on peut faire ? Faut bien bosser non ?

– On va faire grève.

C'est Mohammed qui a parlé, mais Cyrille acquiesce.

– On va faire une réunion du syndicat demain, mais tout le monde est invité, on va la faire dans un bar d'Aulnay, je t'envoie l'adresse si tu veux, ajoute-t-il.

Joan hausse les épaules. Elle n'est pas convaincue.

– Je suis en repos demain.

– C’est important, insiste Cyrille. On la fait à la fin du service, à 20 h 15.

– Je fais pas de politique. Désolée les gars.

Joan leur tourne le dos.

– Joan !

Cyrille la rattrape en courant. Elle marche à sa hauteur.

– Quoi ?

– Tu crois qu’Angie, elle faisait de la politique ?

Chapitre 4
L'annonce – *Boys Don't Cry*

Lundi 14 janvier 2019

Dehors boulevard Barbès, le soleil tape sur la vitre. Le trottoir d'en face lui est resté dans l'ombre. Joan prend la carte posée sur la table, le sourire crispé. Elle passe sa main dans ses cheveux. Elle n'a pas eu le temps de les laver : elle s'est levée trop tard, aujourd'hui c'est le seul jour de repos. Elle est en semaine 6. Elle s'étire et se rend compte qu'elle a mal au dos. C'est le lit. Il faudrait qu'elle se rachète un nouveau lit. Elle ira voir son manager, elle aura un crédit, elle le sait, elle y a droit, on lui a tellement martelé. Quand elle est rentrée dans le restaurant, elle s'est directement assise et maintenant elle le regrette. Il aurait mieux valu attendre dehors, au soleil avec un peu de contenance. Être assise seule comme ça, on attire juste les regards de pitié. Le restaurant fait cantine. De longues tablées. Un serveur s'approche pour lui montrer le menu. Elle marmonne qu'elle attend quelqu'un. Il reprend l'ardoise, agacé. C'est fou comme à Paris les serveurs ont toujours l'air agacé. Autour d'elle, les gens commencent à s'installer et avec eux le malaise. Elle est persuadée que les yeux sont braqués sur elle. Ça doit se voir, d'où elle vient. Mais quand elle avait demandé à Selma, elle lui avait dit que Barbès, c'est comme le 9-3, c'est populaire. Joan ne connaît rien à Paris. À part le Marais.

Sur la table ses mains dévoilent des ongles rongés, des peaux mordillées. Ça fait sale, alors elle range ses mains sous la table. Puis, elle tourne à nouveau la tête vers la rue. Elle est là : Rose. Elle porte un pantalon noir et une chemise blanche impeccablement repassée. Joan regarde en dessous de la table ses Nike et son jean slim, et puis il y a ce crop-top violet à imprimé léopard. C'est rock'n'roll, elle avait dit à Patricia, sa mère. Celle-ci avait soufflé. À 16 ans pourquoi pas, pas à plus de 30 ans. En regardant Rose à travers la vitrine, elle comprend le gouffre qui les sépare. Joan n'a pas changé, la même dégaine d'adolescente. Et puis elle le sait qu'elle affiche la couleur avec ses cheveux rasés en haut de la nuque : c'est comme si elle portait un panneau lumineux affichant « grosse gouine » au-dessus de sa tête.

Rose, elle, a mûri. En même temps la séparation s'est produite il y a des années maintenant. Rose a eu le temps de terminer ses études et même de faire une thèse. Sousou, une amie, lui a même dit qu'elle donnait des cours à la fac maintenant : Paris 8.

Soudain, elle ne sait plus pourquoi elle a accepté ce déjeuner. Pourquoi elle l'a même proposé. Elle se sent un peu en trop dans ce restaurant. Elle calcule à toute vitesse le temps que Rose va mettre pour traverser la foule et s'asseoir en face d'elle. Une minute trente. Peut-être deux, si elle a de la chance. Elle cherche les sujets de conversation, pour ne pas aborder le boulot, pour ne pas lui dire ce qu'elle fait dans la vie et ne pas voir sur son visage s'afficher la déception en se rappelant qu'un jour elle pensait que

Joan deviendrait guitariste professionnelle ou instit', ou un truc dont tu peux parler à ton repas de famille.

C'est marrant. Joan a toujours envie de la voir, même des années plus tard. Ça ne se tarit jamais ce truc-là. Mais elle voudrait simplement que Rose raconte l'échec. Il viendra forcément un moment où Rose sera malheureuse, où elle ratera quelque chose dans sa vie. Seulement, l'échec ne vient pas. Il ne vient jamais. Ce n'est jamais un bon moment. Ce n'est ni amusant, ni doux. Rose est arrivée à la table en moins de 45 secondes, sur l'écran de son téléphone portable, Joan n'a pas vu le chiffre des minutes se transformer. Rose est là maintenant, alors machinalement Joan sourit. Il y a un infime moment où cela lui rappelle l'avant. L'avant quand elles s'aimaient. L'avant-déchirure. L'avant quand elles étaient tout. Avant qu'elles ne soient rien. Elles se touchent à peine les joues en se faisant la bise. Rose la regarde en souriant, sereine. Joan s'en rend compte alors que Rose ne se force même pas. Et cette aisance ça lui fout la hargne au fond du bide.

Si elle l'avait vue dans la rue, elle ne l'aurait peut-être même pas reconnue. Elle a des cheveux très longs à présent et des vêtements tristes. Elle est devenue respectable. Adieu les cheveux courts et les vêtements fluo mal accordés. Comme si elle se cachait. La dernière fois, elle lui avait demandé si elles se croiseraient à la Pride. Non. Avec cet air de dédain. Rose aurait pu la gifler, ça n'aurait pas été différent. Rose sort avec une femme qu'elle a rencontrée sur les bancs de la fac, qui elle aussi a terminé une thèse. Avant, Joan pensait qu'elle serait toujours au moins son amour de fac à défaut d'être la femme de sa vie. En fait, même pas. L'amour de fac numéro 2 l'avait remplacée.

Sauf que l'amour de fac numéro 2 était mieux. Plus simple. Elle n'avait pas raté la fac. Elle n'avait pas raté la musique. Elle n'enfournait pas des paninis toute la journée dans le gros four de la cafétéria d'Hoïkos.

Quand Rose prononce son prénom, elle y met trop de précautions, comme si elle avait peur de se tromper après tout ce temps. Elle dit Joan en articulant. Elle dit : Jo-Anne, tu prends quoi ?

Joan lui répond que le chili est très bon ici. En fait, elle n'en sait rien, elle a choisi ce restaurant en regardant les avis Google. Et elle a lu ça : 4,7 étoiles, chili végétarien incroyable ! Rose hoche la tête en souriant. Et maintenant tout dans ses manières l'irrite.

Joan regarde à nouveau l'heure sur son portable. Elle l'aura oubliée dans moins de deux minutes. C'est un réflexe. L'écran s'affiche mais ne s'imprime pas dans son cerveau. Elle voit cinq notifications s'afficher dont trois de Tinder. Elle les balaye toutes rapidement sur la gauche. Vaguement honteuse. Elle voit que Rose la regarde. Rose n'a pas de portable sur la table. Elle ne regarde pas ses notifications. Rose n'est sans doute jamais allée sur Tinder. Rose ne va pas sur Tinder. Elle sait que Rose la juge.

– Alors ça va ?

Elles parlent de leurs familles comme si elles étaient de vieilles amies. Comme quand tu rencontres ta pote d'enfance qui a dormi chez toi une fois par semaine de tes 10 à tes 12 ans. Comme si elles n'avaient rien d'autre à se dire. Et c'est peut-être vrai. Joan parle de son père. C'est dur, il ne peut plus porter de caisse de plus de 10 kilos, à cause du cœur, tu comprends ? Alors retrouver du travail et à son âge, c'est mission impossible.

Rose hoche la tête à nouveau.

– Peut-être que ça vaut mieux non ? Peut-être que ça vaut mieux qu'il s'arrête, de toute façon il est proche de la retraite maintenant non ?

Joan se sent en colère presque instantanément.

– On n'a pas le choix chez nous.

Rose fronce les sourcils. Elle boit une gorgée de vin.

– Qu'est-ce que ça veut dire ? « Chez nous » ?

Rose prend la bouteille et la tend vers le verre de Joan. Rapidement, Joan pose le plat de sa main sur le verre.

– Tu ne bois plus, tu ne manges plus de viande et tu proposes des restaurants à Paris ? T'es qui au juste ?

Joan boit son verre d'eau d'un trait.

Elle fixe la bouteille de vin et sourit.

– Bien sûr, un verre ne me fera pas de mal.

Elle sait déjà que ce sera deux, trois verres, ici. Et puis il y aura la suite. Demain debout devant sa caisse, il y aura la gueule de bois et le manque.

– Je ne te comprends plus Joan.

– Qu'est-ce que tu ne comprends pas au juste ?

– Eh bien qui tu es, qui tu es devenue. J'ai l'impression que tu joues un rôle là.

Joan rit. Elle fait comme si ce n'était pas blessant. Joan rit, mais son rire sonne faux.

– Bien sûr, tu veux retrouver la pauvre Joan, répond-elle, amère.

– Qu'est-ce que tu veux dire exactement ?

– Je suis quoi pour toi Rose ? Une espèce de tocarde, qui a rien réussi dans sa vie, t'es là avec ton mépris pour moi, pour les miens.

Rose hausse les sourcils et dit calmement :

– Il y a un moment tu étais l'amour de ma vie et puis t'es partie du jour au lendemain sans donner de nouvelles.

Quand tu quittes quelqu'un, tu perds tous tes droits. Tu n'as plus le droit d'être blessée. Tu ravales ta fierté et tu rentres ta tête dans tes épaules.

Joan rit à nouveau. Le rire est toujours aussi faux, aussi forcé. Puis son regard va vers la vitre et le trottoir d'en face. Elle regarde à nouveau Rose.

– T'en aurais pas eu envie de cette vie-là, Rose, ça c'est l'histoire que tu te racontes pour te donner bonne conscience.

Rose plisse les yeux, prête à dégainer une réponse bien sentie, puis se ravise. Elle évite le conflit comme elle l'a toujours fait et lui pose des questions sur sa vie.

Joan lui dit qu'elle voit quelqu'un. Elle va la larguer, probablement. Elle dit « le couple c'est pas pour moi ». Elle ne dit pas que Tinder l'a achevée, qu'elle est cynique et aigrie à 30 ans seulement. Elle ne dit pas qu'elle est amoureuse, mais qu'elle ne sait pas s'exprimer. Elle ne dit pas non plus que ça lui manque cette simplicité qu'elle avait avec elle. Elle ne lui dit pas qu'elle ne comprend plus l'amour. Elle ne dit pas qu'elle n'a pas changé : qu'elle est toujours cette romantique torturée, mais qu'il faut bien baiser.

Rose hoche la tête. Puis quand le serveur a ramassé les assiettes, Rose dit qu'elle va se marier.

Je vais me marier, elle dit.

Joan la regarde. Elle sourit. Elle dit : Ah bon.

Ah OK.

Ah bon.

Ah OK.

Elle dit : mais pourquoi ?

Elle ne pose pas vraiment la question. Rose veut se marier pour avoir des enfants. Elle le sait, Joan.

Joan remarque à présent que Rose ne porte plus la bague qu'elle lui avait offerte. Peut-être que ça fait longtemps, mais Joan ne le remarque que maintenant. Joan ne dit plus rien ou alors des banalités. Elle n'est plus amoureuse de Rose depuis longtemps. Avec ses cheveux longs et filandreux, elle n'a même plus envie de la baiser.

Rose va se marier dans deux ans. Joan ne demande pas pourquoi elle le lui annonce maintenant. Trois jours avant auraient suffi. Ou jamais. Jamais c'est bien aussi. Mais Joan ne demande pas pourquoi, quand on est celle qui part on a le droit de rien. Le serveur dépose le dessert devant elle. C'est un cheese-cake à la myrtille. La cuillère s'enfonce dedans en faisant gicler le coulis violet.

– Sinon tu fais quoi maintenant ?

– Hoïkos.

– Hoïkos ?

– Hoïkos.

– Et la musique ?

– Quoi la musique ?

– Tu vaux mieux que ça.

Elle aurait pu dire : Qu'est-ce que tu en sais, Rose ? Mais elle a souri.

– Tu vois, tu n'en aurais vraiment pas voulu de cette vie-là.

Cela faisait six mois que Joan travaillait à Hoïkos, Angela Gianni, dite Angie, ne s'était pas encore tranché les veines avec un coupe-papier. Ce serait la dernière fois de sa vie que Joan verrait Rose, mais évidemment elle ne le savait pas encore.

Chapitre 5
Rosny 2 – *I Wanna Be Sedated*

Mercredi 13 novembre 2019

En semaine de quatre jours, Joan a toujours l'impression d'avoir un temps infini. Elle peut tout faire. Un week-end entier, plus un jour de repos. Elle peut aller au cinéma, sortir, voir ses amies, avoir le temps de tomber amoureuse, lire, faire de la musique. Mais cette semaine n'est pas une semaine de quatre jours, c'est une semaine de six jours. Six longues journées de travail, mais le pire ce sera le week-end. Il n'en finira pas. 8 h-16 h le samedi, 8 h-16 h le dimanche. Les muscles derrière ses genoux qui tireront. Elle sautillera d'un pied sur l'autre pour tenter de chasser la douleur, mais rien n'y fera. Elle sait qu'à 15 h 55, prête à être remplacée, son manager viendra la voir pour lui demander de rester. Quarante-cinq minutes pas plus. Ce sera probablement une heure voire deux. Alors dans sa tête, elle imaginera arracher les membres de son chef un à un comme s'il était une poupée Barbie. En plus, il lui mettra la main dans le dos avec un clin d'œil appuyé. Elle ne comprend toujours pas pourquoi il fait ça. Les hommes qui la draguent la mettent toujours mal à l'aise.

Mais ce matin-là, elle ne peut pas penser à ce long week-end qui l'attend. Les images de la veille sont encore imprimées dans sa tête. Elle a bien essayé de les effacer par l'alcool, mais les images sont bien là, accrochées, en plus d'une gueule de bois carabinée.

Joan est allongée sur son lit dans son petit appartement deux-pièces, ses yeux sont rivés sur son téléphone, elle ne touche même pas l'écran : les stories défilent toutes seules, mettant en scène ses amis ou ses stars préférées, leurs lèvres s'animent mais aucun son n'en sort. Elle a pris cette habitude de regarder des vidéos sans le son.

Son estomac se creuse, le besoin de caféine se fait sentir pourtant elle ne se lève pas. Elle bouge à peine. Une fois qu'elle a fait le tour d'Instagram, c'est Tinder qu'elle lance, elle répond aux messages reçus la veille. Elle regarde les nouveaux matchs sans jamais leur écrire. Joan Mendes n'est pas cette fille-là. Pas cette fille qui écrit des messages, pas cette fille en chien.

Il lui faut un date pour ce soir. Elle a besoin de se rassurer, d'oublier le corps d'Angélique qui se vide de son sang sur la moquette blanche et rugueuse du bureau des RH.

On se voit cet aprem ?

Le message de Selma l'oblige à se lever lourdement.

Sa mère frappe à la porte de son petit appartement. Patricia Mendes habite l'étage juste au-dessus et d'ailleurs sa grand-mère maternelle habite aussi l'immeuble. Sa cousine Livia habite le bâtiment d'en face dans l'ancien appartement de sa tante Yara, la sœur de Patricia, depuis que Yara est retournée vivre à Feteira d'où vient la famille Fonseca, le côté maternel. Le frère de Patricia, Leandro Fonseca, quant à lui, vit à Aulnay-sous-Bois. Il s'était marié avec une Congolaise, Maryam. Mais au-delà du racisme notoire de la mamie Fonseca, c'est clairement son activité de truand qui débectait Yara, l'aînée.

« Moi vivante, il ne mettra pas les pieds à cette table », avait-elle hurlé la première fois qu'il avait été arrêté par la police pour faux et usage de faux. Bien sûr, Leandro était revenu à ladite table, mais rien n'avait plus jamais été pareil chez les Fonseca. Pendant de nombreuses années, l'oncle de Joan avait eu un garage pas très loin du O'Parinor. Joan doute fort qu'il y ait eu un jour de réels clients dans ce garage. En tout cas, quand Leandro avait été en prison, le garage avait été vendu. Joan n'a que peu de contact avec lui à présent, l'aventure de Rock and Rosny lui est restée en travers de la gorge et pourtant elle avait été de nombreuses années son unique soutien.

Joan ouvre la porte à sa mère. Elle porte une lourde panière de linge propre. Ses chemises orange du boulot sont pliées les unes sur les autres. Joan se recule et laisse passer Patricia. Elle pose la panière sur le lit et s'approche de sa fille en soufflant. Elle prend son visage entre son index et son pouce et pince ses joues. Joan secoue la tête pour se dégager.

– Qu'est-ce que tu as ma fille ? Tu es toute blanche.

Joan secoue les épaules.

– Sabri m'a appelée, il m'a dit qu'on a trouvé un corps au magasin c'est ça ?

– Elle est vivante, pour l'instant, dit-elle faiblement, en pestant intérieurement contre Sabri qui était toujours au courant de tout.

– Viens boire le café ma fille, ton père veut te parler.

Joan acquiesce. Elle prend un jean et un pull des Guns N' Roses et file sous la douche. L'eau est brûlante. Elle lui arrache des bouts de peau mais c'est comme cela qu'elle l'aime la douche. La nausée, à présent. L'acidité de son estomac remonte dans son œsophage. Elle a à peine le temps de pencher la tête vers l'évacuation de la douche. La bile jaune arrache tout. Elle regrette hier soir et l'alcool ingurgité. Instantanément ses mains tremblent. Les larmes coulent sur ses joues. Elle relève la tête. La nausée la reprend, elle vomit une deuxième fois. Son corps est parcouru de spasmes. Elle essaye encore de vomir, mais plus rien ne sort. Ses jambes ne semblent plus prêtes à la porter. Elles flagellent. Tout son corps s'affaiblit. Elle tourne le robinet de la douche jusqu'à ce que le filet d'eau bouillante arrête de s'écouler sur sa nuque. De la main droite elle tire d'un coup sec sur le rideau de la douche, prend la serviette posée sur le rebord de l'évier et s'enroule dedans, dégoulinante, la peau moite. Elle fait face au miroir, chasse la buée avec la tranche de sa main. À travers les gouttelettes, elle voit ses pores dilatés, imprégnés du reste de crayon khôl. Elle passe la main dans ses cheveux bouclés noirs. Sa coupe n'a plus de forme. C'est comme si elle avait renoncé à tout aujourd'hui, comme si Hoïkos était marqué sur l'intégralité de son corps.

Elle sort de la salle de bains, le corps encore humide et s'assied sur son lit. Elle prend son téléphone et écrit la réponse à Selma.

Dej, chez toi ?

La réponse est instantanée :

OUI <3

Joan sourit. Elle pense à la bouteille de vodka qu'elle s'est enfilée la veille. Elle ferme les yeux et se jette en arrière sur son lit. Elle reste comme cela encore cinq bonnes minutes sans penser à rien, puis elle se lève lourdement, enfile une culotte, un jean troué au niveau du genou gauche et ce pull des Guns N' Roses. Elle passe le crayon khôl en dessous de ses yeux et étale un fard à paupières violet. Sa mère dira de toute façon qu'elle est trop maquillée. Pour Patricia Mendes, Joan était toujours trop. Elle prend son mascara et charge allègrement les cils. Elle regarde son reflet. Elle sourit en voyant l'image qu'elle renvoie. Elle n'est plus cette personne qui s'est enfilé une bouteille de vodka pour ne plus penser au sang des poignets d'Angie.

Remember all those nights we cried?
All the dreams were held so close

Elle sort de chez elle et monte les escaliers de l'étage qui la sépare de chez ses parents rapidement, presque en courant. La porte de l'appartement familial est entrouverte. Elle entre et sent la bonne odeur du café. Elle traverse le couloir et rejoint ses parents qui sont assis à la table de la cuisine. Sa mère est déjà en train d'éplucher les pommes de terre.

– Tu manges avec nous ce midi ? demande son père.

Elle secoue la tête.

– Je vais chez Selma.

– Comment va-t-elle ? l'interroge Patricia par habitude.

– Bien.

– Elle fait quoi ?

– Toujours la même chose, elle bosse à la maison de quartier, tu veux qu'elle fasse quoi ?

– C'est dommage, c'est une fille brillante.

– Elle aime son boulot maman, répond Joan sèchement.

– Elle a quand même fait Sciences Po, tente Sergio.

Joan fait basculer sa chaise contre le mur et allume une cigarette. Son père tend la main vers son paquet et elle le pousse vers lui. Il allume une cigarette à son tour. C'est leur rituel à tous les deux. Ils se sourient et ne disent rien. Derrière eux, Patricia maugrée toujours.

– Toi aussi ma fille, tu aurais pu faire mieux, surtout si maintenant y a des morts à Hoïkos.

– Elle n'est pas morte.

Seemed to all go up in smoke
Let me whisper in your ear

Sa mère pose une tasse de café chaud devant elle. Dans les yeux de Joan brille la reconnaissance.

– Maman m'a dit que tu voulais me parler ?

Le père fronce ses sourcils broussailleux et hausse les épaules.

– Le fils Djebbari est passé à la section hier soir, il nous a un peu raconté, ce qui s'est passé à Parinor, chez toi. Chez vous.

– C'est qui ?

– Mohammed Djebbari ? C'est le fils d'Ahmed. Tu sais le Grand Ahmed, du syndicat.

Joan tord sa bouche. Elle ne voit pas.

– On était à PSA ensemble. Licenciés ensemble.

– Il fait quoi maintenant ?

– Rien, comme ton père, répond méchamment sa mère.

Sergio l'ignore ostensiblement.

– Il travaille pour le syndicat. Il m'a dit, le petit Djebbari, que tu ne voulais pas y aller à la réunion.

Joan regarde le fond de sa tasse. Elle écoute son père lui raconter PSA et la lutte encore une fois, et le grand-père Mendes. Cette histoire, elle la connaît par cœur. Elle écoute à moitié son paternel lui parler d'Aldo, le grand-père qu'elle n'a jamais connu, mort d'un infarctus à 55 ans, militant communiste et antifasciste sous Salazar. Joan avale la dernière gorgée de café, il est froid. Elle regarde son téléphone alors que son père raconte comment son propre père a dû immigrer ici en France, travailler dur, alors qu'il était parqué comme tant d'autres, dans une cité-dortoir. Pour finalement mourir. « C'est le boulot qui l'a tué », entend-elle dire. Il est 11 h 30 déjà. Elle se lève en hochant la tête. « Je sais papa. » Elle frappe à la porte de son ancienne chambre. Elle entend la voix de son frère s'élever, mais elle n'arrive pas à distinguer les mots prononcés. Elle ouvre la porte. Ozzy est affalé sur son lit, sur son torse repose *L'Étranger* de Camus, mais il semble absorbé par son téléphone. Il lève à peine les yeux vers sa sœur. Elle saute sur son lit et l'enlace. Il fait une grimace mais ne la repousse pas.

– Tu fais quoi ?

– Mes devoirs de français, répond-il.

– Ça a l'air… Ouais. T'as une nouvelle meuf ou quoi ?

Ozzy rougit un peu et cache l'écran de son portable par mécanisme.

– Et toi ? rétorque-t-il.

Joan se lève et pour ne pas lui répondre, elle se dirige vers la guitare électrique de son petit frère. Elle joue les premiers accords de *God Save the Queen*. À l'écoute des accords, Ozzy lâche son portable et vient se placer à la batterie qui se trouve derrière elle. Ils jouent tous les deux en s'appliquant. Ils sont concentrés comme quand ils étaient petits. Sergio vient rapidement les rejoindre. Il s'assied sur le lit d'Ozzy et chante tout doucement avec une voix rocailleuse les paroles des Sex Pistols. À la fin de la chanson, Joan règle le micro à sa taille et lance *Gloria : In Excelsis Deo* de Patti Smith. Ozzy suit facilement. Ils ont été à la même école du rock, celle de Papa Mendes. Tous les trois dans cette chambre à chanter en chœur « GLORIA », Joan peut retrouver la douceur et les rêves de son enfance, oublier un peu le boulot, oublier surtout le sang d'Angie.

Dehors, le soleil est haut dans le ciel, mais il gèle. Joan relève le col de sa veste en jean sur laquelle est cousu dans le dos le logo de Nirvana et devant, au niveau de son cœur, elle arbore le pin's de The Ultimate Temptation. Elle remonte l'allée du Bois-d'Avron, elle se retourne vers les zones pavillonnaires. Avant, elle rêvait de ces pavillons, maintenant ils sont devenus le symbole de la destruction de Casa. Petit à petit, ils grignotent tout. Elle le savait, un jour il n'y aurait plus de place à Rosny pour eux. En haut de la butte de terre se tient Wu Xiu, dite Sousou. Sousou n'habite pas ici mais à Bois-Perrier et elles se sont rencontrées au lycée, elles étaient dans la même classe pendant leur année de seconde.

– Tu fais quoi, là, Sousou ? lui hurle Joan.

– Mon père est mort.

Joan remarque alors que le visage de son amie a pris une couleur inhabituellement rouge. Elle la rejoint en grimpant sur la butte. À la hauteur du visage de Sousou, elle peut voir les larmes sur ses joues. Elle lui tend une clope et elles s'asseyent toutes deux à même la terre. Sousou ne s'inquiète pas de la teinte que prendra son jogging Adidas rouge vif. Joan n'a pas le temps de se demander ce que ça lui fait, la mort de monsieur Wu. Monsieur Wu tenait le restaurant le plus célèbre de Rosny 2, dont la spécialité, le bœuf au poivre, était connue de tous. Selma les rejoint rapidement. Elle prend Sousou dans ses bras si tendrement que ça donne envie à Joan de chialer.

Il faut dire que Selma et Sousou, ça avait été une institution à Charles de Gaulle. De la seconde à la terminale, quelques mois avant le bac, elles avaient montré à tout le monde que c'était possible de s'aimer jeune. De s'aimer à la folie. Joan n'avait jamais été hétéro mais c'est Selma et Sousou qui lui avaient donné la force d'assumer pour de vrai. Puis un jour, monsieur Wu les avait vues se tenir la main dans Rosny 2. C'était en somme assez innocent. Il avait agrippé le col de sa fille aînée et l'avait tirée jusque dans son restaurant. Portable confisqué. On n'avait plus revu Sousou pendant deux semaines au lycée. Quand elle était revenue, elle était hétérosexuelle. Bien sûr il avait fallu encaisser le coup. Pour Selma c'était dur, mais elle avait haussé les épaules.

– La seule chose qu'on peut faire, nous, c'est rester ses amies, en vrai.

Joan avait hoché la tête. Elle admirait la force de Selma.

– Tu lui en veux pas à Sousou ?

Le visage de Selma s'était tordu de douleur. Une grimace que Joan espérait ne pas revoir de sitôt sur le visage de sa meilleure amie. Selma s'était détournée, scotchant son regard à la vitrine de Foot Locker et elle avait dit presque tout bas : « Je la hais. »

Plus tard en essayant ses paires de TN, elle avait repris la discussion.

– C'est notre amie. Nous on la rejette pas. À la vie à la mort. Ma souffrance, c'est moi qui deale, OK ?

Joan observe ses deux meilleures amies dans les bras l'une de l'autre. La mort est partout, elle l'approche de trop près depuis bien trop longtemps. Son regard se perd dans le contrebas de la butte. L'angoisse monte en elle, elle voudrait n'avoir jamais à remettre les pieds à Hoïkos.

20, 20, 24 hours to go
I wanna be sedated
Nothin'to do Nowhere to go
I wanna be sedated.

Elle a un mauvais pressentiment. Une chose lui échappe, comme si elle avait oublié quelque chose qui s'était produit il y a quelques années déjà, quelque chose d'important. Si elle s'en était souvenue, aurait-elle été capable d'enrayer la machine qui dans quelques jours l'obligerait à tirer par deux fois avec un Colt 45 dont elle avait même oublié l'existence à ce moment précis ? Probablement pas.

Chapitre 6
Charles de Gaulle – *Another Brick in the Wall, Pt2*

Lundi 5 septembre 2005

Joan avait fait sa rentrée de seconde en septembre 2005. Le « paquebot » avait été inauguré quinze ans auparavant. Le jour de cette rentrée, Joan n'avait ressenti aucune espèce d'appréhension, à l'époque elle aimait l'école. Il faudra que passent bien d'autres semaines avant qu'elle ne ressente cette boule au ventre : l'anxiété que ses camarades de Saint-Ex, le collège où elle avait fait ses classes, lui avaient parfois confiée. Joan, à ce moment précis de sa scolarité, a encore foi en ce que l'école peut lui apporter. Bien sûr elle sait qu'elle n'est pas brillante, qu'elle n'est pas un génie. Mais elle croit encore que le lycée peut la sortir de Casa et à ce moment-là c'est un de ses rêves.

Il faut dire que l'année dernière pendant le voyage scolaire à Annecy, Selma l'avait lâchée pour aller s'asseoir à côté de Leïla. Elle s'était alors assise à côté de Suzy et ses longues tresses qui descendaient jusque dans le bas du dos. Alors qu'elle s'était mise à observer le bas du dos de sa camarade, les joues de Joan s'étaient embrasées d'un seul coup. Elle avait détourné le regard et elle avait compris qu'elle n'aurait jamais envie d'un corps masculin. Il lui faudrait quelques jours encore à se masturber en pensant à la bouche de Suzy sur la sienne pour comprendre qu'elle était irrémédiablement lesbienne. Depuis ce moment, elle fantasmait sur le fait de partir vivre à Paris. Si elle parlait de ce rêve à Selma, elle ne mentionnait jamais la raison qui l'y poussait. Avec Selma, d'ailleurs, elles n'avaient jamais parlé de garçons. Elles se connaissaient depuis l'école maternelle du Pré-Gentil. Elles étaient devenues amies tout de suite, elles vivaient de toute façon à deux pas l'une de l'autre. On aurait pu penser que leur amitié s'effacerait avec le temps. Elles n'avaient pas tant de points communs. Et pourtant, elles s'étaient construit une vie en dehors des autres. Elles inventaient leurs propres histoires, faites de leurs imaginaires. Elles avaient d'autres amies, mais rien ni personne jusque-là n'était réellement entré dans leur bulle. Joan n'avait pas osé dire à Selma son secret, de peur de briser leur équilibre, de briser leur monde et plus tard Selma lui raconterait en versant une larme ou deux qu'elle non plus n'avait pas osé. Elles s'étaient tues, chacune avec leur secret identique.

À Saint-Ex, Joan était une bonne élève, pas brillante, un peu bavarde peut-être, mais plutôt bonne. Les résultats d'une grande moitié de la classe étaient en chute libre. Elle entendait leur prof de français répéter inlassablement qu'ils « n'auraient jamais leur brevet dans ces conditions ». Elle avait sans doute raison puisqu'un certain nombre ne l'avait effectivement pas eu et que les plus chanceux se retrouvaient à Jean Moulin, le lycée professionnel le plus proche. Selma, Joan et quelques autres de Saint-Ex s'étaient retrouvés à Charles de Gaulle, avec des élèves d'autres collèges, dont ceux de Langevin-Wallon d'où venait Wu Xiu, une élève d'origine chinoise, dont tout le monde connaissait les plats confectionnés par le père, dans son petit restaurant qui se trouvait dans le centre commercial Rosny 2. Pour la première fois, Joan avait dû abandonner son confort. Sa bulle. Selma et elle avaient été séparées. Et clairement, Joan l'avait vécu comme une déchirure. Elle se sentait mise à nu, tous ses repères devenus, soudain, instables. À chaque pas qu'elle effectuait, le sol lui paraissait à présent branlant. Alors, elle s'était assise un peu au hasard à la première table libre. Avec le recul, elle se disait que, peut-être, elle avait repéré que Wu Xiu était spéciale, qu'il y avait quelque chose dans son regard, caché derrière ses lunettes rondes. Mais au moment où Joan s'assied à côté de sa camarade, elle ne voit rien de tout ça. Elle voit seulement une chaise libre et une personne qui ne lui est pas hostile. Il lui semble même que Wu Xiu lui sourit. Plus tard, elles se raconteront ce moment fondateur de leur amitié. En réalité celle qui deviendra Sousou à ses yeux comme aux yeux de Selma ne souriait absolument pas. Elle était bloquée par la terreur car Mme Barreau venait d'entrer dans la salle de classe. Mme Barreau venait d'être mutée au lycée Charles de Gaulle comme professeure de français, mais avant cela elle officiait au collège Langevin-Wallon et avait été la prof principale de Wu Xiu en cinquième. Son pire souvenir de collège.

– Pas elle, avait-elle murmuré en la voyant.

– Tu la connais ? lui avait demandé sa camarade.

– Ouais, dit Xiu avec un regard sombre.

Puis elle s'était installée droite sur sa chaise en fixant la prof aux cheveux ondulés et blonds impeccablement coiffés. Elle devait avoir une petite quarantaine. Ses fringues étaient hors de prix ou en tout cas elles semblaient l'être. Son style ne jurait pas complètement avec le lycée où la mixité sociale que Joan n'avait jamais connue jusque-là était bien présente. Cependant, elle avait dû quand même se retrouver en décalage avec les élèves de collège qui venaient essentiellement de Bois-Perrier et des grands ensembles environnants. Sans doute s'était-elle fait chahuter dans sa carrière, mais aujourd'hui elle n'en montrait rien. Elle était droite comme un I et elle parlait avec un ton ampoulé que Joan ne supporterait jamais dans les quelques mois où Mme Barreau serait sa professeure. Heureusement pour Joan et Xiu, Yves Barreau, le mari, aurait droit à une promotion. De directeur des RH au Crédit Lyonnais, on lui proposerait le poste de directeur de banque à Rennes. Un poste grassement payé qu'il accepterait avec joie et Mme Barreau mettrait enfin un terme à sa carrière de « professeure de lettres » comme elle aimait s'appeler elle-même. Heureusement pour Joan et Xiu, et pour toute la seconde 2 de Charles de Gaulle, car c'est Ingrid Lambert qui la remplacerait, changeant peut-être leur vie. Peut-être, car quoi qu'en pensent les professeurs, leur influence sur la vie de leurs élèves a, somme toute, une portée limitée.

Mais pour l'instant ni Joan ni sa voisine de table ne connaissent Ingrid Lambert. Pour l'instant, elles s'ennuient à mourir dans le cours de Mme Barreau. Xiu prend des notes comme si elle était déjà dans le coup, mais Joan est un peu larguée. Il ne semble pas qu'on lui ait jamais appris à prendre des notes. Elle recopie consciencieusement la liste des œuvres à lire et donc à acheter. Joan se rend compte que c'est quelque chose qu'elle n'a jamais fait : acheter des livres. Au collège, on lui avait toujours prêté des exemplaires dont les pages se défaisaient la plupart du temps. Quand elle allait traîner à Rosny 2, elle allait parfois à la Fnac et voyait tous ces livres en grandes quantités mais jamais elle ne les achetait. Il ne faut pas pour autant croire que Joan n'a jamais lu. Elle lit depuis qu'elle en a l'âge. À la médiathèque du quartier, elle emprunte des livres. Trois par trois. Chez elle, elle empile des carnets de lecture où depuis le CE1, elle note avec application chaque résumé et la fiche détaillée de chaque personnage rencontré. La lecture prend moins de place que la musique, mais c'est son activité préférée après la basse. Mais chez elle, il n'y a pas de livres, hormis la Bible et quelques livres illustrés sur l'histoire du rock.

– Qu'est-ce que t'as ? souffle Xiu.

Joan se rend compte que la peau de son visage est brûlante. Elle doit être toute rouge.

– T'as déjà acheté des livres toi ? C'est cher non ? bredouille Joan.

Pour la première fois de sa vie, elle ne se sent pas à sa place à l'école. Pourtant, elle a tout fait comme il fallait. Elle a travaillé d'arrache-pied ; elle a toujours fait ses devoirs, les a rendus en temps et en heure, n'a jamais été insolente avec ses professeurs, même ceux qui le méritaient franchement.

Xiu pousse un petit rire silencieux.

– Tu viens de Casa, toi, non ?

– Et toi, de Bois-Perrier ? répond Joan en s'énervant.

Xiu se mord la lèvre inférieure, elle plonge son regard dans celui de Joan.

– Ah ouais, t'es raciste, comme tous les Portugais. Je voulais juste t'aider en fait. Mais laisse tomber.

Joan essaye de se défendre. Elle parle un peu trop fort. Mme Barreau la regarde.

– Votre nom, mademoiselle.

– Joan, grommelle-t-elle.

Mme Barreau hausse les sourcils très haut, on dirait qu'ils vont se décrocher de sa tête.

– Ceci est votre prénom, mademoiselle, quel est votre nom ? Eh bien, souffle-t-elle en aparté, comme si elle était au théâtre, l'année de seconde va être difficile pour certains.

Le reste de la classe est hilare, se délectant de l'humiliation de leur camarade. Tout le monde sauf Xiu et quelques autres élèves venant du même collège et ayant beaucoup trop goûté aux humiliations publiques de Mme Barreau. Joan est, elle, maintenant, complètement cramoisie. Elle articule péniblement « Mendes ».

– Mademoiselle Mendes, sortez immédiatement de ma salle de classe, je vous prie. Dans mon cours, je ne tolérerai aucun bavardage !

Alors que Joan se lève les larmes aux yeux, c'est un bouleversement qui s'installe en elle. Elle n'a jamais dû sortir de cours. Elle se sent terriblement inadaptée à ce lycée. Une fois la porte fermée, elle s'adosse au mur et fond en larmes. Elle se promet de ne pas en parler à ses parents et de rattraper le coup. En réalité cette humiliation fondatrice est annonciatrice de ce qui suivra.

À la fin de l'heure, Xiu la rejoint et lui propose d'aller ensemble à la Fnac de Rosny 2 acheter les œuvres. Elle ajoute que c'est son père qui tient le restaurant Aux délices de Chine, elles pourraient y manger des beignets aux crevettes. Joan lui offre un sourire de gratitude et acquiesce. Elles marchent ensemble dans le couloir qui les emmène au cours de biologie. Selma déboule derrière Joan en l'enlaçant.

– Je ne survivrai pas sans toi, lui dit solennellement Selma, cette heure a été horrible.

– Dis-toi que pour Joan ça a été pire, elle s'est fait sortir de la classe.

Selma tourne la tête vers la personne qui vient de s'adresser à elle. Elle la regarde droit dans les yeux. Xiu soutient son regard. Selma sourit de manière sans doute un peu idiote.

– T'es qui toi ?

– Wu Xiu, répond-elle, à toute vitesse. Elle aussi ne peut s'empêcher de sourire.

– Je peux t'appeler Sousou ?

L'autre acquiesce. Joan présente Selma qui ne l'a toujours pas fait par elle-même. Puis Joan comprend que Selma a le même secret qu'elle. Elle est rassurée. On pourra vivre toutes les deux à Paris. Elle voit Selma donner rendez-vous à Xiu, devenue à partir de ce moment Sousou, à midi pour déjeuner toutes ensemble.

Joan aurait pu être angoissée de perdre son amie. Mais ce ne fut jamais le cas. Il faudrait quelques jours de plus à Selma et Sousou pour s'embrasser, et des mois avant d'expérimenter leurs corps.

Malgré toute la violence à laquelle se confronta Joan, Charles de Gaulle avait aussi été ça : la découverte de sa sexualité, de l'amour et le moment où elle s'était jetée à corps perdu dans la passion de la musique.

– C'est toi Joan Mendes ?

Le garçon qui s'adresse à elle porte un pantalon slim, une chemise entrouverte qui permet d'apercevoir un torse imberbe. Il arbore un piercing à l'arcade et des cheveux qu'il a décolorés en blond.

– C'est toi ? insiste-t-il.

Elle acquiesce, un peu hébétée.

– Je m'appelle Sabri. Je suis en première L, c'est Leandro qui m'a parlé de toi. Mon père et lui, il marque une pause, hésitant, travaillent ensemble.

– Travaillent ? demande Joan.

– Tu m'as compris. Bref, continue-t-il un peu agacé. Je monte un groupe. The Ultimate Temptation, t'en es ?

La lumière s'éclaire dans ses yeux. Elle hoche la tête vigoureusement. Sabri l'enlace. Puis s'écarte rapidement.

– T'es bien gouine, hein ?

Chapitre 7
Girard – *Behind Blue Eyes*

Mercredi 13 novembre 2019

Étienne Girard, s'il avait fait un peu attention, aurait pu avoir une carrière brillante dans la police. Voilà ce qu'il ne peut s'empêcher de ruminer, assis derrière son bureau du commissariat de Gonesse. Il relit les dépositions en avalant le kebab qu'il est allé chercher juste en face du commissariat. Comme tous les jours. Dans cinq jours, il aura 40 ans et ça lui fout un coup de vieux à Girard. Il n'est clairement plus « le petit Girard » de la BC, la brigade criminelle du fameux 36, ce qu'il avait été plus de dix ans de sa vie. Il n'avait pas été muté très loin, au contraire de sa cheffe, la commissaire Aïda Kateb, mais il n'était vraiment pas sûr que ça valait mieux d'être terré comme ça dans un des pires coins du Val-d'Oise.

Après le départ de Kateb, il avait été convoqué par le chef de la Crim mouillé jusqu'au cou avec les fascistes. Bien sûr Girard avait essayé de sauver avant tout sa peau mais sans vraiment y croire. Tout le monde le savait qu'il était le « gauchiste » du service. Il sauterait forcément le premier. Comme un bon flic, il avait juré sa loyauté à l'État, à la République, à l'ordre. Mais franchement Alexandre Bouvier, le chef de la brigade criminelle de Paris, n'était pas un très grand républicain, c'est le moins qu'on puisse dire.

« On peut se parler à cœur ouvert, lui avait-il dit, tout le monde sait que tu votes socialo Girard. Je vais te dire la vérité, ça je pourrais m'en accommoder. Mais tu sais trop de choses, sur trop de monde et en définitive tu es fidèle à Kateb. Les autres, en les menaçant, je pourrais gagner leur fidélité, toi j'aurais trop peur que tu attendes le bon moment pour me planter un couteau dans le dos. Ta mutation est sur le bureau, mais je te conseille de te tenir à carreau. »

À 37 ans, Étienne Girard avait quitté la Brigade criminelle, et il avait intégré la police de Gonesse. Le commissariat gérait le bordel ambiant aux alentours, mais n'empiétait ni sur les terres de la Seine-Saint-Denis, ni sur celles de la Crim dont la juridiction couvrait l'ensemble de l'Île-de-France. Cela faisait plus de deux ans maintenant. Étienne Girard se sentait de moins en moins de gauche.

La sauce samouraï arrose le papier sur laquelle ses yeux reposent. Il jure, tente de nettoyer la tache, mais elle s'étale. Il prend un mouchoir dans la boîte posée sur son bureau et tapote la feuille. On frappe à la porte. Il n'a même pas le temps d'avoir l'air digne. L'officier Perret entre dans la pièce. Son chignon brun lui tire les tempes. Elle a de grands yeux gris. Elle est jeune. Elle vient d'arriver dans la police et à Gonesse par la même occasion. De par son accent, il sait qu'elle vient du Sud. Il pense Montpellier, mais Girard n'a jamais été le meilleur pour reconnaître les accents des sudistes. Lui-même vient du Nord. Roubaix. La gauche et la haine des fachos lui viennent de là.

Perret sourit mais elle est visiblement mal à l'aise :

– Vous vouliez me voir, capitaine ?

Girard fronce les sourcils. À cet instant précis, il n'a aucun souvenir de ce dont elle parle. Il remarque alors que ses mains tremblent. Les mains dans lesquelles elle tient une tasse de café brûlant.

– Tout va bien, Perret ? interroge-t-il en continuant de regarder les mains de l'agent de police.

Elle bredouille et dépose le café devant lui.

– C'est pour vous, capitaine.

Il cligne des yeux. Il a envie d'être sympa, mais il se remémore son ancienne cheffe, Kateb, et le respect qu'il avait et a toujours pour elle.

– Êtes-vous ma secrétaire ? demande-t-il sèchement.

Elle secoue la tête.

– Êtes-vous mon assistante ?

Elle secoue la tête à nouveau. Girard jurerait qu'elle va se mettre à pleurer.

– Reprenez-vous bon Dieu. Vous êtes flic, Perret. Asseyez-vous.

Elle s'exécute, tremblante. Il jette le reste de kebab dans la poubelle au pied de son bureau. Il essuie ses doigts avec un autre mouchoir. Il semble alors se souvenir la raison de sa présence.

– Vous avez pu interroger Angélique Gianni ?

Il boit une gorgée du café fumant. Elle fait une grimace.

– Non, le médecin m'a dit qu'elle vient de se réveiller, mais qu'elle est encore trop droguée pour répondre aux questions.

– Vous y êtes allée avec l'agent Allaoui ?

– Oui.

– Il en a pensé quoi ?

Perret hausse les épaules, décontenancée.

– Vous en pensez quoi, vous ?

Elle semble encore plus perdue par cette question et garde le silence. Girard réfléchit.

– Vous étiez sur les lieux Perret, quand on a emmené Gianni, vous avez vu quoi de suspect ?

– Suspect ? C'est une tentative de suicide capitaine.

Girard lui sourit.

– Vous savez Perret, ce ne serait pas la première fois que j'enquêterais sur un suicide. Réfléchissez.

Elle semble se concentrer. Elle dit tout ce qu'elle se rappelle. Une employée lui tenait les poignets pour éviter que le sang coule. Un autre s'est rué sur le directeur du magasin et lui hurlait dessus. Girard n'était pas encore arrivé.

– Il a dit quoi cet employé ?

– C'est toi le coupable. Tu l'as tuée.

Les yeux de Girard s'élargissent :

– C'est écrit nulle part dans le compte-rendu.

– J'ai pas jugé ça important.

Girard boit une nouvelle gorgée de café.

– L'employée que j'ai interrogée, Mendes, m'a dit : « S'il y a une victime c'est qu'il y a un coupable. » Il faut enquêter Perret. Je vais voir le chef.

Il se lève d'un bond. Il se sent léger et à nouveau enthousiaste. Au moment où il sort, il jette un dernier regard à son officier. Son visage semble s'être métamorphosé. Dans ses yeux, il peut lire un mépris violent. Il fronce les sourcils et tout de suite elle reprend un air penaud et son sourire contrit. Le malaise s'installe mais Girard refuse de le laisser paraître. Il sort de la pièce, la laissant seule et se promettant de faire attention à Perret. Il y avait bien cette rumeur. Il secoue la tête, ce n'était pas le moment de s'en occuper.

Il frappe à la porte. Une voix grave lui demande d'entrer.

Le bureau du commissaire est là, large et imposant. Le commissaire Laborde, un homme maigre, la soixantaine, chauve et la peau très ridée, a les yeux rivés sur son écran d'ordinateur. Devant lui, une pile de dossiers.

– Capitaine Girard, constate-t-il de façon neutre.

– Commissaire, je viens vous donner quelques éléments sur mon enquête à Hoïkos.

Le vieux Laborde pousse un profond soupir. Il se tourne vers Girard et fait un geste de la main pour lui indiquer la chaise en face. Girard s'installe. Il a l'habitude de Claude Laborde, un flic à l'ancienne qui vient de là. Il a grandi à Garges-lès-Gonesse et aujourd'hui, il vit dans un pavillon à Gressy en Seine-et-Marne. « Ici, dès qu'on peut, on décampe, Girard », lui avait-il dit la première fois. Souvent, il raconte comme tout a bien changé. Et quand il dit tout, il veut dire les violences dans les banlieues. Laborde est un flic à l'ancienne, un peu raciste sur les bords, mais avec un côté humain.

Girard lui fait le topo. Hier en fin d'après-midi, le SAMU les appelle pour déclarer une blessure à l'arme blanche dans les locaux d'Hoïkos Paris-Nord. Ils sont en route, les déclarations de l'employée secouriste laissent penser qu'il s'agit d'une tentative de suicide. Les secours arrivent à temps, et l'équipe du commissariat quelques minutes plus tard.

– C'est un suicide ? le coupe Laborde.

Girard prend le temps de réfléchir. C'est un suicide bien sûr. Une tentative en tout cas puisque Angélique Gianni semble réveillée. Mais il sent un truc. Un truc qui cloche.

– Trop tôt pour le dire, dit Girard sans ciller, mon équipe n'a pas pu l'interroger. Quand ils sont passés, elle n'était pas réveillée.

Ce n'était pas un vrai mensonge. Disons plutôt une demi-vérité.

Laborde se retourne vers son ordinateur. L'entretien est terminé. Girard se lève, mais avant qu'il arrive à la porte, Laborde se racle la gorge.

– Jean-Baptiste de Bonneval.

– Le directeur du magasin, complète Girard en se retournant.

– J'ai enquêté sur lui il y a dix ans.

– Il avait fait quoi ?

Le visage de Laborde se rembrunit. Ses yeux sont durs, froids. Sa voix est amère.

– Rien qu'on ait pu prouver.

Laborde se lève et ouvre l'armoire qui est derrière son fauteuil. Il en sort un épais dossier enveloppé dans du carton rouge et le tend à Girard. Celui-ci l'ouvre, ses yeux se fixent sur le corps lacéré d'une femme. Girard ouvre la bouche.

– Alessandra Gabrielli, sa défunte épouse, unique héritière d'une famille noble en Italie et contrairement aux de Bonneval, très riche, explique Laborde.

– Qu'est-ce qui vous fait croire qu'il l'avait tuée ?

– Tout est dans le dossier, Girard. J'étais encore capitaine, et je bossais à Sarcelles à l'époque, on a hérité de l'affaire un peu par hasard. Ils habitaient un domaine à deux pas de Montmorency, mais en termes de juridiction ça dépendait de Sarcelles. Assez rapidement la BC a repris l'affaire. Cette histoire m'a marqué alors j'ai gardé le dossier.

Girard hésite.

– Vous savez, chef, même s'il l'a tuée, ça n'a sans doute aucun lien avec cette tentative de suicide.

Laborde lui sourit. Il est désabusé.

– Peut-être, admet-il, ou au contraire cela à tout à voir, Girard. Vous étiez à la Crim non ? Faites votre boulot.

Chapitre 8
Roses are red, violets are blue – You Really Got Me

Mardi 22 septembre 2009

Après plusieurs ratages en règle, Joan avait fini par atterrir sur les bancs de l'université de Paris 8, une année après ses amies Sousou et Selma qui avaient évidemment eu leur bac haut la main. Sousou était partie en fac de mathématiques à Paris 6, alors que Selma était allée faire une prépa prestigieuse au lycée des Francs Bourgeois afin d'entrer à Sciences Po. Ses amies avaient quitté Rosny et Joan était restée retaper son année de terminale, complètement seule. Elle n'avait plus rien, même plus le groupe, Sabri croupissant à Fleury-Mérogis. Parfois, quand elle séchait les cours, elle allait le voir au parloir. Chaque jour qui passait, il se transformait davantage en fantôme. Son visage s'émaciait et ses yeux étaient injectés de sang. Leurs conversations étaient silencieuses. Il ne pleurait pas, jamais. Mais, il n'était plus vraiment Sabri non plus. Il ne riait plus, il avait perdu toute sa flamboyance. La première fois qu'elle y était allée, elle avait vu les bleus sur ses bras, les marques rougeâtres sur son cou, les griffures sur sa nuque. Elle avait poussé un petit cri. Il lui avait demandé de se taire. Puis, il l'avait suppliée de l'embrasser. À pleine bouche. Pour faire taire les rumeurs. Sabri qui avait toujours assumé, ici, refusait d'être un « pédé ». Pour survivre, il fallait jouer le jeu. Alors sans hésiter et aussi pour effacer le poids de la culpabilité, Joan avait embrassé Sabri, son ami, son partenaire, son guitariste, son autre elle-même. Elle aurait tout donné pour lui sauver la vie, quitte à prendre sa place en prison. Elle aurait voulu se dénoncer, prendre la taule. Après tout, elle avait raté son bac. Mais ça n'aurait servi à rien. Ça n'aurait pas servi Sabri. Condamné à cinq ans de prison pour trafic de stupéfiants. Il venait d'avoir 18 ans, il n'avait pas encore passé son bac. Il était en terminale. Il avait plongé comme tant d'autres. Joan s'était dit que c'était étrange, cette sensation d'embrasser un garçon. Elle n'avait rien ressenti, juste des lèvres qui se touchent sans aucune passion, sans aucun désir, mais malgré tout, l'empressement de la survie, ce besoin qui les animait tous deux.

Après cette première entrevue, elle avait pris son courage à deux mains et était allée à Fresnes, pour rendre visite à son oncle qui, lui, avait pris pour quinze ans. Joan s'était attendue à voir un déchet, un homme sur le point de sombrer, mais Leandro souriait et son visage était imperturbable. Il avait enlacé sa nièce, lui ébouriffant les cheveux. Avant même qu'ils se parlent, Joan avait compris. Leandro était à la tête d'un trafic de stupéfiants. Il avait déjà été condamné. Il avait son réseau à l'intérieur et à l'extérieur de la taule. Quinze ans de prison, à l'intérieur ça forçait le respect, il ne rigolait pas. C'était un vrai. Il sortirait dans quelques années pour bonne conduite, pendant que Sabri, lui, se faisait molester et probablement violer par certains de ses codétenus.

Joan, en s'asseyant face au frère de sa mère, bouillonne de rage.

– Ça va gamine ?

Elle secoue la tête.

– Et toi ? Tu t'éclates ?

– C'est la prison, répond-il, à quoi tu t'attendais ?

Joan fronce les sourcils.

– T'as quand même l'air plus en forme que Sabri, lâche-t-elle, amère.

Leandro ouvre la bouche puis la referme. Il regarde autour de lui comme s'il était nerveux.

– Tu veux quoi, ma nièce chérie ? susurre-t-il.

– Que tu le protèges, c'est la moindre des choses.

La bouche de Leandro se déforme en un rictus.

– Toujours à défendre la veuve et l'orphelin à ce que je vois. Pourquoi tu vois pas avec son vieux ? *Traidor.*

Joan hausse les épaules.

– Personne ne sait où il est, tu le sais très bien, et puis même s'il était dans les parages, pas sûr qu'il aiderait Sabri.

Leandro se masse les tempes avec ses deux index. Il sourit à nouveau, toujours avec cet affreux rictus.

– C'est pas gratuit, tu sais.

– Tu veux quoi ?

– Ce que tout le monde veut ici.

Joan chuchote plus pour elle-même que pour répondre à son oncle : *« mula ».*

C'est comme ça que Joan s'était retrouvée à 17 ans à faire la mule pour son oncle. Les blessures de Sabri avaient diminué peu à peu. Mais la drogue avait pris le dessus,

Sabri mourait à petit feu et tout ce que pouvait faire Joan c'était le regarder crever. Elle ne jouait plus, ne chantait plus. Sans qu'elle sache trop comment, elle avait fini par avoir le bac. Elle n'y croyait même pas. Il avait fallu choisir une fac et quitter Rosny. Elle s'était inscrite en lettres modernes en l'honneur d'Ingrid Lambert, cette prof de seconde dont elle avait l'impression qu'elle lui avait sauvé la vie.

Seulement, Joan ne comprenait absolument rien aux cours de la fac. Elle n'était pas la seule, perdue sur les bancs du grand amphithéâtre du bâtiment B1. Mais en dépit de cela, Paris 8 était une bouffée d'oxygène. Elle voyait de moins en moins Sousou et Selma qui vivaient chacune leur vie. Parce qu'elle était boursière échelon 7, Joan avait obtenu une chambre dans la Cité U. Elle rentrait à Casa le week-end, mais Sousou bossait dur au restaurant de monsieur Wu et Selma ne se donnait plus la peine de revenir. Joan n'avait presque plus envie de discuter avec elle ; elle et ses amis « les bourges ». Selma s'était adaptée à Paris. Elle devenait une Parisienne. Tout ce que Joan et elle avaient détesté plus jeunes.

À l'inverse Paris 8, c'était tout sauf Paris. C'était Saint-Denis, le 9-3, la banlieue. Au milieu de tous ces banlieusards, des néo-hippies et des militants de gauche, Joan avait trouvé sa place. Et c'est là, à cet endroit qu'elle avait rencontré Rose. Elle l'avait captée tout de suite, petite, un peu frêle, un carré blond avec les pointes teintes en rose, ce qui était somme toute assez comique. Elle avait un visage pâle et des lèvres carmin. Elle se baladait toujours avec des jeans XXL délavés dans lesquels elle flottait. Elle se postait à l'entrée de l'amphi et distribuait des tracts syndicaux. Elle parlait à peine. Même pas un bonjour et quand quelqu'un lui adressait la parole, ses joues bombées prenaient une teinte écarlate. Ce n'est pas Rose qui avait fait le premier pas. Elle regardait à peine Joan dans les yeux. Joan ne savait pas pourquoi cette fille l'avait attirée. Elle n'avait jamais été intéressée par les syndicats et Rose n'était pas particulièrement charismatique. C'était Joan qui l'avait draguée la première, quand elle s'était rendu compte qu'elle partageait ce cours optionnel sur l'écriture féminine. Joan ne comprenait pas bien ce qu'était l'écriture féminine. Elle ne savait pas non plus s'il y avait réellement une littérature de femmes. Elle avait essayé de se souvenir de femmes qui écrivaient avant son cours pour éviter d'avoir l'air complètement stupide. Mais les seuls noms qui lui venaient à l'esprit étaient George Sand (dont elle était incapable de se rappeler le moindre titre d'une œuvre qu'elle aurait lue) et Agatha Christie.

Lors du premier cours, en salle B 327, la foule d'étudiantes bourdonne. Elles sont nombreuses à avoir pris ce cours. Les lumières des néons clignotent avec un bruit insupportable. Les places sont presque toutes prises, les étudiantes les plus motivées ont commencé à s'asseoir par terre. Joan est prête à renoncer. Après tout, elle a pris ce cours un peu au hasard, mais en balayant la salle du regard elle avait repéré une place tout devant juste à côté de la minuscule tête de Rose qu'elle a l'habitude de voir à côté des battants de la porte du bâtiment B ou à l'entrée du métro. Joan se faufile jusqu'à cette place. Elle lui murmure un vague « Salut » avec un grand sourire. Rose n'a aucune réaction, elle fronce seulement les sourcils et pousse un peu ses affaires pour laisser Joan s'asseoir. Puis, son visage se tourne à nouveau vers le tableau et le siège vide du professeur. Joan ne peut s'empêcher d'esquisser un sourire narquois. Cette attitude-là lui rappelle le premier cours qu'elle avait eu avec Sousou. Elle se souvient alors la manière dont elle avait jugé Sousou, et l'amitié qu'elles avaient construite à la suite de cela. *Un essai*, se dit-elle alors. *Un essai et c'est tout.*

– C'est quoi ton prénom ? demande-t-elle avec une voix douce.

Rose tourne lentement son visage. Elle fronce les sourcils à nouveau, comme si la tête de Joan ne lui revenait pas. C'est bien plus tard que Joan apprendra que cette façon d'avoir toujours l'air renfrognée est la seule manière que Rose avait trouvée pour se donner un peu de contenance face à sa timidité maladive.

– Rose, finit-elle par dire dans un souffle.

Joan retient un éclat de rire qui se déploie au fond de sa gorge, en voyant l'autre agiter ses cheveux rosâtres. Rose pâlit alors, elle se retourne, les yeux droit fixés, imperturbables. Joan observe son visage prendre différentes teintes. Ce sont les pigments de la peau de Rose qui la font craquer, c'est la texture de ses joues presque écarlates qui la fait déjà tomber amoureuse un peu. Elle entend le pas du professeur qu'elle ne connaît pas encore, alors elle se penche tout contre Rose et lui chuchote dans le creux de l'oreille : *« Roses are red, violets are blue, I don't sleep at night 'cause I'm thinking of you »*. Puis elle se recule, elle regarde le visage de Rose rougir encore un peu plus. Elle voit que ses mains deviennent si moites qu'elle en perd son stylo. Joan recule sa chaise dans une pause victorieuse, sur son visage elle affiche un sourire satisfait. Elle gribouille sur un bout de papier : « Je m'appelle Joan. On boit un verre après les cours ? » Elle le fait glisser sous les yeux de Rose. Ses yeux s'écarquillent, puis elle se retourne vers Joan, le regard plein d'assurance cette fois et formule clairement et silencieusement un « NON » avec ses lèvres.

Ces moments-là sont ceux qui donneraient à Joan l'espoir d'une vie intense et passionnée, qui lui donneraient envie de se battre jusqu'au bout. Mais l'espoir c'est aussi une saloperie, parce que alors la chute quand elle arrive n'en est que plus douloureuse.

Chapitre 9
La réunion – *People Have the Power*

Mercredi 13 novembre 2019

Ça fait un bail qu'elle n'a pas conduit. Sa voiture, qu'elle avait achetée peu de temps après l'obtention du bac, avait rendu l'âme un an auparavant. Peu de temps après la rupture avec Antona et Joan l'avait pris pour un signe. N'ayant plus d'argent pour en racheter une, elle s'était mise au bus. Elle avait espéré mettre rapidement de l'argent de côté à Hoïkos, mais elle s'était fourvoyée. Selma lui a prêté la sienne.

Alors qu'elle prend la voiture direction Le Royal, elle se demande encore ce qui lui a pris d'aller à cette réunion. L'après-midi avait filé à toute allure. La mort de monsieur Wu, Sousou prostrée sur le lit de Joan. Selma qui roulait et fumait joint sur joint. À dix-huit heures, Mélanie avait débarqué. Des longs cheveux roux épais, des lèvres rouges, une casquette Nike enfoncée sur sa masse de cheveux.

– Salut, t'as oublié qu'on se voyait ?

Effectivement Joan avait oublié. Elle allait se confondre en excuses : le père de son amie venait de mourir. Crise cardiaque, ce matin. Mais d'un bond Sousou et Selma avaient décampé en l'embrassant et Mélanie était restée seule avec Joan dans un appartement qui ressemblait à présent à un aquarium.

Joan lui offre un sourire d'excuses. Le meilleur qu'elle a en stock. Mélanie ne sourit toujours pas. La jeune femme hésite probablement sur la décision à prendre. Elle jauge Joan qui lui tend une bière. Malgré cet air de défonce, Joan n'est pas trop mal. Son visage est quelconque. Mais son corps filiforme avec ses seins inexistants et ses hanches droites, c'est un corps qui plaît aux femmes. Et puis il y a le look, un semblant d'assurance à toute épreuve. Elle est bien foutue, c'est le mot. Les années lycée ont passé. Voilà bien longtemps qu'elle n'est plus la Joan du lycée, la Joan maladroite, la Joan qui se cache derrière une tonne de fond de teint pour cacher sa peau boutonneuse.

Mélanie s'approche pour prendre la bière. Leurs mains se frôlent. Joan décapsule sa bouteille d'Heineken. L'autre se rapproche encore et l'embrasse. Elles ne se connaissent pas. Elles ont échangé quelques mots sur Tinder. Joan ne sait pas qui est Mélanie. Tout ce qu'elle sait se résume en la bio d'une application de rencontre. Elle vit à Noisy-le-Sec. Elle bosse dans une salle de sport et fait un peu de mannequinat sur Instagram. Mais d'ailleurs elle n'est même plus certaine que ce soit la biographie de Mélanie. Peut-être est-ce une autre, elle consomme Tinder de manière compulsive. Les filles aussi, mais moins que le nombre de swipes à la minute. En embrassant Mélanie, Joan prend les bouteilles et les pose sur le bar. Elle pousse Mélanie vers son canapé. Elle pense qu'elle ne connaît pas cette femme. Elle ne connaît pas cette personne. Elle la déshabille et elle pense à Rose. Elle ne pense pas à Antona. Elle pense à Rose et elle a envie de pleurer. Ce manque d'amour, cette baise rapide, presque sale, elle n'en veut même pas, mais elle ne sait faire que ça. Elle pense à Rose, parce que Rose était douce. Alors qu'elle baise Mélanie, elle revoit le corps de Rose au-dessus d'elle avec ses seins ronds et ses tétons qui pointent, son dos courbé, ses hanches larges et les plis de son ventre qui ressortent quand elle s'assied au-dessus d'elle. Alors elle saisit les poignets de Mélanie pour oublier Rose et sa façon si douce de baiser. Mais ses mains sur les poignets de Mélanie lui rappellent un autre corps, une autre femme, à demi morte celle-là. Le sang d'Angie coule à nouveau entre ses doigts, visqueux et tiède. Joan secoue la tête et se concentre pour jouir, pour sentir l'autre se courber contre elle, l'entendre crier. Elle ne pense plus à personne alors que l'orgasme la dévaste, elle ne sent même pas les larmes couler sur ses joues.

– Ça va ? demande Mélanie.

Joan hoche la tête vaguement. Elle se redresse, passe un tee-shirt sur sa poitrine dénudée. Elle va vers le bar, toujours à demi dévêtue, et ramène les bières vers le canapé. Elle prend la fin de joint qui traîne dans le cendrier posé sur la table basse en acier gris et l'allume.

– Tu vas me parler ?

– Je parle pas beaucoup, s'excuse Joan.

Mélanie acquiesce sans savoir vraiment à quoi. Elle boit deux gorgées de bière, se lève et s'habille. Joan ne la regarde pas. Elle refuse de la regarder. Elle se sent pathétique maintenant. Mélanie vient poser un baiser sur sa joue. Elle se dirige vers la porte, l'ouvre et s'en va sans se retourner.

Joan finit les deux bières. Les larmes continuent de couler. Elle n'en connaît pas la raison exacte : Rose ? Antona ? Angie ? Monsieur Wu ? L'angoisse la prend à la gorge alors qu'elle se dirige vers son lit et se roule en boule pendant de longues minutes. Puis elle appelle Rose. Celle-ci décroche rapidement. Joan raccroche. Rose rappelle. Joan laisse sonner. Rose rappelle à nouveau. Joan pianote un SMS :

Désolée, fausse manip

Réponse de Rose :

Tout va bien ?

« Tu m'emmerdes Rose », lui répond Joan à haute voix.

Elle croit à présent qu'elle déteste Rose. Elle se lève, s'habille et monte voir ses parents.

Elle ne sait plus trop comment elle a décidé de venir à cette réunion. Elle a mangé avec ses parents et son père a remis le couvert. Mais ce n'est pas Sergio qui l'a convaincue. Ce n'est pas non plus Ozzy qui a commencé à lui parler politique. Elle sait qu'un vide l'envahissait au plus profond d'elle-même, ce vide l'engouffrait. Elle n'arrivait plus à s'en débarrasser. Ce n'était pas le sang d'Angie. Cela avait commencé bien avant. C'était la douleur dans le dos et la main du manager sur sa hanche. Cette main posée l'engouffrait, lui donnait l'envie de vomir chaque matin. Elle avait reçu un SMS de Momo avec l'adresse du bar, mais là encore elle n'avait pas décidé d'aller à la réunion. Elle ne savait pas pourquoi elle demandait sa voiture à

Selma, ni pourquoi elle allait à Aulnay, ni pourquoi une rage insoutenable animait son corps.

– Pourquoi t'as besoin de la caisse ?

– Y a une réunion à Aulnay, pour Angie tu vois.

Les mots sortent tout seuls de sa bouche sans qu'elle les ait maîtrisés. Ils sont simplement là. Selma sourit faiblement. Peut-être qu'elle a envie de prendre sa meilleure amie dans les bras, de la réconforter, de lui dire que ça va aller. Cependant, elle a déjà trop sur les épaules. Elle porte déjà Sousou et ses émotions à elle sont trop fragiles. Elle ne peut pas porter Joan, alors elle lui donne les clés et lui offre son sourire, parce qu'elle n'a que ça à offrir.

Joan se gare sur le parking en face de la station RER. Il est 20 h 45. La place est complètement dans le noir, la faible lumière de quelques enseignes et de quelques lampadaires parsemés éclaire sa route. Elle traverse la place avec un pas pressé et bifurque sur la rue du Docteur-Roux en passant devant l'agence du Crédit Lyonnais. Elle ne sait pas pourquoi elle repense au lycée, à Mme Barreau et à son mari. Mais aussi à Ingrid Lambert. Elle revoit son sourire et sa prof de seconde lui dire avec ferveur qu'il fallait qu'elle croie en elle. Comme si elle y croyait elle-même. Comme si elle y croyait vraiment, que tous ses élèves réussiraient. C'était difficile de ne pas réfléchir à ces souvenirs sans se vivre comme un échec.

C'était il y a quelques semaines qu'elle avait recroisé sa prof de français de l'année de seconde. Elle faisait le réassort. Elle rangeait les saucisses dans le congélateur. En se relevant, elle l'avait vue. Brillante. Comme si elle scintillait. Puis elle avait remarqué l'homme à ses côtés et son ventre imposant. Ça l'avait un peu déçue. Elle ne savait pas à quoi elle aurait pu s'attendre. *Pas à ça.* Ingrid Lambert était venue la saluer. Elle avait dit des banalités et Joan s'était sentie en colère. La même colère qu'elle ressent encore en ce moment, cette colère qu'elle ne peut pas expliquer, sur laquelle elle ne peut pas mettre de mots, mais qui lui donne envie de cramer des trucs. N'importe quoi. Un peu comme à Charles de Gaulle pendant les blocus.

Elle sort une clope en arrivant devant Le Royal et l'allume. Cyrille sort, accompagnée de Maeva. Elles allument une cigarette, elles aussi. Elles observent le silence. Puis Cyrille se racle la gorge.

– Putain, ça gèle, non ?

C'est vrai qu'il fait froid se dit Joan. Elle n'avait pas remarqué dans cet état de demi-défonce, mais elle tremble. Des frissons lui parcourent le corps et elle a des difficultés à les calmer.

– T'es venue Joan finalement, c'est bien, continue Cyrille.

Maeva hoche la tête en tirant fort sur sa cigarette, les cendres s'amoncellent mais elle les laisse sur le bout de sa clope. Joan se décide à parler.

– Y a du monde ?

– On est tous là, répond Maeva, sauf les chefs.

– Tous ? interroge Joan sans vraiment comprendre

– Tous, affirme Cyrille. Ça va être une bonne grève. De Bonneval va s'en mordre les doigts.

Ce sont ces mots-là qui rassurent Joan, qui la réchaufferaient presque. Il y a de l'espoir, tout le monde est là. Elles écrasent leurs cigarettes et rejoignent leurs collègues à l'intérieur. Tout le monde est là, serrés les uns contre les autres. Joan ne sait pas s'il y a vraiment tout le monde, mais du monde ça, il y en a. Ça déborde. Au moins une centaine. Ça crie parfois. Ça bourdonne. Ils restent là à parler. Ils parlent de tout, d'Angie, mais aussi des chefs, du management, des pauses trop courtes, de la surveillance constante, du mal de dos, des clients insupportables, de leurs paies trop maigres. Et puis arrive de Bonneval. Jean-Baptiste, puisque à Hoïkos tout le monde s'appelle par son prénom. C'est Momo qui parle. Le fils Djebbari, comme dirait Sergio. Tout le monde écoute en silence Momo raconter ce qu'il s'est passé, la vérité. Et la colère monte. Dans les rangs, la colère monte. Quand il a fini, Joan a envie de vomir mais elle n'est pas la seule. Elle repère Salomé du service après-vente, il y a les larmes, mais les larmes ne servent que la colère.

– On fait quoi de ça Momo ? dit une voix masculine dans le fond.

Approbation dans la salle.

– C'est clair non ? Les mots de Joan semblent couler hors de sa bouche. C'est la grève. Demain, c'est la grève. Et après-demain aussi. Et après-après-demain aussi. Jusqu'à ce qu'il saute. De Bonneval c'est fini !

Chapitre 10
Sabri – *Ziggy Stardust*

Octobre 2005

Sabri n'est pas la première personne à lui mettre un joint dans les mains, mais il est certainement la première personne à le lui faire fumer. Ils sont affalés sur un canapé dans l'arrière-salle du garage de Leandro. La basse et la guitare semblent les regarder, les juger presque. Les cheveux de Sabri ont pris une teinte violette à présent. Joan se demande si parfois Sabri a peur de sa visibilité. S'il crève de peur dans la rue quand il la traverse, peur de se faire tabasser, insulter, cracher dessus. Joan ne s'est jamais posé de questions sur elle-même. Elle avait ce secret et il avait été le premier à le découvrir, à le lui dire, avec ces mots typiques de Sabri, des mots clinquants, un peu trop. « *T'es gouine, non ?* » Joan n'avait pas réagi sur le coup. Elle était restée là, plantée en plein milieu du couloir, avec des paires d'yeux scotchés sur elle. La sonnerie avait retenti et Sabri avait couru rejoindre sa classe.

Quand il lui tend le joint, elle hésite un peu. Toutes ces années à refuser la drogue, à se tenir loin des embrouilles, à être une bonne élève. Tout ça pour quoi ? se demande-t-elle. Elle repasse dans sa tête la journée en accéléré : Mme Barreau qui lit des passages de son commentaire de texte en faisant des pauses pour laisser rire les autres élèves puis qui dépose sa copie sur la table avec le 4 écrit au feutre rouge, larmes ravalées. Puis le cours de maths avec M. Olliver. Elle l'entend encore lui dire que « c'est trop juste, Joan ». Elle ne regarde même pas la note sur la feuille. Elle la fourre dans son sac en en faisant une grosse boule. Ensuite, le cours de physique, regarder le tableau sans rien comprendre, décrocher définitivement. Être un automate toute la journée.

« Sex, drugs and rock'n'roll » lui hurle Sabri dans les oreilles quand elle prend le joint des mains. Sabri, c'est la découverte d'un autre monde à tout point de vue. Il est le premier aussi à la faire boire et à lui faire découvrir le Marais. Mais ça arrivera un peu plus tard. Là où ils écumeront à de nombreuses reprises la rue Quincampoix, finiront bourrés allongés à même le sol à côté de Pompidou en essayant de dessaouler, écoutant *Roxanne* dans le petit lecteur MP3 que Joan a reçu pour ses 15 ans, chantant à tue-tête : *« You don't care if it's wrong or if it's right »* et *«Put on the red light»*. L'anglais c'est la seule matière où Joan continuait de réussir, elle avait grandi avec le rock. L'anglais c'était naturel chez elle.

Dès le début de cette amitié, Joan sait que quelque chose est cassé chez Sabri mais ils n'en parlent jamais. Plus tard, raide bourré, il glissera des mots. Des mots douloureux et violents. Mais le reste du temps, Sabri est flamboyant. Quand il joue, il se déhanche dans tous les sens comme s'il était Mick Jagger lui-même. Joan est trop introvertie, elle n'a pas l'assurance de Sabri. Alors qu'elle tire sur le joint, Kamel rentre dans la pièce. Kamel, c'est le père de Sabri. Il regarde Joan, étonné. Il fait demi-tour et revient avec Leandro, l'oncle de Joan. Entre-temps, Joan a rendu le joint à Sabri qui hausse les épaules. Joan se sent vaseuse. C'est la première fois qu'elle fume et elle n'est pas sûre d'aimer ça.

L'oncle de Joan a des cheveux mi-longs, bouclés noirs comme ceux de sa nièce. Il porte un anneau à l'oreille et une chemise à carreaux. Il s'approche de Joan et la gifle de toutes ses forces. Joan n'a pas vu le coup venir, elle tangue et tombe, en se cognant sa tête sur le sol bétonné. Sabri hurle, prêt à en découdre avec Leandro.

– Ça va pas la tête, il hurle, tu te crois où ? Espèce de cinglé !

– Cinglé, hein, tu veux que j'appelle son père pour voir comment il va te démonter ?

– Bon, c'est bon Leandro, message reçu, tempère Kamel.

Joan se frotte la tête pour tenter d'effacer la douleur lancinante sur le haut de son crâne. Kamel balance un gros pochon rempli de cannabis au pied de Sabri.

– J'ai besoin d'une livraison, magne-toi.

Sabri ramasse le pochon, ainsi que le casque de son scooter.

– Tu veux venir ? demande-t-il à Joan.

Joan hésite. Elle ne sait pas vraiment comment son oncle va réagir. Celui-ci s'approche d'elle, il lui tend la main pour l'aider à se relever. Quand elle est debout, il la prend dans ses bras. Pour Joan à ce moment-là, c'est juste une aventure de plus à vivre avec Sabri et la baffe de

Leandro est presque anodine. Elle n'imagine pas que dans quelques mois, ce sera son quotidien. Mais Joan a seulement 15 ans. Elle a juste raté ses évaluations. Elle ne pense pas encore qu'elle décrochera complètement à son entrée en première et qu'elle décevra toute sa famille. Pour l'instant, elle s'accroche derrière son ami et sent le vent glisser contre sa veste en jean et son tee-shirt qui se gonfle. Elle pense seulement à l'allégresse et la liberté qu'elle ressent en prenant la route.

Quelques semaines plus tard, alors qu'elle déjeune à la cantine avec Sousou et Selma, Sabri s'approche d'elles avec un grand sourire : « Comment ça va dans le monde des amours saphiques ? » Selma lui jette un regard noir, alors que Sousou, affalée sur Selma, rit franchement. Sabri vient se coller derrière Joan, lui dépose un pochon dans la poche et prend le billet de 50 euros qu'elle y a laissé pour lui. Il fait glisser sur ses yeux les lunettes de soleil qu'il arborait sur le dessus de sa chevelure à nouveau décolorée en blond.

– Tu veux quoi, Sabri ? lui demande Selma.

Il lui sourit, mais ne prend pas la peine de lui répondre.

– J'ai trouvé notre batteur, dit simplement Sabri en s'adressant à Joan. Il s'appelle Thomas et est tout simplement exquis.

Il montre du doigt le dénommé Thomas, loin au fond de la cour. Il est grand et blond. Joan se souvient de lui, il est en première S. C'est le mec qui parle tout le temps de bloquer le lycée contre elle ne sait quelle loi.

– OK cool, répond Joan simplement.

– Par contre, il faut que tu le convainques, dit Sabri la bouche en cœur.

Joan fronce les sourcils :

– Il fait de la batterie au moins ?

Sabri éclate de rire en acquiesçant et s'en va.

Au détour d'un couloir, Joan croise Thomas, seul sans ses potes, et elle en profite pour l'accoster :

– Tu fais de la batterie ? On a monté un groupe avec mon pote Sabri, The Ultimate Temptation. T'en es ?

– Zaouche ? demande-t-il en faisant la grimace.

– Ouais c'est quoi ton problème ? répond Joan sur la défensive.

Mais elle connaît déjà le problème de Thomas. Au lycée, tout le monde aimait bien Sabri. Il était drôle, il faisait des blagues. Mais personne ne l'approchait de trop près. Trop voyant. Trop drogué. Trop pédé.

– Arrête, je suis pas homophobe, se défend-il.

Joan lui ricane au nez et tourne les talons. Il la suit.

– Arrête, toi tu t'en fous, t'es lesbienne non ? Enfin tout le monde le dit parce que tu traînes avec la petite Bentoumi.

Joan se sent soudain en colère, elle n'avait pas conscience qu'on parlait d'elle et de sa sexualité ou de celle de Selma. Elle saisit son poignet et le tord violemment comme le lui a appris Leandro. Thomas pousse un cri plaintif, mais Joan continue.

– Écoute-moi pauvre merde, t'es pas genre socialo toi ? À parler toujours d'égalité et toutes ces conneries ?

– MENDES, lâche-le tout de suite.

Joan se retourne et voit un des surveillants courir vers elle. Autour d'eux, les élèves se sont attroupés. Le visage de Thomas se tord de douleur. Elle le lâche et regarde les autres.

– Quelqu'un d'autre pour m'insulter moi et mon pote Sabri ? Je vous attends !

Au premier rang personne ne moufte. Mais elle entend au fond du groupe : « Sale gouine ». Elle saute dans la foule et balance son poing sur la joue du premier mec qui passe. Alors que le surveillant la ceinture pour qu'elle arrête de frapper le garçon, dans sa tête elle chante : *Because the night belongs to lovers, because the night belongs to us.*

Joan se souviendra toujours du visage de son père dans le bureau du CPE. Un visage fermé, presque dur. Il ne dit rien. Il écoute. Il acquiesce. Il n'essaye pas de défendre sa fille. Joan ne dit rien non plus. Pour se défendre, il aurait fallu expliquer les insultes homophobes, alors elle ne dit rien. Elle ne répond pas aux questions qu'on lui pose. Elle attend la sanction la tête baissée, les yeux rivés sur le sol. Elle se concentre pour ne pas pleurer. La sanction tombe. Cinq jours d'exclusion. Sergio la ramène à la maison. Il ne dit toujours rien. Ils s'installent tous les deux à la table de la cuisine. Sergio allume une cigarette. Joan en prend une dans son paquet.

– Tu vas fumer en plus ? lui demande Sergio.

Haussement d'épaules. Joan replace la cigarette dans le paquet et lui demande si elle peut sortir. Son père réfléchit puis il dit :

– Je devrais te punir et t'empêcher de sortir, mais là je n'ai vraiment pas envie de te voir. Donc sors, va-t'en.

Joan erre à Casa sans vrai plan dans sa tête. Elle s'assied en haut d'un muret et roule un joint. Elle le fume rapidement, sa tête tourne et elle s'allonge. Elle s'endort dans cette position.

C'est Selma qui la réveille en la secouant. Elle proteste en maugréant.

– Tu fumes maintenant ?

– Lâche-moi Selma, tu peux pas comprendre.

Selma encaisse le coup, mais elle reste plantée là.

– Alors explique.

– J'ai été virée.

– Je sais.

– Alors ?

– Alors quoi ? Arrête de traîner avec Sabri, ça ira mieux. Concentre-toi sur les cours.

Joan regarde sa meilleure amie, médusée.

– Putain Selma, tu crois que c'est si simple ? Tu crois qu'on est tous comme toi ? Tu crois qu'on peut y arriver juste en étudiant ? Tu crois pas que j'essaye, de toutes mes forces ? Que j'ai envie de rester ici et moisir à Casa toute ma putain de vie ? J'y arrive pas.

– Je peux t'aider. Sousou peut t'aider. Laisse-nous t'aider, merde.

Joan pleure à présent, toute la colère qu'elle retient depuis des semaines.

– Arrête, Selma, juste arrête. Le lycée c'est pas pour moi. Y a que toi et mes darons qui voient pas que je suis trop conne pour y arriver. Et ça me fout la rage. Je sais pas pourquoi j'y arrive pas.

Joan saute du muret et tourne les talons. Selma la rattrape, l'attire contre elle et la prend dans les bras. Elle la serre fort. Joan entend un garçon faire des remarques graveleuses.

– Nique ta mère, lui lâche Selma.

Joan est allongée sur son lit. Ozzy dort déjà. Elle met ses écouteurs sur ses oreilles pour ne pas entendre sa mère pleurer dans la pièce à côté. Contre sa jambe, elle sent son téléphone vibrer. Elle regarde l'écran, un SMS d'un numéro inconnu.

Joan, c'est OK pour le groupe. Désolé. Thomas Despin

Elle a presque envie de lui répondre comme Selma quelques heures avant d'aller niquer sa mère. Mais sans batteur The Ultimate Temptation n'existerait jamais. Elle affiche un sourire satisfait : ce soir, elle a gagné. Elle s'endort sur l'air de Patti Smith.

Un hurlement la réveille. Elle prend son téléphone pour afficher l'heure et voit douze appels manqués de Sabri. Elle se lève d'un seul bond. Sa mère l'appelle. Joan traverse la pénombre jusqu'au couloir où sa mère se trouve avec Sabri, le visage ensanglanté et les vêtements déchirés. Joan ne peut s'empêcher de porter sa main devant sa bouche.

– Tu connais ce garçon ? lui demande Patricia.

Sabri est immobile comme s'il était incapable de bouger, pourtant son corps est pris de spasmes incontrôlables.

– C'est Sabri, articule faiblement Joan.

– Amène-moi du désinfectant et des compresses.

Patricia emmène Sabri dans la cuisine et lui lave le visage à l'eau. Joan ramène tout le matériel médical sans piper un mot. Sabri ne dit toujours rien. Une fois qu'elle l'a soigné, Patricia l'envoie prendre une douche avec des vêtements propres que Sergio a dû porter plus jeune. Le jeune homme obéit et rapidement Joan entend l'eau de la douche couler.

– Tu as le numéro de chez ses parents ?

– Il est homo, répond Joan.

– Comment ça ?

– Je ne suis pas sûre qu'il puisse rentrer chez lui.

Patricia fait un signe de croix et part dans sa chambre. Elle revient avec des couvertures et des coussins. Elle va dans le salon et installe à Sabri un lit de fortune. Sabri sort, vêtu du tee-shirt et du pantalon de jogging prêtés par la mère de Joan. Il semble déguisé. Patricia le prend dans les bras et Sabri se laisse faire.

– Sabri, tu peux dormir là. Mais demain, on parlera.

Sabri acquiesce avec un mouvement de tête. Il s'allonge sur le canapé et s'enroule dans la couverture. Patricia retourne dans sa chambre, laissant seuls les deux adolescents.

Joan s'assied sur le rebord du canapé et prend délicatement Sabri dans ses bras.

– Faut que tu m'accompagnes à l'hôpital demain, chuchote-t-il.

– Pourquoi ?

– Pour le traitement.

– Quel traitement ?

– Le truc d'urgence là, pour le sida, achève Sabri.

– Tu te protèges pas ? demande Joan sans comprendre, toujours à voix basse.

Sabri prend sa main dans la sienne et la serre fort. Les larmes emplissent ses yeux.

– Je me suis fait violer Joan, mais t'inquiète, dit-il en essayant de se forcer à sourire, ce n'était pas la première fois. J'ai l'habitude.

Chapitre 11
L'entrepôt – *Burn Them Prisons*

Jeudi 14 novembre 2019

Quand Joan se réveille, elle remarque pour la première fois qu'elle n'a pas envie de boire. L'envie n'est pas là dans sa tête. Par contre, la deuxième chose qu'elle observe est ses mains qui tremblent. Ses mains qui tremblent toutes seules contre son matelas. Elle en tend une vers son téléphone posé à côté de sa tête. L'alarme sonne et lui vrille les tympans. Ses yeux brûlent mais elle peut distinguer l'heure, 4:45.

Elle se lève d'un seul mouvement. Elle est droite. Elle sent cette envie pour une fois d'être, de vivre, d'en découdre. Ses pieds nus se posent sur le sol froid. Son corps est pris de frissons. Elle se lève et va mettre la cafetière italienne sur le feu et reste accoudée au bar, toujours dans le noir. Quand le café siffle, elle se décide à appuyer sur l'interrupteur. La lumière l'éblouit, mais les taches devant ses pupilles s'évanouissent rapidement. Elle verse le café dans une grosse tasse rouge. Elle ouvre la porte du frigo pour prendre le lait. Pourtant c'est la bouteille de vodka qu'elle saisit.

Elle ne s'était pas rendu compte tout de suite de son alcoolisme. Et encore aujourd'hui, elle l'ignorait la plupart du temps. Elle avait finalement bu assez tard. Quand elle avait commencé le groupe avec Sabri, c'étaient les joints, beaucoup de joints, et puis ça allait avec le deal. De temps en temps, on leur proposait une bière, quand ils faisaient une scène. Ils la buvaient en silence, mais n'en reprenaient jamais une seconde. Le goût amer qui reste sur la langue, c'était cette sensation étrange qui empêchait Joan d'aller plus loin. Puis, à une fête à la fin de l'année de première, Joan avait goûté la vodka, le goût intense, celui qui te brûle au fond de la gorge, la sensation de chaleur, le sang qui afflue sur les pommettes saillantes de tes joues et l'euphorie ; l'euphorie qui transporte. C'étaient les premières fois. Les premières fois, ivre morte, où elle dansait une bouteille à la main comme si sa vie en dépendait. Elle savait qu'elle avait raté le bac de français. Elle avait bloqué. Page blanche. La dissertation portait sur *Les Fleurs du Mal*, pourtant elle aurait pu réciter *L'Idéal* les yeux fermés. La poésie, ça, elle comprenait, c'était comme la musique. Elle comprenait même les figures de style. On lui demandait de prendre la défense de Baudelaire. C'était facile. C'est ce qu'avait dit Selma en sortant de la salle. *Facile.* Sousou n'était pas très forte en français, mais même elle s'en était sortie. C'est ce qu'elle avait prétendu en tout cas. Joan s'était contentée de hocher la tête, le regard dans le vague. Le soir même, elle avait pleuré sur l'épaule de Sabri. C'était le seul à qui elle avait osé dire la vérité. Elle n'avait pas écrit un mot, elle s'était contentée de recopier ce poème qui commençait par : « Ce ne seront jamais ces beautés de vignettes ». Son ami était époustouflé.

Complètement rock'n'roll, il avait dit. Joan avait souri faiblement, il n'y avait que Sabri pour voir un grand acte de rébellion là où elle ne voyait que sa propre médiocrité. Le soir en y repensant à la soirée chez Thomas, le batteur du groupe, elle avait enfilé les shots de vodka.

Au début, l'alcool c'est amusant, ça décuple les sensations, l'énergie, la joie. C'est l'assurance d'être une personne « cool ». Et puis, il y a le mal de crâne au réveil, les trous noirs, la nausée, les tremblements, les gouttes de sueur qui perlent dans le dos, les mains moites : la sensation de manque. Il n'y a pas d'échappatoire au manque. Le manque prend tout, engouffre tout. La première fois que Joan avait bu, vraiment bu, c'était pour oublier un peu et se sentir vivante. Maintenant, elle buvait par habitude et pour oublier qu'elle était un peu morte.

Le café à la vodka empêche ses mains de trembler. Elle s'assied sur le bord de son lit encore défait pour enfiler ses chaussures. Dans le hall de l'immeuble, elle voit ses cernes violacés dans le reflet du miroir en pied. Elle n'est pas maquillée car ses yeux sont trop gonflés. Elle ne se rappelle plus avoir pleuré seule dans son lit un peu pour Angie, un peu avec cette rage et cette colère d'être une femme, un peu parce qu'elle avait tous ces souvenirs doux d'Antona, qu'elle aurait voulu enfouir ailleurs sans y arriver. Dehors, il est trop tôt, la nuit est encore là, mais Casa s'éveille déjà. Tous ceux qui bossent vont prendre les transports, des heures perdues coincés dans des bus bondés et des RER qui ne fonctionnent pas pour un salaire dérisoire. Elle s'est levée plus tôt que d'habitude, elle se réveille avec un album de circonstance dans les oreilles *Fuck World Trade* de Leftöver Crack. Elle repense alors aux paroles prononcées hier soir, pendant qu'elle se serre contre les gens dans la rame. Elle souffle dans son col roulé. Son haleine sent la vodka.

A lie I once heard : « We're innocent until proved guilty ».

Pour oublier les paroles de Momo, elle pense aux seins d'Antona.

But the truth is absurd.

Dans le froid de l'hiver, l'ensemble des salariés d'Hoïkos Paris-Nord sont réunis sur le parking à côté de l'entrepôt. Joan sourit à tout le monde, elle enlace chaque personne qu'elle repère. Cyrille est là, Maeva bien sûr et tant d'autres. Devant l'entrepôt, des barricades ont été installées au petit matin. Il y a un brasero aussi et heureusement qu'il est là parce qu'on gèle. Cyrille a fait du vin chaud. Momo dit qu'il est un peu tôt, mais les gars du syndicat le bousculent en se moquant de lui. Joan accepte le vin chaud, ça réchauffe, même quand ça remonte fort dans la gorge. Ils font tous des blagues et passent les musiques à la mode. Un moment, Momo voit Joan faire la grimace alors il lui demande ce qu'elle aime écouter. Elle marmonne « du rock ». L'homme qui est adossé au camion du syndicat, un vieux Blanc avec une longue barbe taillée en pointe, hoche la tête vigoureusement. Le syndicaliste se présente. Il s'appelle Hervé. Il lui tend la main. Elle hésite, puis la serre.

– T'es la fille Mendes, toi ?

Elle incline le menton pour seule réponse. Silence. Puis Joan regarde l'immense assemblée. Ils sont tous pareils, même ce permanent qui n'a plus vu une caisse enregistreuse depuis vingt ans.

We're poor until proved rich.

À 6 h 30 la police arrive et entoure les salariés. Momo hurle et ils se mettent tous en chaîne. Joan sent ses bras s'étirer violemment quand la police charge. La violence de la police ce n'est pas une surprise. En grandissant à Casa, elle les a vus faire. Mais à la vision du visage du patron qui se tord de mépris, Joan sent la colère dans son estomac. Une colère violente. Il faut protéger l'entrepôt occupé. Cet entrepôt c'est le rapport de force, c'est ça qui leur permettra de gagner la grève. Coûte que coûte, jusqu'à ce que le barrage cède, que les coups pleuvent, que le sang, son sang, gicle sur le béton encore humide de la nuit pluvieuse.

Dans le fourgon, menottes aux poings, elle sent le goût ferreux contre sa langue. De loin par la fenêtre arrière, elle aperçoit encore le visage de Jean-Baptiste, puisque à Hoïkos tout le monde s'appelle par son prénom, alors, elle vomit d'un seul jet. L'odeur âcre du vin et de la vodka régurgités enveloppe le fourgon. L'officier de police, une flic au chignon serré, la saisit à la nuque et la tire violemment jusqu'à ce que le visage de Joan touche la flaque qui gît au sol. Les larmes encore, celles de l'humiliation cette fois-ci. Les autres menottés hurlent. Elle entend juste l'autre flic dire : « Perret qu'est-ce que tu fous, bordel ? »

And the scales of justice are fixed by lying pigs.

C'est peut-être ici, à ce moment précis, son visage baignant dans une mare de vomi, que la vie de Joan Mendes a basculé. Mais elle n'en sait encore rien. Elle n'a pour l'instant rien décidé. Elle n'a pas décidé qu'elle tiendrait une arme ou qu'elle tirerait sur la gâchette. Elle n'a pas encore pensé au bruit que fait le poids d'un corps mort quand il s'effondre. Elle ne pense à rien d'autre qu'au visage de Jean-Baptiste de Bonneval, et elle se dit que c'est un porc.

Chapitre 12
Au chômage - *Tip the Scales*

Mercredi 9 décembre 2008

Aussi loin que remontent les souvenirs de Joan, elle ne se rappelle pas avoir eu la sensation de posséder de l'argent. De l'argent qui lui appartiendrait à elle et à elle seule. Quand on vit à Casa, quand on y grandit avec les tours comme seul horizon, on sait bien qu'on fait partie des pauvres et du bas de l'échelle. L'immigration ça ne lui était pas arrivé à elle, c'était l'histoire de sa famille. Le Portugal, elle l'avait visité deux fois en tout et pour tout. Dans le village familial. Elle parlait le portugais comme si elle était une touriste qui avait lu trois fois la méthode Assimil, alors elle préférait parler l'anglais qu'elle maîtrisait. Elle ne le comprenait pas plus d'ailleurs car sa famille portugaise utilisait un argot dont les sonorités n'avaient aucun rapport avec celles utilisées en France dans les familles portugaises. Ce déracinement l'avait encouragée à ne pas revenir une troisième fois. Elle était portugaise de loin : elle s'appelait Mendes, elle supportait l'équipe portugaise lors des Coupes du monde et elle adorait le bacalhau, à l'époque où elle mangeait encore du poisson.

Ça s'arrêtait là. Quand on lui prêtait des origines espagnoles, elle ne relevait même pas.

Elle avait été pauvre. Mais pas plus pauvre qu'une autre, qu'une autre enfant de la cité. Moins à vrai dire. Son père avait un CDI à temps plein à PSA, sa mère faisait les ménages dans le centre-ville de Rosny. Ses parents avaient un boulot, pas grassement payé mais ils travaillaient. Joan n'avait jamais eu à se plaindre. On lui avait toujours acheté ce dont elle avait eu besoin. Elle ne s'était pas mise à travailler très tôt comparé à certains de ses camarades. De temps en temps, l'été, elle allait aider sa mère à récurer les toilettes des riches.

Il y avait eu le deal, le deal ça avait été un peu l'extase au début. C'était la première fois qu'elle palpait des billets de 100 euros, parfois de 200 euros. Mais au fond elle savait bien que ce n'était pas son argent à elle. Elle ramenait tout à Leandro, il lui donnait un pourcentage ridiculement petit et de toute façon, elle consommait tout en drogue et en alcool. C'était mieux comme ça, elle ne voyait pas comment elle aurait pu justifier à sa mère de pouvoir se payer une nouvelle basse, un nouvel ampli ou un cuir neuf. Au mieux, elle s'achetait du maquillage un peu cher, mais c'était tout.

Il y avait eu le groupe aussi. Ça ne rapportait pas vraiment, parfois un billet de cinquante à se partager en trois, mais une fois qu'on avait réglé l'essence dépensée dans le vieux van de son oncle, il ne restait plus grand-chose à se mettre sous la dent. De toute façon, la majorité des bars leur offrait juste les consos gratuites et comme ils avaient tous les trois une bonne descente, Joan les soupçonnait de ne leur accorder aucun billet de ce fait.

Joan n'arrive pas à se rappeler d'avoir un jour eu de l'argent. C'est ça qui la frappe en premier quand elle reçoit l'annonce adossée à la fenêtre de la cuisine de l'appartement familial. Son père venait de rentrer depuis une heure à peine. « C'est terminé », avait-il dit. Elle voit son visage défait, ses yeux gonflés de celui qui n'a pas dormi depuis des jours. Joan n'avait pas osé ouvrir la bouche. Des mois que ça courait. Les négos impossibles, les grèves à n'en plus finir, les manifs, les réunions jusqu'à pas d'heure. Des années dans la même boîte à crever de douleur, tellement le boulot est pénible. Tout ça pour ça. Son père semble avoir perdu toute l'énergie qu'il avait en lui. Joan allume une cigarette en se penchant sur le rebord de la fenêtre. Le vide lui donne un petit vertige, elle pousse bien vite sur sa main gauche pour se relever et tend la cigarette au bout incandescent à son vieux. La mère, elle, pleure, qu'est-ce qu'elle pourrait faire d'autre ? Elle ne pourra pas faire plus de ménages que ce qu'elle fait déjà.

– T'as droit à une prime au moins ?

C'est Ozzy qui parle le premier. Quel môme agaçant, toujours le bon mot au bon moment, il a 10 ans et déjà il sait tout sur tout. Sergio renifle, méprisant.

– C'est la crise, elle a bon dos la crise ! Alors ils baissent les primes de licenciement au maximum.

– C'est dégueulasse, murmure Ozzy.

La mère relève la tête. Elle hoquette un peu.

– Mais on peut encore faire quelque chose, les prud'hommes ? Le syndicat, il fait quoi ? Il sert à quoi ? T'as donné ta vie au syndicat !

Sergio lève la main en signe de reddition. Pour la première fois, il ne se bat plus. Il rend les armes.

– Ils disent qu'on a fait tout ce qu'on pouvait, que parfois on peut pas gagner. Là on a perdu, c'est terminé.

Il écrase sa cigarette dans le cendrier blanc encore un peu humide. Son corps semble pris d'un haut-le-cœur, comme s'il allait vomir. Joan a du mal à continuer de le regarder. Cet homme-là n'est pas son père. Son père c'est un homme debout, un ouvrier toujours en train de se battre pour ses collègues, ses camarades comme il dit. C'est le passionné de rock'n'roll qui lui avait appris la basse. Son père, Sergio, ce n'est pas cet homme humilié. Cet homme au chômage. Elle n'a aucun mot pour cet homme-là. Elle essaye bien de dire quelque chose d'intelligent et pour la première fois elle comprend sa mère qui hurle presque entre deux sanglots :

– Toute ta vie ! Sergio ! Toute ta vie ! On va faire comment maintenant ?

Sergio ne dit rien, ses épaules s'affaissent toujours plus. Personne ne prononce le mot chômage ce soir-là. Personne ne dit rien d'ailleurs, pas vraiment. Personne non plus ne parle de ce qu'il s'est passé. Personne ne met de mot sur le crime qui ne dit pas son nom. Des centaines de familles, ce soir-là, se sont retrouvées encore plus pauvres qu'elles ne l'étaient déjà, avec cette évidence qu'ils n'osaient pas encore prononcer : « jamais ils ne retrouveraient d'emploi ». Dehors, il y avait la crise. La crise qui tournait en boucle sur les plateaux de télévision. La crise qui les engloutissait tous. Cette crise qu'ils n'avaient pas demandée et qui était là, partout. La crise n'était pas invisible. Elle était là. Elle licenciait à tour de bras.

Dans son lit, bien plus tard dans la soirée, Joan se rend compte que ses orteils touchent le bois du cadran.

Il est trop petit ce lit. Elle se dit qu'elle n'en aurait pas d'autre. C'est trop tard elle aurait dû s'en rendre compte avant. Alors, les larmes montent, elle s'étouffe avec ses pleurs et pour ne pas réveiller son petit frère elle plaque son oreiller contre sa bouche. Elle pense qu'elle aurait dû avoir le bac l'année dernière et partir. Elle se demande si elle pourra aller à l'université. Si elle aura un jour de l'argent pour faire des études. Et puis c'est l'image de Sabri : le corps frêle sur un matelas poisseux, dans une cellule minuscule, qui l'empêche de céder à la panique. Sabri était tombé. Il n'aurait jamais son bac, il n'aurait jamais une vie normale, probablement il mourrait complètement camé. De quoi se plaignait-elle ? Elle se relève alors. Les larmes ont fini par s'estomper. Elle traverse le couloir et se dirige vers la cuisine. Toutes les lumières sont éteintes. Elle ouvre la fenêtre, sort une cigarette de son paquet. C'est à la lumière de son briquet qu'elle voit alors sa mère, attablée dans la pénombre : un verre de vin devant elle.

– Maman ? interroge-t-elle.

Patricia hoche la tête lentement sans qu'aucun son ne sorte de sa gorge. Elle se lève, allume la faible lumière au-dessus de l'évier. Elle prend un verre à vin dans le vaisselier et le pose sur la table. Elle prend la bouteille de rouge, sert le verre et le tend à Joan. Joan prend le verre, interloquée, sans oser le boire. L'alcool ce n'était jamais en famille.

– Tu peux boire. Je sais que tu le fais en cachette de toute façon, dit sa mère en haussant les épaules.

Joan voudrait argumenter, mais elle voit bien que ce n'est pas le moment. Alors parce qu'elle ne sait pas quoi faire d'autre, elle porte le liquide âcre à ses lèvres. Il lui donne immédiatement un sentiment de chaleur en glissant dans son gosier.

– Ce n'est pas la vie que j'avais rêvée pour toi, Joan.

La voix de sa mère est un peu cassante mais pas plus que d'habitude.

– J'aurai le bac cette année, murmure-t-elle.

– Et après ?

– J'irai à la fac.

– Faire quoi ?

– Étudier pour avoir un travail, bredouille-t-elle.

Patricia semble lasse. Elle boit son verre d'un seul trait.

– Tu te drogues, tu bois, tu sors avec des filles, tu fais du trafic pour mon frère. Ton acolyte est en prison. Et maintenant, tu veux que l'on paye l'université ?

Joan repousse son verre brutalement. Ses oreilles bourdonnent. Elle écrase la cigarette à moitié fumée.

– C'est de ma faute si papa est au chômage ?

Patricia ressert son verre. C'est là que Joan voit que la bouteille est presque vide. Sa mère est ivre.

– C'est un bon à rien, ton père. Et tu suis sa route, lâche-t-elle avec violence.

Joan regarde sa mère droit dans les yeux, elle meurt d'envie de la gifler. À la place, elle se lève, prend la bouteille de ses mains et vide ce qu'il en reste dans l'évier.

– Tu ferais mieux d'aller décuver, avant de dire quelque chose que tu ne pourrais jamais effacer, sale ivrogne.

Puis, elle lui tourne les talons en pensant qu'elle ira à la fac au moins pour prouver à sa mère qu'elle avait tort. Elle n'était pas une ratée.

Chapitre 13
La garde à vue – *Money*

Jeudi 14 novembre 2019

Les yeux rivés sur les murs grisâtres, c'est l'odeur qui la saisit, pas celle qui se trouve toujours sur elle malgré le fait qu'elle ait frotté encore et encore son visage au savon. Non, ce n'est pas cette odeur de vomi et de rance. C'est l'odeur de la cellule dans laquelle elle se trouve, une odeur d'urine. Partout, elle renifle ce mélange d'urines. C'est la première fois que Joan se retrouve derrière les barreaux. *Derrière les barreaux.* C'est une image car ici, il n'y a pas de barreaux, seulement une porte massive et lourde, qui la coupe du monde, qui la coupe du réel. Il n'y a qu'elle seule et ses pensées. Ses pensées qui l'envahissent. Elle ne savait pas à quoi s'attendre. Son père avait déjà été en garde à vue au moment des grandes grèves à PSA. Il n'y était jamais resté très longtemps. Il n'en avait jamais dit grand-chose. Quand il sortait, il prenait simplement une longue douche brûlante. Sa peau en ressortait presque rouge vif. Puis il y avait Sabri. Il était allé en prison, la vraie, cette fois. Il avait pris pour cinq ans, il était sorti au bout de deux. C'était un fantôme. Le Sabri du lycée n'existait plus. Celui-là passait son temps à prendre des shoots d'héro et à planer. Il n'avait jamais voulu parler de la prison. Ni au parloir, ni après. Joan s'imagine alors devoir rester dans cette cellule non pas une seule journée, voire deux, mais plusieurs années. Le vertige s'empare d'elle, elle suffoque. Elle a des difficultés à respirer. Pour se calmer, elle joue les accords de *Money* de Pink Floyd. Elle se concentre pour se rappeler les paroles, mais tout ce qu'elle arrive à sortir dans un murmure c'est : *Why does anyone do anything? I don't know, I was really drunk at the time.*

Étienne Girard se rend compte de sa fatigue en observant les traits du visage de Perret se contracter. Quand il était arrivé à Gonesse, il avait tout de suite compris que jamais plus il n'aurait une équipe efficace. Même Sanchez lui manquait, avec ses remarques racistes. D'accord, il balançait des blagues homophobes, mais au moins lui n'aurait jamais mis la tête d'une femme dans son vomi gratuitement. Et encore, d'après les dires de son coéquipier, le jeune Allaoui, Perret était prête à la molester. Pour quelles raisons ? On ne peut pas dire que Joan Mendes fasse peur. Il l'avait interrogée encore couverte du sang de sa collègue, il y a à peine deux jours. Elle était méfiante de la police, ça oui, il l'avait remarqué à cette manière qu'elle avait de le regarder et de répondre toujours de manière évasive. Il fronce les sourcils et porte à sa bouche le reste du café qui traîne dans un gobelet en plastique. Le café est froid, c'est immonde. Il fait la grimace. Il regarde à nouveau Perret. Elle est tendue, mais elle ne semble pas le moins du monde désolée. Il sait pourquoi. C'est Allaoui qui l'avait prévenu. Il y a quelques mois déjà. Il était venu s'asseoir à son bureau.

– Je peux vous parler, chef?

Allaoui, clairement, c'était un flic qui était là parce qu'il lui fallait un boulot pour payer son loyer. Depuis que Girard était arrivé à Gonesse, Allaoui n'avait jamais fait dans le zèle. Il arrivait toujours à l'heure et partait à l'heure exacte. Il ne courait pas après les heures sup' et il fallait toujours insister pour le faire rester quelques heures en plus. Mohammed Allaoui n'avait pas l'air d'apprécier spécialement son métier.

Il avait acquiescé en lui faisant signe de s'asseoir.

– J'aurais rien dit, je suis pas le genre à balancer les collègues. Mais vous avez la réputation d'être un flic de gauche, chef.

– Quand on est en service, on ne fait pas de politique, gamin, le coupe Girard se sentant soudain vieux.

Allaoui tressaille au mot « gamin ». Mais il continue.

– Désolé chef, c'est pour dire, la nouvelle, Perret, c'est...

– Quoi ? aboie Girard à présent.

– Elle est d'extrême droite, chef.

Girard manque d'éclater de rire.

– Et c'est une nouveauté maintenant les flics d'extrême droite ? Bientôt tu vas me dire qu'il y a des flics racistes ? Allaoui, je m'en fous qu'elle soit d'extrême droite, tant qu'elle fait son boulot et qu'elle est républicaine. Je m'en fous et tu devrais t'en foutre aussi. Regarde autour de toi gamin, regarde où on est. Toi et moi on est des spécimens à part. Il en reste pas beaucoup et franchement quand je vois les cités à feu et à sang, je comprends pourquoi. J'ai connu une collègue comme toi, aujourd'hui elle a quitté la police. Si tu veux tenir, je vais te donner un seul conseil, ne fais pas de politique, fais juste le job.

Girard se rend compte à quel point il est en colère. Il n'est pas en colère contre le petit Allaoui, il est en colère contre lui-même. Allaoui se tord les mains.

– Je me suis mal exprimé, chef…

– C'est rien Allaoui, retourne bosser, t'en fais pas pour ça.

– Non, chef, je voulais pas dire d'extrême droite. Je voulais dire fasciste.

– Comment ça fasciste ?

– Genre nazie quoi : Hitler, ces trucs-là.

– Je ne comprends pas.

– J'ai pas beaucoup suivi à l'école, les cours d'histoire et tout ça c'est pas pour moi, mais elle a une croix gammée tatouée sur son bras gauche.

Joan se lève, pour faire quelque chose, n'importe quoi. Il fait trop froid dans cette cellule. Glacial même. Pourquoi fait-il bien plus froid que ce matin ? Elle ne sait même plus depuis combien de temps elle se trouve là. Deux heures, trois ? Moins ? Plus ? Ils ne sont toujours pas venus la voir, personne ne lui a parlé. Elle ne sait pas où se trouvent ses collègues qui étaient dans le fourgon avec elle. Encore moins s'ils ont embarqué tout le monde. C'est le visage de Jean-Baptiste de Bonneval qui s'impose à elle. Elle essaye de penser à autre chose, mais à nouveau la colère monte en elle. Cette colère qu'elle avait sentie, il y a plusieurs années déjà, lorsqu'elle avait été exclue de Charles de Gaulle, puis plus tard quand Ingrid Lambert, sa prof de seconde, n'était pas revenue à sa rentrée de première et que plus personne ne prenait sa défense dans les conseils de classe. La même colère qu'elle avait eue tout de suite après la phrase d'explication d'Antona sur leur rupture. Au fond, elle savait bien qu'une fille comme ça ne resterait jamais avec quelqu'un comme elle. Trop détruite, trop pauvre, jamais les mots qu'il faut. Pas assez de rêves ou au contraire trop. La migraine la prend violemment sans qu'elle s'y attende, là derrière sa tête. Un point maigre qui s'étend à la vitesse de la lumière. Joan hurle et s'effondre sur le sol froid en béton. Elle tire d'une main sur la maigre couverture qui se trouve sur le lit et elle s'enroule dedans. Elle entend Selma lui dire : « C'est une crise d'angoisse, meuf, ça va passer. » Et si ça ne passe pas ? Et si elle reste toute sa vie en taule ? Et pour quoi ? Pour un entrepôt de merde où l'on vend de la camelote que les pauvres aiment pouvoir se payer en ayant la sensation que ça les rend riches ? *Bande de connards*, se dit-elle. L'éclat de rire qui sort de sa gorge la bouleverse. Elle se fait la promesse que si elle sort, quoi qu'il arrive, elle démissionnera d'Hoïkos.

– On va reprendre les choses ensemble, une par une, officier Perret. Sachez que j'ai déjà compilé les déclarations de vos collègues qui se trouvaient dans le fourgon, l'officier Allaoui, présent avec vous à l'arrière, et les officiers Martin et Petit qui se trouvaient à l'avant.

Perret ne dit rien. Elle se tord un peu les doigts. Girard commence nettement à s'agacer.

– Écoutez officier Perret. Pour l'instant, Mendes est en garde à vue, tout comme ses collègues. Mais dans moins d'une heure je devrai leur notifier leur mise en garde à vue, et vous savez tout comme moi qu'ils demanderont alors à parler à un avocat. Peut-être pas Mendes, mais Djebbari, le délégué syndical, il n'y manquera pas. Et alors on aura vite l'IGPN sur le dos. Donc c'est simple, je veux juste qu'on accorde nos violons.

– Y a pas de blessure, chef. Il va rien se passer. Y a des collègues, ils ont fait bien pire que moi, pourquoi vous vous acharnez ?

Girard frappe du plat de la main sur le bureau. Certains stylos sortent du pot dans lequel ils étaient rangés et roulent sur la table. Perret sursaute.

– Mais bordel Perret, tu t'écoutes ? T'es conne ou quoi ? Ils t'ont sucé le cerveau chez les identitaires ou quoi ? hurle Girard. Tu crois que tu peux humilier des grévistes comme ça ? Tu peux les haïr, j'en ai rien à foutre, mais on ne parle pas de petits truands là, on parle de syndicalistes !

– Ce sont des vermines, murmure-t-elle.

– Ta gueule, sérieux, ta gueule. On va repasser les choses une par une et tu vas répondre tranquillement, je veux les faits, seulement les faits, pas ton opinion sur le nombre d'Arabes en France, ni dans la police, ni sur les syndicats. Je veux juste les faits ou je te promets, je te trouve un placard encore plus étroit que celui de Gonesse et tu peux être certaine que tu ne reverras jamais la lumière du jour. C'est clair ?

Pendant quelques secondes, Perret plisse les yeux. Girard se dit qu'elle est vraiment demeurée. Puis lentement, elle acquiesce. Elle sourit à présent.

– La fille, Joan Mendes, c'est une délinquante. Ce sont les faits, chef.

– Comment ça ?

– Elle a un dossier épais à la PJJ[1] : trafic de stup, consommation de drogues, conduite en état d'ivresse, coups et blessures. Et le meilleur dans tout ça, c'est son oncle. Vous voulez savoir qui c'est ?

Girard inspire très fort. Il a un mauvais pressentiment. Cette histoire d'Hoïkos c'était un putain de sac de nœuds. Il ferme les yeux, au fond il n'est pas certain de vouloir savoir.

– Leandro Fonseca.

– Bordel.

– Pas mal, non ? Je suis couverte finalement ?

Girard la fait rapidement dégager. Fonseca il était bien connu des services de police. C'était plus un gros bonnet qu'un petit truand. Trafic de stup, c'était pour ça qu'il était tombé. Quelle blague. Proxo, c'était le parrain local. Mais surtout, il avait commencé comme homme de main. Et ça Girard le savait très bien pour avoir parcouru une quinzaine de fois depuis la veille l'affaire du meurtre de la femme de Jean-Baptiste de Bonneval, le patron d'Hoïkos. Fonseca était son garde du corps. Un sac de nœuds. Et trop de coïncidences. À quel moment fallait-il appeler le 36 ? L'instinct de Girard lui fait composer un tout autre numéro que celui de la Brigade criminelle. Et la voix bourrue de l'homme au téléphone lui rappelle d'étranges souvenirs.

– Matthias ? C'est Girard. Étienne Girard.

– Ah le petit Girard, le gaucho de la BC, on t'a mis au placard c'est ça ?

1. Protection judiciaire de la jeunesse.

– On ne peut rien cacher aux RG…

– Oh tu sais, je ne m'occupe plus de grand-chose, moi aussi j'ai eu droit à mon propre placard pour avoir été du mauvais côté dans l'affaire Kateb. Il faut bien que je m'occupe sur mon temps libre.

– J'ai quelques questions mais j'ignore si c'est dans tes cordes…

– Dis toujours.

– De gros truands, mais qui pourraient être liés à des milieux syndicaux.

L'éclat de rire de Matthias déstabilise Girard.

– Passe me voir Girard, en souvenir du bon vieux temps. Je vois que tu aimes toujours te mettre autant dans la merde et j'aime les loosers comme toi.

Chapitre 14
Le mariage – *Drunken Lullabies*

Samedi 7 novembre 2009

Joan n'avait jamais trop apprécié Noémie Fonseca. Déjà quand elles étaient enfants, Noémie lui faisait comprendre qu'elle était supérieure à elle. Elle était toujours mieux coiffée, mieux habillée. Elle était de deux ans son aînée, mais très rapidement Joan l'avait dépassée de deux têtes au moins. Noémie était la cousine de Joan, la fille de son oncle, Leandro. Joan ne savait pas si elle aimait Leandro mais elle était certaine de ne pas aimer sa progéniture. Sa mère Patricia adorait Noémie. Elle l'embrassait toujours sur les deux joues en posant ses lèvres à même la peau et alors on pouvait entendre le claquement des bruits de succion. Elle disait que Noémie était si belle qu'elle pourrait épouser un prince. Plus tard, quand les années étaient passées et que Noémie avait grandi, Patricia s'extasiait sur le fait que sa nièce n'avait pas mal tourné : « Regarde Joan, elle épouse un directeur de banque ! » Ce « Regarde » pouvait se traduire par « Comme tu aurais pu faire mieux, Joan ». Mais Joan riait bien, toute seule, au fond d'elle-même. Noémie Fonseca épouserait Vincent Leroy qui était effectivement directeur de banque et qui travaillait en sous-main pour le compte du père Fonseca, afin de blanchir l'argent familial. Ce mariage n'avait rien d'un mariage d'amour, c'était un mariage d'intérêt. Leandro, en donnant sa fille, s'assurait de la loyauté de Leroy, Leroy en épousant la fille s'assurait l'héritage et peut-être s'éviterait-il une balle, lors d'une crise de paranoïa du père. Noémie dans tout ça n'y gagnait sans doute pas grand-chose, mais de toute façon Joan ne se faisait pas d'illusions sur les choix qu'elle avait pu avoir en la matière. L'arrestation de Leandro puis son procès deux ans auparavant avaient accéléré les besoins d'alliance et dès lors une date avait été fixée. Par le hasard le plus complet, Sabri était sorti de prison deux semaines avant en liberté conditionnelle. Celui-ci avait d'ailleurs débarqué le matin du mariage devant sa porte.

Joan est engoncée dans une robe rose bonbon avec de multiples volants. Sabri la regarde des pieds à la tête. Il est lui-même dans une espèce de costume deux-pièces qui lui sied étrangement bien. Il a les cernes de celui qui n'a pas dormi et ce regard vague et mélancolique qui était à présent toujours attaché à son visage. Pourtant, cette fois, il éclate de rire à la vue d'une Joan ridicule dans cet accoutrement. Patricia arrive alors dans le couloir, probablement intriguée par les éclats de voix. Remarquant Sabri, elle fronce les sourcils. Il est loin le temps où Patricia Mendes accueillait ce dernier comme son fils. Aujourd'hui, Sabri Zaouche est un repris de justice. L'hypocrisie ne l'étouffe pas, pense alors Joan en voyant la tête de sa mère. Elle qui s'apprête à aller fêter en grande pompe le mariage de sa nièce dont le père, son frère, a lui même pris pour quinze ans.

L'attitude de Patricia vis-à-vis de Sabri est effectivement assez ironique quand on y pense, puisque c'est bien Leandro qui est à la tête d'un réseau de drogue et non Sabri. Sabri, lui, est seulement le fils (et le revendeur) de Kamel Zaouche, le *traidor*, comme le surnommait à présent Leandro. Mais Sabri n'avait plus revu son père depuis un bail. Kamel avait décampé aussitôt que la police s'était trouvée à perquisitionner le garage Fonseca, ce qui alimentait encore plus la piste de la trahison de Kamel. Il avait laissé sa femme et ses deux enfants en bas âge et était parti sans se retourner, laissant son fils aîné, *ce sale pédé*, croupir derrière les barreaux.

Patricia siffle entre ses dents. Pour désamorcer la bombe, Joan se précipite.

– Il est invité, maman.

– Invité ?

– Par Leandro, murmure Sabri dans un souffle.

Dans la voix de son ami, Joan peut ressentir toute sa tristesse et sa déception. C'est la première fois depuis deux ans que Sabri revoit la mère Mendes, celle qui l'avait accueilli plusieurs mois chez elle, qui l'avait consolé, qui l'avait soigné. Il devait s'y attendre, à être marqué de la tache indélébile de ceux qui y sont passés. Mais peut-être avait-il espéré qu'elle aurait compris qu'il n'avait jamais eu le choix. Joan, elle, avait choisi le deal, au début au moins. Elle trouvait ça grisant et puis elle perdait pied à l'école, c'était la seule manière qu'elle avait de se dire qu'il lui restait une porte de sortie. Sabri ne pouvait rien faire. Il était coincé avec son père dont il cherchait désespérément l'approbation et sa mère qui devait nourrir les petits.

Patricia pivote d'un demi-tour pour le laisser entrer et lui serre une tasse de café chaude qu'elle pose sur la table de la cuisine. Joan s'assied à côté de Sabri, devant sa tasse à elle qui a quelque peu refroidi. Le silence est tel qu'on peut entendre au loin le bruit de la douche s'activer. C'est sans doute Ozzy. Au bout de quelques minutes de silence, Patricia finit par ouvrir la bouche :

– T'as eu des nouvelles de ton père ?

Joan hausse les sourcils et écarquille les yeux. Mais Sabri pose une main sur son bras.

– Non, dit-il, il n'est pas venu au procès. Quelque part, ça m'arrange.

Le visage de la mère se détend un peu. Son côté bonne catholique, suppose Joan.

– Tu vas faire quoi, Sabri maintenant ?

Il hausse les épaules.

– Je ne sais pas encore, chercher du travail. Je dois voir le conseiller, lundi.

Il tente un maigre sourire, mais il s'efface rapidement en voyant les yeux durs de son interlocutrice.

– Tu ne devrais pas venir au mariage, dit-elle froidement.

– Leandro a insisté, marmonne Sabri en haussant à nouveau les épaules.

Puis il se lève en s'excusant et se dirige vers les toilettes. Joan lance un regard indigné à sa mère. Elle sort une cigarette et l'allume.

– Ça t'arracherait la langue d'être polie ? C'est mon ami et il a vraiment galéré en taule, il a vécu l'enfer. C'est juste un putain de mariage, je pense que le fait que Leandro sera en perm' entouré de flics ça fera bien plus mauvais genre, si tu veux mon avis.

– Souvent tu es maligne ma fille, mais pas toujours. Ce mariage, c'est le moyen pour mon frère de faire son business. Si Sabri est invité ce n'est pas par courtoisie, je sais que Leandro a protégé Sabri, il s'attend à un retour d'ascenseur. Et avec Léo, on ne peut que s'attendre à quelque chose d'illégal qui enverra à nouveau Sabri derrière les barreaux ou pire à la mort.

Joan observe sa mère quelque peu médusée. Dans de rares moments, elle l'impressionnait, avec sa façon à elle de se préoccuper des autres.

– Est-ce qu'il a réellement le choix ? demande finalement Joan.

Patricia fronce les sourcils, comme s'il aurait été insultant de répondre à cette question. La conversation est de toute façon interrompue par le retour de Sabri qui arbore à nouveau cet air de fantôme. Ozzy débarque à son tour, suivi quelques minutes plus tard de Sergio. Ils quittent tous l'appartement rapidement. Dehors il pleut.

Comme prévu, Noémie a dit oui au banquier de son père, Vincent Leroy, ce grand blond aux cheveux plaqués par une tonne de gel. Joan n'en a pas été émue, étrangement elle a juste pensé à Rose, cette étudiante un peu frêle qu'elle avait rencontrée quelques semaines auparavant et qui l'avait jetée lorsqu'elle lui avait proposé de boire un verre. Elle avait récupéré son numéro par le biais d'Élodie, une autre étudiante qui suivait leur cours sur l'écriture féminine, cours le plus rasoir auquel Joan avait assisté et pourtant elle avait eu Mme Barreau au début de sa seconde. Joan prend une photo des mariés d'une piètre qualité et lui envoie par MMS ce qui lui coûtera un supplément sur son forfait téléphonique.

Ça pourrait être nous

Elle ne sait pas pourquoi elle fait ça. Avec ce ton insolent. Avant Rose, Joan était sortie avec quelques filles, mais jamais rien de mémorable. Seulement Rose l'attirait et elle était persuadée que Rose ne l'aimerait qu'en endossant ce rôle-là.

C'est qui ?

Qui crois-tu que c'est ?

Sarah ?

Non

Joan ne sait pas qui est cette Sarah, mais cela l'agace. Elle éteint son portable, furieuse, et file dans les toilettes. Face au miroir, elle se rend compte à quel point elle est affreuse dans ce déguisement. Son rouge à lèvres s'est étalé sur le dessus de sa lèvre quand elle a mangé. Son trait d'eye-liner a tellement coulé autour de ses yeux qu'elle ressemble à un panda. Elle ouvre le robinet et essaye d'estomper le désastre, c'est alors qu'un garçon se retrouve en face d'elle, lui indiquant qu'elle est en plus dans les toilettes des hommes. Elle hausse les épaules et continue à se nettoyer le visage en remarquant à peine l'énervement du garçon qui sort. Soudain, la musique dans la salle s'arrête. Elle entend alors des chuchotements dans la toute dernière cabine. Deux voix. Une qui semble menaçante et l'autre complètement apeurée. Joan s'avance et ouvre la porte de la cabine à côté. Elle tend l'oreille.

– Je vais te rafraîchir la mémoire mon garçon, dit la première voix.

– Pas besoin, dit l'autre.

Joan sent son cœur se serrer car elle reconnaîtrait cette voix entre mille, c'est celle de Sabri.

– Est-ce qu'on est d'accord ?

– Ouais demain, vingt-deux heures à Bois-Perrier derrière l'avenue des Tilleuls.

Joan n'entend à nouveau plus rien. La musique bat son plein. Elle entend la porte de la cabine s'ouvrir, elle ne bouge pas d'un millimètre. Elle voit seulement par l'entrebâillement le dos d'un homme aux cheveux blonds et bouclés. Puis elle entend des pleurs étouffés. Elle se rue dans la cabine à côté. Sabri se trouve allongé sur le sol, le corps recroquevillé. Joan l'entoure de ses bras. Il se calme aussitôt et se relève. Elle le suit et le retient par le poignet.

– C'est qui ce type Sabri ?

– Lui, c'est JB, marmonne-t-il.

– Il te veut quoi ? insiste-t-elle.

– T'occupe.

– Sabri arrête, tu veux retourner en taule ou quoi ?

Il la dévisage, sa mâchoire se contracte.

– T'es grave conne parfois. T'approche pas de ce type, il est dangereux. T'occupe pas de mes bails et je m'occupe pas des tiens.

– Je m'occupe de toi, t'es mon meilleur ami, t'es mon guitariste, je vais pas te laisser tomber Sabri !

Sabri saisit le visage de Joan entre son pouce et son index.

– Le groupe c'est fini. Et en ce qui me concerne notre amitié aussi.

Les paroles de Sabri étaient tellement froides que Joan n'avait pensé qu'une chose, c'était normal qu'il lui en veuille, qu'il la déteste, finalement c'était sa faute à elle s'il avait pris du ferme. Sur le moment, Joan n'avait pas vu autre chose derrière ces paroles-là.

Quand Joan retourne dans la salle de cérémonie, les larmes inondent tellement son visage qu'elle ne peut pas voir le visage du fameux JB trônant à côté de son oncle. Si elle l'avait vu, peut-être que Joan se serait rappelé de son regard libidineux quand elle le reverrait presque dix ans plus tard lors de son entretien d'embauche à Hoïkos Paris-Nord. Alors peut-être les choses auraient été différentes. Elle aurait pu aussi forcer le destin et retourner voir Sabri, le supplier de lui expliquer, le supplier de ne pas faire de bêtises. Ou alors, elle aurait pu parler à son oncle. Alors peut-être Angela ne se serait pas taillé les veines au coupe-papier et Joan n'aurait pas pointé cette arme. Peut-être. Ou alors tout cela n'était qu'une suite de coïncidences.

Chapitre 15
Renseignements – *State of Fear*

Jeudi 14 novembre 2019

Quand la porte de la cellule s'ouvre enfin, Joan se sent libérée d'un poids : celui de la solitude. Et pourtant cela doit faire en tout et pour tout trois heures et demie qu'elle se trouve dans cette cellule. Elle reconnaît tout de suite les deux flics qui l'ont embarquée. Elle ne fait aucun geste, et elle ne bouge pas. Elle est encore chamboulée par ce qu'il s'est passé dans le fourgon quelques heures auparavant, même si elle a des difficultés à bien se rappeler des événements. Elle n'était pourtant pas si ivre. Mais c'est comme si ses souvenirs étaient entourés d'un halo flou. La flic, celle qui l'a brutalisée, lui aboie dessus. Dans ses yeux, Joan voit ce qu'elle n'avait pas pu voir avant, de la haine. De la haine froide et brutale. Elle tend ses poignets docilement pour qu'elle lui passe les menottes. La flic lui écrase les poignets sous le poids du fer glacé. Cette fois la violence que Joan porte en elle ne l'étonne plus, peut-être qu'en vérité elle ne l'a jamais étonnée. Oui au fond, Joan Mendes a toujours su intimement la violence de ce monde. Elle a seulement préféré l'ignorer et se vautrer dans la musique. Elle l'a su au fond de ses tripes quand on a posé cette note sur son premier commentaire composé en français et qu'elle avait envie de hurler qu'elle n'était pas débile. Et là, face à la policière qui l'a violentée, elle comprend tout, mieux que personne. Elle comprend où elle vit, le travail qu'elle fait, le chômage de son père et le bruit que font les bottes de la fonctionnaire de police au chignon bien tiré. Elle comprend sa propre colère. Et parce qu'elle comprend sa colère, elle a enfin l'esprit clair.

– Ça vous a fait mouiller, j'espère, dit Joan en souriant.

Le visage de l'officier de police change, le pigment de sa peau prend une teinte rouge. Mais le flic derrière la rappelle à l'ordre, comme s'il savait que sa collègue était une Cocotte-Minute prête à exploser.

– J'espère que ça vous a bien fait mouiller de m'éclater la tronche comme ça.

Son interlocutrice ne bouge pas, mais Joan sourit encore plus fort quand elle voit les jointures blanchir sous l'effet des poings qui se serrent. Le collègue au fond s'avance, saisit Joan par le bras gauche et la tire dans le couloir.

– À quoi tu joues Mendes ? Tu crois que tu peux faire la maligne comme ça ? On en sait beaucoup plus que tu ne le crois. Sur toi. Sur ta famille. Sur ce bon vieux Fonseca et ton pote Sabri Zaouche par exemple.

Joan est quelque peu déstabilisée, mais elle se rattrape en voyant le nom Allaoui cousu sur la chemise de l'officier qui l'empoigne. Elle regarde alors le visage du flic : cheveux bouclés noirs, front large, mâchoire carrée et des yeux bruns, presque noirs. Il doit faire une taille de plus, mais la ressemblance est indéniable.

– Allaoui, c'est marrant comme nom.

– Arrête.

– T'as grandi aux 3000 toi, non ?

Il lui secoue le bras et empoigne son visage. Il chuchote à présent.

– Écoute-moi Mendes, c'est pas difficile de se souvenir de toi, alors que pendant des années tu traînais au quartier et pas pour la beauté de son architecture. Mais je sais aussi que depuis l'adolescence, tu t'es rangée et surtout depuis que Zaouche a fait de la taule.

– T'étais déjà flic ou quoi ? raille-t-elle.

– Mon cousin c'est Amine. Tu connais Amine non ?

Joan blêmit. Amine Allaoui. C'est pas un nom dont elle avait envie de reparler.

– Connaît pas. Et ton cousin ça pourrait être la reine d'Angleterre que j'en aurais rien à foutre. On a juste fait grève et vous nous avez défoncés.

Allaoui reprend son mutisme. Joan tourne la tête et voit un flic sans uniforme, juste un vieil imperméable gris. *Quel cliché !* se dit-elle. Elle le reconnaît tout de suite, de petite taille et des cheveux poivre et sel. Elle n'arrive pas à se rappeler son nom, mais c'est le flic qui l'a interrogée à Hoïkos.

– Capitaine Girard, vous me remettez ? demande-t-il.

Elle acquiesce sans rien dire.

– Je vous notifie formellement votre garde à vue de vingt-quatre heures à compter d'aujourd'hui, le 14 novembre 2019 à 10 h 32, elle est renouvelable jusqu'à quarante-huit heures, soixante-douze heures s'il s'agit de faits liés au terrorisme. Officier Perret, vous pouvez la ramener en cellule.

La flic, toujours la même, s'avance vers elle.

– Attendez, c'est tout ?

– Tout quoi ? demande Girard.

– Vous ne m'interrogez pas ?

– Vous accepteriez de parler sans la présence d'un avocat ?

Joan n'avait pas réfléchi à cette question. Elle secoue la tête. Girard lui sourit.

– C'est bien ce que je pensais. Je n'ai pas de temps à perdre. J'attends votre avocat.

– Mon avocat ?

– Oui, maître Andreani, c'est l'avocat du syndicat, elle arrivera dans peu de temps, dit-il en levant les yeux au ciel.

Une fois que Perret a disparu avec Mendes, Girard se tourne vers Allaoui.

– Tu m'accompagnes. Un petit passage dans le 8e ça te dit ?

Allaoui fronce les sourcils.

– Ce n'est pas notre juridiction, chef.

– On va juste rendre visite à un vieux pote à moi.

Un vieux pote. Est-ce qu'on pouvait vraiment appeler Matthias un pote ? Ils s'étaient rencontrés sur la dernière grosse affaire que Girard avait traitée à la brigade criminelle. Cette affaire avait duré plus de six années, six années plongées dans l'extrême gauche et l'extrême droite. Au milieu de tout ça, il y avait Matthias, un homme étrange qui trônait tout seul dans son service de la DRPP, la direction des renseignements parisiens. Il était le seul à gérer l'extrême gauche, ou en tout cas le prétendait-il. Ce qui était certain, c'est qu'à l'exception de quelques cas emblématiques comme l'affaire Tarnac, l'ultra-gauche n'intéressait plus réellement l'État et Matthias avait vu son service s'amenuiser de plus en plus. À la fin de l'affaire Declercq, Matthias avait été muté comme 95 % des acteurs impliqués dans l'enquête.

Allaoui a un visage qui montre qu'il n'est pas rassuré. Sa bouche se tord en une grimace et sans doute suit-il Girard parce qu'il n'a vraiment pas le choix. À vrai dire, si Girard avait pu avoir mieux qu'Allaoui, il aurait pris. Mohammed Allaoui devait avoir à peine 27 ans, peut-être moins. Il était pataud et faisait souvent des bourdes dans ses rapports. Sa seule utilité, c'est qu'il connaissait le terrain, il avait grandi à la cité de la Rose des Vents, appelée aussi les 3000, à Aulnay-sous-Bois. La zone commerciale de Paris-Nord, il connaissait comme sa poche bien qu'on était administrativement dans le Val-d'Oise et non en Seine-Saint-Denis. Mais ce n'est pas pour ça qu'il a choisi Allaoui. Il ne se l'était pas avoué tout de suite, mais la croix gammée de Perret lui avait fait réaliser, s'il avait feint de l'oublier, qu'il n'a pas beaucoup d'alliés dans la police. Officiellement, il est le chef de son équipe, mais il sait bien qu'il ne fait pas l'unanimité. Il se traîne une réputation de gauchiste et de fouille-merde, dans les deux cas ce n'est pas des qualités reconnues dans la police républicaine. Girard regarde le périphérique à perte de vue.

– T'es devenu flic pourquoi, toi, Allaoui ?

Allaoui inspire profondément.

– Je sais ce que vous attendez, chef. Vous attendez que je vous dise que je suis devenu flic pour attraper des criminels.

Girard sourit.

– Je n'attends rien de spécial Allaoui, je fais juste la conversation.

Allaoui ouvre la fenêtre, il regarde dans le rétroviseur la vue de Gonesse se réduire.

– J'avais besoin d'un salaire, rapidement, j'avais juste le niveau CAP. Je ne vois pas bien ce que j'aurais pu faire d'autre pour avoir de l'argent.

Girard acquiesce.

– Tu vis toujours à la cité ?

– Aux 3000 ? Non, ça fait longtemps que je me suis barré. Vous voulez savoir ce que je sais sur Fonseca, c'est ça ?

– Disons que je sais deux, trois trucs, mais pas tout, répond Girard.

– Fonseca, c'est le travail des Stups.

Girard renifle. Il avait commencé sa carrière aux Stups, il n'était pas resté longtemps. Trop de magouilles. Dès qu'une place à la Crim s'était libérée, il avait foncé. L'image de son ancien commissaire aux Stups, le commissaire Le Gall, lui donnait encore la chair de poule.

– Pourtant, il est mêlé à cette affaire.

Allaoui expire bruyamment.

– Pour être honnête, chef, je ne sais pas vraiment sur quoi on enquête. Ni d'ailleurs si on devrait enquêter. Une employée d'Hoïkos a fait une tentative de suicide. Elle est consciente à présent et que je sache elle n'a pas porté plainte. À la limite, il faudrait leur envoyer l'inspection du travail. Ensuite, on nous appelle pour empêcher des salariés de cramer un entrepôt. On arrête la nièce de Fonseca. Il se trouve que je la connais un peu.

– Tu la connais ?

Le ton de Girard est plus suspicieux qu'il ne l'aurait voulu. Allaoui balaye la discussion d'un revers de la main.

– C'est des coïncidences, chef.

– C'est trop de coïncidences pour que ce soit honnête, Allaoui. Je te dis tout ce que je sais et ensuite tu me dis tout ce que tu sais. De Bonneval, c'est un trader à la base, il a fait HEC, puis il s'est mis à jouer en Bourse. C'est un sale type, un peu mafieux sur les bords et quand il a commencé à traîner dans des affaires louches du type sociétés écrans et tout le tintouin, il s'est fait ami avec un jeune Portugais : Leandro Fonseca. Ce qui est quand même étonnant parce que le père Fonseca, c'était plutôt du genre ouvrier catholique qui fait son boulot sans rien demander à personne.

Allaoui hausse les épaules.

– Franchement, chef, vous savez pas ce que c'est la vie ici. À mon avis, Fonseca, jeune, il voulait juste de l'argent. Avec le chômage dans ces années-là, il a vite fait le calcul.

– Il aurait pu devenir flic, comme toi, dit Girard en souriant toujours, bref, de Bonneval a fini par perdre tout son argent, Fonseca l'a lâché, du coup de Bonneval a épousé Alessandra Gabrielli, une riche héritière italienne. Et puis elle s'est retrouvée assassinée à peine deux ans après le mariage.

– Il l'a pas lâché : il est allé en taule, Fonseca, le coupe Allaoui. Bon j'étais un môme encore, la seule raison pour laquelle je connais cette histoire, c'est que, bon, mon cousin Amine, il est ami… Bon vous m'avez compris avec Sabri Zaouche.

Girard lève le sourcil gauche. Il est flic depuis assez longtemps pour savoir que derrière ces circonvolutions se cache l'homosexualité.

– Sabri Zaouche, il livrait de la drogue pour Fonseca, ou plutôt pour son père, Kamel Zaouche, c'était le bras droit de Fonseca jusqu'à ce qu'il balance tout le monde y compris son fils.

– Il est où maintenant ce Kamel Zaouche ?

– Personne ne le sait. La fille Mendes, elle a dealé un peu, on raconte même qu'elle faisait entrer de la came à Fresnes pour son oncle. Mais si elle l'a vraiment fait personne ne l'a chopée. De toute façon une fois que Zaouche est sorti de taule, elle a tout arrêté, elle est même allée à la fac.

– Et après la fac ?

– Après ? Honnêtement je sais pas trop. Elle a monté un festival rock et ça a mal tourné.

– Comment ça ?

Allaoui secoue la tête.

– J'en sais pas plus, c'était à Rosny, mais je pense pas que ça ait un rapport avec Hoïkos.

Girard ralentit pour se garer en créneau dans la rue Cambacérès.

– En fait, tu ne m'apprends rien.

– Peut-être un truc quand même, chef : Fonseca, il est sorti de taule, il est en liberté conditionnelle depuis deux semaines.

Girard freine d'un coup sec. Il emboutit la grosse Berline qui se trouve devant lui. Sort alors un homme obèse au front ruisselant. Il porte un tee-shirt siglé de la tête d'Ernesto Guevara, dit le Che, un révolutionnaire cubain. Il avance et frappe sur la vitre. Girard ouvre la portière.

– Salut Matthias et désolé pour ça.

– Le petit Girard, dit-il en riant, t'as oublié comment conduire à Paris on dirait. C'est qui lui ?

Il pointe du doigt l'officier Allaoui.

– C'est Allaoui. T'inquiète, tu peux lui faire confiance.

Le visage de Matthias change de couleur. Il est livide à présent.

– Pourquoi ? Parce qu'il est arabe ? C'est quoi ton prénom gamin ?

– Mohammed.

– Vraiment ? T'as rien trouvé de plus original ?

Allaoui s'apprête à lui répondre une réplique bien cinglante, mais Girard lui fait signe de laisser tomber.

– T'es marocain ?

– Ouais, dit Allaoui qui commence à perdre patience devant ce personnage qui ne se cache même pas de son racisme.

– T'as de la famille chez les Frères ?

– Oh c'est bon là, non ? Je suis un bon flic, loyal et ça y en a pas beaucoup.

Matthias sort un cigarillo et l'allume. Il souffle un peu la fumée, crachote, il devient à nouveau rouge et suintant. Il leur fait signe de les suivre. Girard et Allaoui s'exécutent sans poser de questions. Ils remontent la rue puis prennent à gauche sur la rue La Boétie, à Miromesnil ils bifurquent sur l'avenue Percier. Non loin de la place du Pérou, ils s'asseyent à la terrasse d'un grand restaurant très luxueux. Matthias commande trois cafés serrés. Il regarde Allaoui dans les yeux.

– Je suppose qu'il t'a rien dit Étienne, alors je vais le faire. Étienne c'est un vrai flic, un vrai comme on en fait plus. Intègre, républicain, qui pose les bonnes questions même quand il sait qu'elles lui apporteront des réponses qui ne plairont pas à la hiérarchie. Mais c'est un con.

Girard rit de bon cœur, en trois ans Matthias n'a pas changé d'un pouce.

– Moi c'est Gérald Matthias, mais tout le monde m'appelle Matthias. J'ai bossé dans le renseignement toute ma vie. Aujourd'hui on m'a mis dans un placard, la D2, la division de l'information économique et sociale. C'est parce qu'avec Étienne et quelques-uns de ses amis on s'est frottés à de gros bonnets. Des gens qui ont été plus forts que nous. Je te semble un peu parano. Je pose les mauvaises questions et, je te l'accorde, je suis un peu raciste sur les bords.

Il hausse les épaules.

– Je suis flic quoi, continue-t-il. Mais la dernière fois, on a une excellente commissaire qui est tombée en raison des liens avec sa famille. Donc mieux vaut prévenir que guérir.

Allaoui se racle la gorge.

– J'ai un petit cousin qu'est en Syrie, mais je l'ai jamais vu. Et mon cousin Amine.

– Amine ? Et qu'est-ce qu'il a Amine ?

– Amine Allaoui

– Et je devrais le connaître ? Moi mon truc c'est l'ultra-gauche.

Mohammed se tortille sur sa chaise, il regarde alternativement Matthias et Girard. Il ouvre la bouche puis la referme.

– Non, y a rien, il est… Parfois dans des embrouilles, mais rien d'inhabituel dans les quartiers, des petits bizz.

Girard fronce les sourcils.

– C'est tout ? demande Matthias.

Allaoui acquiesce vigoureusement.

Matthias se gratte la tête et il boit son espresso d'un trait.

– Bon maintenant on en vient à la partie où Étienne est un con. Tu sais qu'en t'attaquant à Fonseca, tu iras sur les terres de Le Gall, et tu sais avec qui il roule. Le Gall, c'est le patron des Stups, ajoute Matthias à l'adresse d'Allaoui. Et lui ce n'est pas vraiment un bon flic intègre et républicain.

Étienne Girard lève la main.

– Donne-moi des renseignements et cesse de jouer les Cassandre.

– Alors voilà l'info : Fonseca c'est plutôt du genre casseur de grève que pote avec les syndicalistes. Mais y a eu un précédent. Il y a quinze ans, il y a déjà eu un suicide à Hoïkos Paris-Nord. Ça s'est mal terminé, une grève très dure. On dit qu'il aurait fourni des hommes et des barils d'essence pour mettre le feu à l'entrepôt. Peut-être même qu'il l'aurait fait lui-même.

– De Bonneval était déjà directeur du magasin.

– Sous-directeur.

– C'est comme ça qu'il est devenu directeur je suppose ?

– T'as tout compris ! Et tu sais qui était déjà délégué du personnel ? Mohammed Djebbari.

– Comment tu le connais lui ?

– Facile, son père était au FLN, un enragé, bien radical, bien avec l'envie de faire tout sauter. Et ça, le terrorisme d'extrême gauche, c'est ma spécialité, dit-il en pointant la tête du Che sur son tee-shirt.

Chapitre 16
Le garage – *One Dead Cop*

Mardi 6 octobre 2007

Au début de son année de terminale, Joan s'était rendu compte que malgré tout, malgré les galères de l'école et son homosexualité, la vie pouvait être belle. Bien sûr ce constat, elle le devait en grande partie au groupe The Ultimate Temptation, groupe qu'elle avait fondé avec Sabri et Thomas, lors de l'année de seconde. Sabri avait redoublé la première et Joan et lui s'étaient alors retrouvés dans la même classe. Quant à Thomas, le batteur, il était à présent en première année de fac d'histoire à Nanterre, mais il donnait chaque moment libre au groupe. Entre les répétitions et les concerts, Joan n'avait pas le temps de penser au bac, alors même qu'elle s'était vautrée lors des épreuves anticipées de français. Le groupe avait commencé à avoir son public, grâce à leurs reprises, et Joan réfléchissait à présent à composer leurs propres chansons. Sur un petit carnet à la reliure en cuir rouge, elle notait quelques couplets, quelques refrains, un peu décousus. Elle avait même écrit une chanson entière qui s'intitulait *Ingrid*, en l'honneur de sa professeure sur laquelle elle fantasmait encore un an après le départ de sa prof préférée du paquebot. Mais celle-là, elle n'aurait de toute façon jamais osé la chanter en public et elle ne l'avait d'ailleurs même pas montrée à Sabri. Son crush sur cette prof, ça restait son secret, même si elle se doutait bien qu'au vu de la popularité d'Ingrid Lambert, elle n'était sans doute pas la seule à crusher sévère. Toujours est-il qu'au début de son année de terminale, Joan se trouvait étrangement sereine et enthousiaste. Tant et si bien qu'une journée d'octobre, elle était venue en répèt avec une idée, une idée un peu grande pour elle, peut-être même un peu idéaliste.

– Et si on organisait un festival rock à Rosny ? On pourrait l'appeler « Rock and Rosny », ça pourrait même être à Casa, je suis sûre qu'on pourrait monter une scène.

Sabri tousse bruyamment. Thomas, assis dans le canapé défoncé de l'arrière-salle du garage de Leandro, continue de se concentrer sur la cendre de son joint sans tourner la tête.

– Qui viendrait à Casa même ?

– Plein de gens, je pense, dit Joan sans relever le ton quelque peu agressif de Sabri. Ça pourrait même donner une autre vision de Casa.

Thomas éclate de rire en passant le joint à Sabri. Ils se mettent tous deux à se moquer de Joan. Ils lui demandent si elle va organiser ça avec l'argent de la came. Si elle peut avoir Mick Jagger, ou David Bowie. Joan se dirige vers la basse et elle joue quelques notes pour se détendre. Elle joue et ne les écoute plus. Elle se rappelle, quand elle se sentait seule et isolée du monde, qu'elle écoutait Janis et que ça la calmait instantanément. Elle prend le temps de ressentir les cordes qui vibrent contre ses doigts. Elle ressent alors intensément comment la musique lui a toujours apporté une catharsis à son trop-plein d'émotions, à sa colère. Elle veut faire découvrir ça à d'autres, cette jouissance intense. Dans sa tête, elle s'y voit déjà, à Rock and Rosny, un festival de musique à Danielle Casanova où il ne se passe jamais rien hormis des bavures policières et du trafic de drogue. Elle voit les yeux des adolescents s'illuminer. Elle se rend compte qu'elle a un rêve : elle n'a pas besoin d'un rêve plus grand, celui-là est énorme et si elle l'accomplit ce sera l'aboutissement de toute sa vie.

Soudain, un bruit strident résonne au milieu de la mélodie, un bruit qui lui fait lâcher sa basse immédiatement, qui fait que Sabri écrase le joint et que Thomas pose la bière. Ils se regardent tous les trois, d'un air interrogatif, mais au fond ils savent déjà, bien avant qu'on tambourine sur la porte, que leurs rêves sont en train de se briser. Les flics n'ont pas besoin de s'annoncer, ni de montrer leurs mandats. Sabri tire le bras de Joan et les fait courir dans l'autre sens. Thomas les suit de près. Ils voient la voiture de police les filer. Joan sent son pouls battre dans son cou, et bientôt elle sent le sang qui afflue dans ses artères, elle a du mal à respirer. Elle fume trop, boit trop. Ils connaissent mal Aulnay, ils ne savent pas où courir, ni pourquoi ils courent. Thomas court plus près d'eux à présent. Il leur hurle quelque chose qu'ils ne comprennent pas tout de suite.

– Continuez de courir. Je serai vite sorti, répète-t-il.

Sabri acquiesce énergiquement. Thomas s'arrête en levant les mains très haut au-dessus de sa tête. Ils ne regardent pas derrière eux. Ils courent comme si leur vie en dépendait, mais bientôt, Joan sent que son corps la lâche. Elle ralentit, Sabri s'approche d'elle, il tire sur son bras. Mais elle ne peut plus avancer. Alors Sabri la pousse violemment contre un bâtiment en lui murmurant : « Je t'aime. » Et il s'arrête à son tour, en levant les mains. Joan rampe derrière des containers de poubelles. Elle entend, glacée, la voix du policier : « Où est la fille ? » Et la voix tremblante de Sabri répondre : « Quelle fille ? » Joan entend le policier s'énerver, et Sabri finir par lui dire : « Ah cette fille-là, je n'ai aucune idée de qui elle est. »

Ce jour-là, Joan est restée longtemps cachée, jusqu'à ce qu'un gamin un peu plus jeune qu'elle vienne lui dire que la voix était libre. Elle l'avait regardé, des cheveux bouclés, un sourire, des yeux un peu fuyants. Elle lui avait demandé son prénom. Il avait répondu « Mohammed », puis il avait ajouté que c'était Amine qui l'envoyait.

– Amine qui ?

L'enfant avait éclaté de rire puis il avait couru dans l'autre sens. Joan s'était relevée et était partie en longeant les murs. Quand elle était rentrée, elle n'avait rien dit à personne. Elle avait attendu des nouvelles, mais elle n'en avait pas eu. Elle guettait les moindres gestes de ses parents pour y déceler des indices, mais il n'y avait rien. Elle s'était endormie avec son portable dans la main, pleurant pour ses amis. Elle avait voulu se rendre à la police, mais à quoi bon, ça n'aurait aidé ni Sabri ni Thomas.

Le lendemain, Sabri n'était pas au lycée. L'angoisse montait dans le corps de Joan, elle en avait parlé à Selma et Sousou, mais elles lui avaient répondu qu'il fallait attendre. Une garde à vue, c'est long. Il fallait au moins attendre quarante-huit heures. Alors Joan avait attendu de longues heures où elle refaisait dans sa tête les derniers moments avec Sabri. Pourquoi avait-il eu ce dernier geste pour elle ? Pourquoi s'était-il sacrifié ? Plus tard, bien des mois et des années après, Joan en était venue à la conclusion que c'était un geste stupide. Un geste sacrificiel inutile. Joan n'était pas majeure, Sabri oui. Mais à ce moment-là, elle ne pouvait penser qu'à une seule chose, Sabri l'aimait, d'un amour si fort qu'il l'avait sauvée. Bien sûr, cet amour n'était pas celui d'un amour romantique. C'était un amour fraternel, cet amour qu'elle ressentait quand elle était en compagnie de Selma ou de Sousou, cet amour qui fait soulever des montagnes. Elle était incapable de l'aider.

Quand elle était rentrée à Casa, elle avait alors bu des bières sur le petit muret où elle s'était endormie le jour de son exclusion, elle se sentait incroyablement seule. Elle aurait pu appeler Selma et Sousou. Mais elles n'auraient pas compris sa culpabilité et surtout au fond elle savait bien que ses amies voyaient d'un mauvais œil sa relation avec Sabri. Elle était seule avec l'alcool, en se demandant ce qu'elle pourrait bien faire dans cette solitude, sans Sabri pour l'accompagner dans ses conneries. Elle était allongée quand son téléphone portable avait sonné dans le sac qui se trouvait à ses pieds. Elle s'était précipitée dessus et avait répondu. Elle reconnut immédiatement la voix de Thomas, une voix grave un peu brisée.

– Ils m'ont laissé sortir.

– Et Sabri ?

– Comment ça, Sabri ? J'ai essayé de l'appeler, il ne m'a pas répondu ! T'es pas avec lui ?

– Il est en GAV, les flics l'ont chopé ! Il était pas avec toi ?

– Non.

Joan étouffe un bruit de pleurs dans sa main. Thomas aussi pleure. Elle entend ses sanglots grésiller dans son oreille.

Ils avaient décidé de se rejoindre chez le père de Thomas qui était en roulement de nuit, parce qu'il était ambulancier. Thomas vivait dans un quartier assez tranquille, ce n'était pas une cité, mais c'était quand même des logements sociaux. Quand Thomas lui avait ouvert la porte, Joan l'avait pris dans les bras pour la première fois. Ils avaient fumé des joints à la fenêtre de la chambre. Ils avaient à peine parlé, ils avaient écouté des classiques du rock sur la platine qu'on lui avait offerte pour son anniversaire. C'était aux alentours de minuit que Sergio l'avait appelée.

– Joan, tu es où ?

– Chez un ami, papa, pas très loin.

– Est-ce que tu étais chez Leandro quand la police a perquisitionné ?

Thomas lui fit un signe de tête qui signifiait clairement non. Puis il avait griffonné sur son carnet : LA POLICE EST LÀ.

– Quoi ? La police est venue au garage ?

Joan entendait les bruits de voix à côté de son père.

– Et Sabri, tu as des nouvelles de Sabri ?

– Non, il n'était pas au lycée ce matin. Il ne répond pas au téléphone. Qu'est-ce qu'il se passe papa ?

– Ma fille n'est pas une menteuse, dit la voix ferme de Sergio.

– Papa ?

– Rentre ma fille, c'est très grave. Leandro est en prison et Sabri aussi.

– Tu veux dire en garde à vue ?

– Non ma fille, ils sont en détention provisoire pour trafic de drogue.

Joan avait lâché son téléphone et il s'était brisé sur le sol. Son corps s'était alourdi. Tous ses muscles lui faisaient mal. Elle regardait Thomas sans pouvoir dire un mot. Elle n'était pas rentrée ce soir-là, ni le suivant. Elle était restée chez Thomas. Ils n'avaient pas parlé. Quand on grandit à Casa, on sait bien que la prison, un jour ou l'autre c'est une possibilité. Joan ne pouvait pas être surprise. Pourtant, elle avait l'impression d'avoir été écartelée. Elle avait le sentiment qu'un étau venait d'enserrer sa poitrine, que rien ne viendrait libérer. Ce jour-là, elle avait compris qu'il n'y avait pas d'issue.

Chapitre 17
L'avocate – *November Rain*

Jeudi 14 novembre 2019

Dans la voiture qui roule à toute allure sur le périphérique, Élise Andreani réfléchit intensément à sa vie. Elle aura bientôt 40 ans, un chiffre qui l'effrayait il y a encore peu de temps, mais en s'observant dans son rétroviseur elle voit à quel point elle est belle et toujours désirable. Sa vie aurait pu être un désastre. D'ailleurs, elle avait mal commencé. Sa mère était morte en couches et Élise ne se l'était jamais pardonné. Son père s'était très vite remarié, avec une belle-mère qu'elle détestait. Elle avait fait toute sa scolarité en internat. Puis, elle était enfin allée à l'université et ça sonnait comme la liberté. Mais la liberté, la vraie, elle ne l'avait pas connue réellement avant longtemps. Un mec violent. Elle était un cliché. Un cliché de femme, bourrée de traumatismes impossibles à soigner. Elle était une parmi tant d'autres, parmi une majorité. Plus tard, bien plus tard, elle avait connu l'amour, le vrai, celui qui est tendre et qui ne fait pas mal, celui qui réconforte, puis la routine s'était installée et elle était partie sans se retourner pour aimer une autre qui la quitterait sans doute tout aussi rapidement.

Malgré tout, Élise Andreani, *maître*, comme on l'appelle quand elle porte la robe au tribunal, a bien réussi sa vie. Quand elle se rappelle ses années à monter des barricades au sein de sa fac, elle se dit qu'elle aurait pu devenir une avocate gauchiste sans argent. À la place, elle a gagné la majorité de ses procès un à un, patiemment. Bien sûr, elle a encore cette réputation de gauchiste qu'elle traîne derrière elle comme un boulet. Mais Andreani ce n'est plus un nom qui fait peur. Elle est l'avocate d'un syndicat, d'associations de migrants et des plus grandes affaires de répression politique des dix dernières années. Quand le secrétaire du Syndicat du commerce l'a appelée ce matin, elle n'a pas foncé. C'est une petite histoire. De rien du tout. Elle ira à Gonesse, bien sûr, mais ce n'est pas si pressé.

Une banale histoire de grève. Ça a mal tourné. Elle les fera vite sortir. Et pourtant, même si elle est satisfaite de sa vie, elle ne peut pas s'empêcher de repenser à la place dans le lit qu'elle a trouvé vide ce matin.

Sur la route, elle appelle sa compagne, celle qui n'est pas rentrée de la nuit. Et évidemment, elle ne répond pas. Quand on a été soi-même la maîtresse pendant autant de temps, on ne peut pas en être étonnée. Élise ravale ses larmes, elle se regarde dans le rétroviseur, une nouvelle fois, elle est belle. Elle se force à sourire, elle entrouvre la fenêtre et allume une cigarette. *Trois ans.* Trois ans qu'elle avait arrêté de fumer. Quand elle entre dans Gonesse, elle pense à quel point cette ville est hideuse, avec ses bâtiments décolorés, grisâtres et l'aéroport juste à côté. Il y a une espèce de bruit constant de vrombissement. En claquant sa portière, elle se rend compte que son téléphone vibre dans sa poche. Elle le sort, sur l'écran elle voit le prénom de Rachel s'afficher. Elle l'envoie sur répondeur, sans même une once de remords. Elle sourit en s'avançant vers le commissariat. Derrière elle, elle entend une voix presque familière, mais qu'elle ne reconnaît pas tout de suite.

– Maître Andreani, ça faisait longtemps que nous n'avions plus eu ce plaisir.

Élise se retourne pour observer l'homme qui la jauge du regard. Il est petit, plus petit qu'elle, un mètre soixante-cinq tout au plus. Des lunettes carrées aux montures épaisses, des cheveux poivre et sel. Mais c'est cet horrible imperméable gris qui lui rappelle une autre époque. Pas si lointaine et pourtant cela lui semble une éternité.

– Capitaine Girard, dit-elle avec tout le mépris dont elle est capable.

Le flic à côté de Girard en uniforme fronce les sourcils.

– Allaoui, dit Girard, maître Andreani, l'avocate des pauvres et des opprimés.

L'ironie dans sa voix est à peine voilée.

– Je vois que vous avez eu une promotion, raille-t-elle à son tour, la récompense des affaires bien conclues.

D'un geste de la main, il lui fait signe de le suivre. Le commissariat de Gonesse ressemble à n'importe quel commissariat : des murs blancs un peu jaunâtres, des flics en uniformes partout. Elle s'était habituée à l'idée de côtoyer la police. Elle ne les aimait pas particulièrement et ils le lui rendaient bien, mais elle restait une professionnelle.

Girard l'installe dans son bureau, une petite salle remplie d'armoires en fer avec des dossiers empilés dans tous les sens. Il s'assied et il semble nerveux. Élise observe les traits de son visage se tendre. Il a vieilli en peu de temps. Elle lève les yeux face au portrait présidentiel accroché derrière lui. La vue du président Macquart lui file des frissons. Elle ne s'y habituerait jamais. Elle ne peut pas, pas en sachant tout ce qu'elle sait. Elle regarde Girard à nouveau. Elle pense à Rachel, qui lui aurait dit qu'il faisait partie des bons. Des bons flics. « Comme si ça existait des bons flics », se dit encore une fois Élise. Girard alpague un officier dans le couloir et lui demande de fermer la porte. Élise hausse les sourcils.

– Capitaine Girard, je voudrais m'entretenir avec mes clients, d'honnêtes grévistes que vous retenez abusivement, sans aucun motif.

Le petit Étienne Girard la dévisage.

– Je crois qu'on peut se parler franchement vous et moi, maître, on peut dire que l'on s'est retrouvés du même côté par le passé.

Les sourcils d'Élise montent encore plus haut sur son visage.

– De quel côté parle-t-on ?

– Je veux juste vous avertir. Dans cette affaire, il y a des choses qui vous dépassent et moi aussi.

Élise le regarde et elle sourit.

– Capitaine, vous avez mis plusieurs années à ne pas résoudre le meurtre d'une militante antifasciste par l'extrême droite[1]. Quand vous avez appris qui étaient les coupables, vous avez préféré enterrer la vérité.

– J'en ai quand même payé le prix, maître, comme vous me l'avez aimablement fait remarquer.

---

1. Dans *Les Traîtres,* de la même auteure, Ker éditions, 2024.

– J'aimerais m'entretenir avec mes clients, capitaine.

Élise se lève d'un geste agacé, elle n'a aucune espèce d'envie de ressasser le passé avec un flic, quand bien même ce serait un « bon » flic. Girard ce n'est pas le pire, elle le sait. C'est un ancien inspecteur de la BC, il avait dû faire une école prestigieuse pour en arriver là. Elle n'a aucune raison de particulièrement lui en vouloir, à ce flic. Elle avait été mêlée à cette affaire de loin, elle était l'avocate, mais une avocate un peu par hasard, parce qu'elle était là. Elle n'est pas pénaliste, mais ce crime-là était hautement politique. Elle se souvient avoir frissonné en lisant et relisant le dossier dont on ne pourrait rien faire, l'affaire était enterrée. L'extrême droite avait gagné : échec et mat. La gangrène se répandrait un peu plus vite dans la police. Élise sait bien que les flics de l'équipe du commissaire Kateb ne sont pas des fascistes, eux, mais elle continue à les regarder avec le mépris qu'on a pour les tièdes et pour les traîtres.

Girard hoche la tête. Il est las, comme s'il portait le poids du monde sur son dos.

– Dans vos clients, il y a Joan Mendes, son oncle n'est rien d'autre que Leandro Fonseca. Je crois qu'on va la garder quelque temps encore.

L'avocate assimile l'information. Elle n'est pas une habituée des affaires criminelles. Encore moins des affaires liées au trafic de drogue. Mais Fonseca, ça c'est un nom qu'elle connaît, que tout le monde connaît au barreau. Mais si cette information la trouble, elle n'en laisse rien paraître.

Dans la salle, Joan est affalée sur la petite table blanche. Elle a des cernes sous les yeux et ils sont gonflés comme si elle avait beaucoup pleuré. Elle est maigre. Son corps devrait compter au moins 10 kilos de plus. C'est ce que se dit Élise alors qu'elle l'observe pour la première fois. Elle ne l'imagine pas à la tête d'un trafic de drogue. À vrai dire, Joan Mendes a plus l'air d'une toxico ou d'un pilier de comptoir prête à être cloîtrée en centre de désintoxication. Elle a des cheveux courts bouclés et un teint livide. Son corps semble trop lourd pour elle. Elle est paumée. Elle n'est à la tête de rien du tout, se dit Élise, ni d'une grève, ni d'un réseau. C'est juste une fille paumée comme il y en a plein. Elle s'assied en face d'elle et tente de lui sourire. Joan la regarde, les yeux un peu vitreux. Elle ne sourit pas, au contraire sa mâchoire se contracte.

– T'es qui toi ? lâche-t-elle.

– Maître Andreani, je suis l'avocate du Syndicat du commerce.

– Je ne suis pas syndiquée, maugrée-t-elle.

Le ton de Joan n'est pas sympathique. Il est méfiant. Mais ça ne désarçonne pas son avocate, des travailleurs de ce type, méfiants envers les organisations syndicales, elle en a rencontré plein.

– Dans une grève, le syndicat se met au service des grévistes, tu as le droit d'être défendue.

Au contraire, le ton d'Élise est doux, rassurant. Peut-être qu'elle a gagné un peu de sa confiance car sa cliente se redresse. Elle a toujours l'air mal en point. Ses mains tremblent.

– T'es quel genre d'avocate ? Mon oncle dit souvent qu'il faut s'en méfier car certains sont de mèche avec les flics.

– Ton oncle ? Leandro Fonseca ?

Joan fronce les sourcils.

– Les nouvelles vont vite. Je suis pas dans ses biz. J'ai pas de casier, tu peux vérifier. Ce flic, Allaoui, dit-elle en crachant son nom comme s'il était une énorme saleté, il sait rien. Il m'a vu dealer un peu aux 3000 y a des années. Mais j'ai vite arrêté. J'ai juste fait une grève. La première de ma vie. Et pour ça je me suis fait écraser la tête dans mon vomi par une keuf tarée.

Les mains de Joan tremblent encore plus fortement. Puis les larmes coulent de ses yeux, effaçant la lourde couche de fard à paupières et de crayon khôl qu'elle arborait. Ces larmes, ça déboussole quelque peu Élise, parce que cela ne colle pas avec le ton froid et dur qu'avait pris sa cliente. Et puis, elle se rappelle ce que c'est une première garde à vue, et la première fois qu'on est réellement humilié, qu'on est frappé et mis à terre. Tout ça Élise l'avait vécu, elle le portait dans sa chair. Maître Andreani avait réussi dans la vie. Elle avait un immense appartement au-dessus des Buttes-Chaumont dans le 19e arrondissement de Paris. Elle portait des fringues impossibles à payer pour les travailleurs d'Hoïkos mais elle n'oubliait pas.

– Je suis du genre avocate anti-flic, répond-elle.

Joan la regarde à travers ses sanglots et pour la toute première fois lui sourit. Un vrai sourire qui ne serait pas le dernier. Quand Élise s'était réveillée ce matin-là, elle n'avait pas pensé qu'elle rencontrerait une cliente qui changerait sa vie. Elle ne pouvait pas le savoir, pas encore. Elle ne savait pas encore ce qu'il se passerait dans les jours à venir, qu'elle verrait Joan se transformer, petit à petit, jusqu'à commettre l'irréparable.

– Alors je vais te raconter une histoire, parce qu'il faut que tu nous aides.

Chapitre 18
Selma – *Rich Kids*

Décembre 2009 - Janvier 2010

Selma avait toujours dit qu'elle détestait les gens riches. C'était comme ça. C'était un fait établi. Et puis, il y avait eu la prépa et presque tout avait changé. Joan était restée loin derrière puisqu'elle n'avait pas eu son bac. Elle était restée refaire sa terminale à Charles de Gaulle, au paquebot. Selma était partie à Paris. Elle avait à peine de ses nouvelles. Alors que de la maternelle au lycée, elles ne s'étaient jamais séparées jusqu'à ce jour. Elles avaient eu ensemble des projets pour quitter Casa mais justement ces projets-là, elles devaient les construire ensemble. Parfois bien sûr, elles rêvaient de devenir riches, pour sortir leurs familles de la galère, pour pouvoir s'acheter les fringues qu'elles voulaient. Mais il n'avait jamais été question de s'acoquiner avec les riches. Joan avait toujours su que Selma ferait des études prestigieuses. Elle était première de classe depuis aussi longtemps que Joan pouvait se le rappeler. Elle était brillante. Elle comprenait toujours tout du premier coup et ne comprenait jamais pourquoi les autres, eux, étaient en difficulté. Ses profs de collège avaient essayé de l'envoyer dans un lycée de Paris plutôt qu'au paquebot. *Parcours d'excellence*, disaient-ils. Mais chez les Bentoumi, on n'avait aucune envie que Selma fasse des heures de trajet ou aille à l'internat. Selma c'était aussi l'aînée d'un petit frère et d'une petite sœur de 4 et 6 ans, avec les services de nuit de la mère, aide-soignante, et du père chauffeur VTC, aux horaires très aléatoires. Selma, elle, à l'époque, ne voyait pas l'intérêt de quitter Rosny.

Joan avait toujours su que Selma ferait des études prestigieuses, qu'elle rencontrerait les enfants de riches qui s'en sortaient toujours avec brio. Ceux qui avaient grandi avec une cuillère en argent dans la bouche comme disait Patricia Mendes. Mais elle ne pensait pas que Selma s'entendrait aussi bien avec eux, qu'elle s'intégrerait, qu'elle s'y ferait des amis. Elle ne pensait pas que Selma les aimerait et elle pensait encore moins que Selma l'abandonnerait. La première année, alors que Joan retapait sa terminale, elles se voyaient encore de temps en temps. On aurait pu dire que presque rien n'avait changé et pourtant pour Joan absolument tout avait changé. Selma se tenait droite, elle parlait une langue étrange, de celle qu'on utilise pour les rédactions de français et encore, pas toujours. Ses fringues avaient changé, elle ne portait plus ses survêts Nike, ni ses paires de TN. Même son maquillage avait changé. Il était devenu sophistiqué, de celles qui mettent du maquillage tout en faisant semblant qu'elles n'en mettent pas. Joan regardait son amie de toujours se métamorphoser sans pouvoir communiquer avec elle. Depuis que Sabri avait été arrêté puis avait rompu leur amitié, elle était de toute façon dans une phase de dépression, un tourbillon impossible à arrêter.

– On peut plus lui parler, c'est ça la vérité.

Le visage de Sousou se contracte, elle fronce les sourcils et elle prend avec ses baguettes un morceau de porc au caramel dégoulinant de sauce. Autour d'elles, le restaurant de monsieur Wu est bondé comme tous les samedis. Il est déjà quinze heures, mais dans le centre commercial de Rosny 2, il n'y a pas de véritable heure pour manger. Sousou avale difficilement. Elle boit une gorgée de Coca light puis s'essuie la bouche avec la serviette.

– Tu peux lui parler Joan, c'est juste que t'acceptes pas qu'elle change, dit finalement Sousou dans un haussement d'épaules.

– On dirait une bourgeoise !

Sousou éclate de rire.

– Ça c'est vrai ! Ses pantalons ! C'est quoi ces pantalons !

Joan rit à son tour, de bon cœur, parce que c'est Sousou, mais elle sait qu'au fond d'elle, elle a envie de pleurer.

– Alors c'est sérieux avec ta go ? Rose ? C'est un peu un prénom de riche, non ?

– Ouais c'est sérieux, sérieux, sérieux. Comme ça a jamais été sérieux dans ma vie, imagine, je pense même la présenter à mes darons !

Sousou siffle.

– Tu vas la ramener ici ? À Rosny ?

Joan fronce les sourcils à son tour.

– Pourquoi pas ? demande-t-elle agressivement.

Sousou reprend du porc au caramel. Elle ne répond pas tout de suite. Elle attend quelques minutes au moins.

– Tu sais très bien pourquoi. T'es à la fac maintenant, t'as une meuf qu'a un peu d'argent, casse-toi de Casa, tes parents t'en voudront pas, ils seront même contents pour toi, moi je suis coincée, tant qu'il sera pas mort, répond-elle en désignant son père en cuisine d'un signe du menton.

– Quitter Casa, c'est toujours ce dont on avait rêvé avec Selma, mais maintenant que j'ai vu Paris, que je sais ce que c'est, que j'ai connu d'autres endroits, je sais que je pourrai jamais partir, jamais vraiment.

Sousou avait hoché la tête en silence. Bien sûr qu'elle la comprenait, ils disaient tous qu'ils partiraient si l'occasion se présentait, mais à chaque fois qu'il fallait se déraciner, ils hésitaient. Il y avait quelque chose de rassurant dans leurs cités qui dépassait largement la misère, les logements sociaux insalubres et trop petits, les ascenseurs en panne et les bas d'immeubles dégradés. Il y avait la chaleur de la solidarité. Il y avait la communauté qui, au fond, Joan comme Sousou le savaient, ne pourrait jamais être complètement remplacée. Elles avaient continué à parler ce jour-là, de Rose, de la fac où elles ne se sentaient pas à leur place, des nouvelles paires de sneakers que Sousou rêvait d'acheter. Elles n'avaient que très peu abordé le sujet qui fâche, « Selma ». C'était la deuxième année de prépa pour Selma et ça faisait six mois qu'elles ne s'étaient pas calculées. Selma ne rentrait qu'à de rares occasions et elle ne se donnait plus la peine de prévenir Joan. Elle la croisait parfois par hasard en bas de son bâtiment : la tête haute, le regard méprisant. Joan savait que Sousou lui parlait encore souvent. Mais Sousou n'habitait pas à Casa. Dans leur cité, plus personne ne parlait vraiment à Selma, elle était devenue une parfaite étrangère.

Joan et Rose se fréquentaient depuis un mois déjà et filaient le parfait amour. Rose, c'était une bouffée d'oxygène dans la vie de Joan. C'était un semblant de normalité, c'était un goût de bonheur quand tout semblait aller de travers. Rose lui faisait oublier la trahison qu'elle avait subie de la part de Selma. C'était de moins en moins douloureux. C'est comme ça qu'un jour, elles s'étaient retrouvées dans un bar du Marais avec Sousou. Elles avaient fini leurs partiels de décembre, les fêtes de Noël s'étaient passées sans accroc et elles ignoraient ce qu'elles feraient pour la Saint-Sylvestre. Elles avaient chacune une pinte de bière devant elles. Joan buvait plus vite que les autres mais personne ne semblait s'en apercevoir.

– J'en reviens pas qu'on ait aucun plan.

C'était à ce moment que Sousou avait regardé ses chaussures sans dire un mot. Immédiatement, Joan avait compris que quelque chose clochait.

– T'es bizarre.

Sousou s'était défendue, mais le pourpre qui lui montait aux joues la trahissait. Au bout de dix minutes, elle avait lâché le morceau. Selma l'avait invitée à une soirée. Une soirée de riches, dans le 16e arrondissement, chez la fille d'un député socialiste. Joan avait reniflé, méprisante. Rose ne connaissait pas Selma, mais elle en avait tant entendu parler qu'elle avait serré la main de Joan instinctivement. Joan avait retiré sa main pour empêcher les larmes de couler, pour ne pas montrer que cela la touchait.

– Franchement, venez ! s'était exclamée Sousou.

– Même pas en rêve. Si t'as envie d'aller chez les bourges, fais-toi plaisir, mais très peu pour moi.

La discussion était close. Elles avaient continué de boire en silence. Puis Rose s'était mise à parler. Elle avait raconté des souvenirs de son enfance. Des souvenirs sans importance. Rose avait grandi en Lozère, une enfance à la campagne. Une campagne paisible avec des parents qui s'aimaient. Un père éducateur spécialisé et une mère prof. Joan l'écoutait à peine et Sousou faisait semblant de s'intéresser. C'était le genre de personne qu'était Rose, le genre de personne qui changeait de sujet pour éviter le malaise. C'était peut-être pour ça que Joan l'aimait. Avec Rose, elle avait des projets, il y avait la promesse d'une autre vie. Elle pourrait s'y faire. Elle pourrait se faire à la vie hors de Casa, avoir des enfants, construire une famille. En tout cas, elle le pensait sincèrement à cette époque-là. Plus tard viendraient les doutes, est-ce qu'elle pourrait réellement construire une vie en dehors de Casa, en dehors de Selma, en dehors de Sousou et pour faire quoi ? Rose réussirait ses études, peut-être qu'elle aurait une bourse de recherche ou elle serait prof. Joan n'avait pas de plans. Parfois, quand elle écoutait Rose dans le creux de la nuit, elle se plaisait à penser qu'elle pourrait faire plus, qu'elle avait du talent pour la musique. Alors, elle y croyait un peu, à une autre vie. Cela ne durait jamais longtemps. Au fond, elle savait au bout d'une demi-année que la fac, elle n'y arriverait pas. Elle s'accrochait pour Rose. Elle savait qu'elle ne serait jamais assez bien pour Rose, mais à cet âge-là, on fait semblant d'y croire. On fait semblant de penser qu'une future chercheuse pourrait épouser une caissière. On y croit longtemps et puis d'un jour à l'autre, on ne se regarde plus que du trottoir d'en face. On n'était pas du même monde, on n'aurait jamais pu vraiment s'aimer.

Joan ne se souvient même plus comment elle a changé d'avis. Quand elle est devant le bâtiment immense à l'architecture haussmannienne avec cette lourde porte en verre, elle sait que c'est vraiment la pire idée que Sousou ait eue. Ce qui rassure Joan c'est qu'elle voit dans le regard de son amie l'exacte réplique de ce sentiment. Sousou porte une robe moulante à paillettes rouges. Pour l'occasion, elle a posé des faux ongles de la même couleur. Ses cheveux sont attachés en deux chignons. Joan a essayé de faire un effort et porte un pantalon en cuir noir et une chemise blanche ample, mais elle doute qu'elle puisse s'accorder dans un tel décor. Rose, elle, porte comme à son habitude un pull extra-large rose et jaune fluo dans lequel elle flotte. Rose aurait pu être la moins inadaptée de leur trio, mais face à tout ce luxe, elle était tout aussi perdue.

– Écoutez, dit-elle, je pense qu'on a besoin d'un code, genre qu'on dit quand on veut se tirer.

Joan et Sousou rient nerveusement. Sousou inspire profondément et pousse la porte. L'appartement dans lequel elles se trouvent est un luxueux loft aux moulures apparentes. Des plafonds hauts, des lustres. Tout est meublé pour être harmonieux avec le même type de bois et un camaïeu de gris. Rien n'est laissé au hasard. Cela aurait pu ressembler aux catalogues Hoïkos que Joan feuilletait avec envie si ce n'est que l'on pouvait admirer la distinction. Il devait y avoir une trentaine de personnes, toutes habillées de manière similaire. Des robes courtes et noires et des ensembles complets pour les hommes. Selma elle aussi portait le même type de robe et de lourdes boucles d'oreilles. Elle n'avait semble-t-il même pas remarqué que ses amies étaient entrées dans la pièce. Elle était dans un état second. Ses yeux étaient vitreux et elle peinait à se déplacer sur ses talons aiguilles de dix centimètres. Le reste de l'assemblée les avait par contre tout de suite remarquées. Après s'être présentées à celle qui devait être la maîtresse des lieux, une dénommée Angèle, on leur avait offert coupes de champagne et petits fours. Selma, elle, continuait d'agir comme si elles n'existaient pas, y compris avec Sousou qui ne cessait pourtant d'essayer d'attirer son regard.

– Laisse tomber Sousou, lui dit Joan en lui mettant un coup de coude dans le bras. Je t'ai dit qu'elle avait changé.

– Peut-être qu'on devrait partir ? suggère Rose. On peut encore se caler dans un bar du Marais avant minuit si on se dépêche.

Joan secoue la tête.

– Tant qu'on est là, dit-elle en buvant d'un trait sa coupe de champagne, puis en en récupérant une seconde.

Sousou éclate alors de rire, lève son verre et boit elle aussi. Rose fait de même puis part dans un fou rire incontrôlable. Elle récupère un autre verre d'un liquide indéfinissable, le lève et murmure : « Aux bourgeois ! » Elles rient à nouveau toutes les trois. Puis, elles découvrent l'escalier qui monte au toit-terrasse. L'endroit est spacieux. Ici, il n'y a pas grand monde, car il ne doit pas faire plus de cinq degrés dehors. Mais les trois comparses se calent sur de petits fauteuils rembourrés avec une vue sur la tour Eiffel illuminée. Joan roule un pétard, l'allume et le fait tourner. Toutes les trois se lancent dans des discussions interminables. Elles refont le monde, fument, s'imaginent riches. Elles oublient presque où elles sont. De temps en temps, elles descendent dans l'appartement récupérer des petits fours et de quoi picoler. Tout le monde les ignore comme si elles étaient invisibles.

Minuit passe, elles regardent le feu d'artifice aux couleurs de la France serrées les unes contre les autres pour se tenir chaud.

Quand c'est à nouveau au tour de Joan de redescendre chercher à boire, elle entend distinctement la musique qui passe. C'est un morceau de rap que Sousou écoute en boucle depuis quelque temps. Elle voit médusée les étudiants de prépa rapper à tue-tête les paroles qui parlent de cité, de deal et de police. Au début, elle a envie d'éclater de rire. Ils sont ridicules. Et puis, elle voit Selma au milieu boire une bouteille et eux l'encouragent. Joan n'avait jamais vu Selma boire de l'alcool. Un mal de ventre la prend. Elle met sa main dessus pour tenter de calmer la douleur. Elle secoue la tête et se retourne pour ne plus les regarder. Elle se rend compte qu'elle est en colère.

C'est bien plus tard dans la soirée qu'Angèle vient à leur rencontre, il doit être deux heures du matin.

– Vous êtes bien les amies de Selma non ?

– Ouais.

– Il y a un problème là, elle fait que vomir, vous pouvez la ramener ?

Joan met une ou deux minutes à réagir, elles ont toutes beaucoup trop fumé et bu. Mais Joan étant une consommatrice régulière, elle tient mieux que les autres. Elle suit Angèle, traînant Rose et Sousou derrière elle. Elle voit alors Selma affalée sur le sol de la salle de bains. Elle baigne dans son vomi.

– Wow vous lui avez fait quoi à Selma ?

Angèle se mord la lèvre inférieure.

– J'y peux rien si ta copine ne sait pas boire.

Joan lui saisit le bras.

– Tu n'as aucune idée de qui je suis, alors minaude pas avec moi. Appelle les urgences, elle est en train de faire un coma.

L'autre grimace mais obéit à Joan, qui s'accroupit pour nettoyer un peu le visage de Selma. Celle-ci ne bouge pas mais on peut sentir sa respiration.

Les pompiers arrivent au bout de quinze minutes.

– Qui l'accompagne ?

– Moi, répond Joan du tac au tac.

Sousou et Rose se regardent, embarrassées.

– Prenez un taxi, posez-vous chez Rose, je vous appelle dès que j'en sais plus.

Elles acquiescent, Joan se précipite derrière les pompiers qui portent Selma sur un brancard.

Joan avait attendu toute la nuit sur une chaise. L'angoisse l'avait dégrisée. Au petit matin, l'interne de garde était venu lui dire qu'on lui avait fait un lavement et qu'elle pouvait la voir. Joan avait hésité. Elle était venue en souvenir de leurs années d'amitié mais que pouvaient-elles encore avoir en commun après ce soir-là ?

Dans le box des urgences, Selma est relevée. Elle a le teint très pâle comme si elle était prête à s'évanouir. Joan reste dans l'encadrement de la porte.

– Tu nous as fait peur, marmonne-t-elle.

Selma la toise.

– Arrête de me juger, Joan.

Joan éclate de rire. Elle avance et s'assoit sur le rebord du lit aux pieds de son amie.

– T'es marrante toi, tu crois que moi je te juge ? Eux, ils te jugent, tous, autant qu'ils sont. Tu crois qu'ils t'ouvrent les portes de leur monde ? Selma, qui t'a ramassée hier alors que tu m'avais ignorée toute la soirée ? Qui vient d'attendre pendant cinq heures que tu te réveilles ?

– Arrête tes grands airs, Joan, je peux faire quoi en fait ? C'est ma vie maintenant. Tu ne sais pas ce que c'est. Tu ne sauras jamais ce que c'est. Tu m'as laissée tomber, pour faire Dieu sait quoi avec tes petits biz à la Leandro et tu crois que tu peux me faire des leçons de morale ?

Joan hausse les sourcils.

– Alors on en est vraiment là Selma ? On ne peut pas tous sortir du quartier, tous échapper à la drogue.

– Pauvre Joan, dit Selma de manière sarcastique.

– Moi au moins je n'oublie pas d'où je viens, répond Joan en pleurant.

– Moi non plus, souffle Selma.

– Prouve-le.

Elles se regardent droit dans les yeux sans ciller, puis elles éclatent soudainement de rire, toutes les deux en même temps. Selma tend les bras et Joan se serre contre elle. Elle pleure contre son amie, puis rit à nouveau. Elle sent les larmes de Selma couler. Elles chuchotent encore longtemps des choses sans importance, juste pour combler le silence. Puis, elles finissent par s'endormir jusqu'au moment où on les vire de l'hôpital.

Elles rejoignent Sousou et Rose dans la chambre de la Cité U de cette dernière et organisent un énorme petit déjeuner. Joan les regarde et se sent réellement heureuse.

Après cet épisode Selma serait toujours l'appui de Joan envers et contre tout, même après que Joan, des années plus tard, appuierait sur la détente d'un Colt 45.

Chapitre 19
La manifestation – *Toxicity*

Samedi 16 novembre 2019

Joan est sortie de garde à vue au bout de quarante-huit heures, la majorité de ses collègues ont été libérés bien plus tôt. Certains n'ont même pas fait les vingt-quatre heures habituelles. On lui a dit de ne pas bouger, peut-être que le juge d'instruction déciderait la poursuite. La poursuite de quoi ? Joan n'en a aucune idée. Elle continue de retourner dans sa tête les événements de la grève, comment tout a pu dégénérer aussi vite ?

« Tu bouges pas, tu te tiens à carreau. » Joan regarde Allaoui en plissant les yeux puis elle acquiesce en rallumant son téléphone. De nombreux appels en absence et des dizaines de messages.

Elle relève la tête :

« Je n'ai rien fait », marmonne-t-elle.

« Madame Mendes. » La voix claire et forte de l'avocate résonne dans le hall du commissariat de Gonesse. Joan se retourne. Elle fait face à son avocate au visage fermé, rien à voir avec la douceur qu'elle arborait il y a deux jours.

Elle est accompagnée par l'inspecteur Girard. Maître Andreani se retourne vers le flic et le fixe sans ciller.

– Vous devriez apprendre à vos équipes à éviter de faire du zèle, capitaine, dit-elle fermement.

– Remarquez que ce n'est pas tous les jours qu'une avocate prend le temps de venir chercher sa cliente. Mais je commence à avoir l'habitude de vos méthodes, maître.

L'avocate pendant un moment fugace semble quelque peu mal à l'aise. Puis, elle sourit.

– Ce n'est pas tous les jours que vous molestez une gréviste, rien n'est terminé, capitaine Girard, j'espère que vous en avez conscience.

– Je suppose que nous nous verrons au TGI[1], maître.

Celle-ci acquiesce et fait un signe du bras pour indiquer à Joan de sortir.

Dehors, malgré le froid du vent, le soleil est éclatant. L'avocate tend à Joan une cigarette et s'assied sur le capot d'une voiture à la peinture bleue. Joan tire sur la clope et les larmes coulent toutes seules, sans qu'elle s'y attende.

– J'ai une bonne et une mauvaise nouvelle, finit par dire Élise.

Elle a repris son ton doux et son visage chaleureux. Joan suppose que le ton glacial n'existe que pour les flics. Elle ne répond pas à l'avocate, elle attend. Elle a l'impression de vivre un cauchemar éveillé, un peu comme quand elle avait dû courir face aux flics il y a quelques années, qu'elle avait fait les allers-retours en prison pour Leandro. Elle se sent sale, elle donnerait vraiment tout pour une douche et son lit.

1. Tribunal de grande instance.

Now somewhere between the sacred silence
Sacred silence and sleep
Somewhere between the sacred silence and sleep
Disorder, disorder, disorder.

Élise racle sa gorge. Joan la regarde et tire sur sa cigarette. Le manque d'alcool fait trembler ses mains. Encore.

– La bonne nouvelle, c'est que pour l'instant, ils n'ont rien contre toi. La mauvaise c'est que Mohammed Djebbari est placé en préventive.

Dans le ventre de Joan un nœud se forme.

– Quoi ? Mais pourquoi ?

– Tu montes ? On en discute sur la route ?

Joan regarde le paysage et réfléchit. L'histoire est relativement simple. Momo est accusé de menace de mort sur le directeur du magasin et des témoins, il y en a. Joan, elle, ne se rappelle plus. Plus vraiment, c'est il y a si longtemps. Plusieurs mois déjà. Ça devait faire quelques semaines que Joan avait été embauchée. Il y avait du monde. Un carton était tombé. Oui un carton de muffins pas encore décongelés. Elle s'était penchée pour le ramasser. Soudain des hurlements à l'autre bout du magasin s'étaient fait entendre. On ne pouvait pas comprendre ce qu'ils se disaient. À part cette phrase : « Tu vas payer de Bonneval, tu peux être sûr que je vais te faire payer, bouge encore et je te fais sauter. » Peut-être que c'est pour ça que Joan s'était vraiment dit que quelque chose clochait. Parce qu'à Hoïkos normalement tout le monde s'appelle par son prénom. Certains l'appellent même « JB ». Mais l'emploi du nom de famille, c'est en dehors du magasin, parfois à la pause clope quand il n'y traîne pas. Parce que JB traîne toujours un peu partout. Voilà cette phrase c'est tout ce dont Joan se souvient. Non, il y a autre chose. Un élément qui lui manque.

– Pourquoi maintenant ?

Élise Andreani lui sourit en gardant les yeux sur la route.

– C'est un peu un classique ça. Un mouvement de grève qui commence fort. Intimidation. On s'attaque au délégué syndical.

The toxicity of our city, of our city
You, what do you own the world?

Mohammed Djebbari, après sa garde à vue, passera en comparution immédiate le lendemain au TGI de Pontoise. Menaces répétées. Parce que le jour où Angie a tenté de mettre fin à ses jours sur le tapis des bureaux d'Hoïkos, il a encore agressé verbalement son chef. Devant des flics.

Angie. Les larmes d'Angie. Angie qui pleurait. Pourquoi Joan ne se le rappelait-elle que maintenant ? Elle avait tourné la tête. Ce n'étaient pas ses affaires. Ni Mohammed qui hurlait sur de Bonneval, ni la petite des RH, comme disait Yvonne. Elle était allée jeter sa caisse pleine de muffins. Elle n'y avait plus repensé après. Peut-être qu'elle s'était juste dit ce soir-là en rentrant chez elle, qu'Hoïkos ce n'était pas le rêve. C'est tout. Rien d'autre. Peut-être que si elle n'avait pas tourné la tête, si elle avait parlé à Angie, elle n'aurait pas tiré sur la détente quelques mois plus tard.

– Tu crois qu'elle parlerait ?
– Qui ? interroge Joan.
– Angela, tu penses qu'elle parlerait, qu'elle porterait plainte ?
Joan hausse les épaules à son tour.
– Vous êtes avocate non ? répond-elle cyniquement. Vous savez bien ce que c'est non ? On a toutes grandi avec ça, avec le poids de ça. La plainte, ça ne fonctionne pas.
Élise se mord la lèvre inférieure et tourne la tête vers Joan.
– Ça aiderait Mohammed, si elle le faisait. Ça ne lui garantirait pas que son affaire ne soit pas classée, mais ça aiderait Mohammed.
Joan s'étire et lui sourit.
– Vous inquiétez même pas pour ça, maître, j'ai déjà une idée.
C'était la garde à vue qui l'avait mise en colère. Ou alors c'était avant. La colère la consumait. Le feu brûlait. Plus rien ne pouvait l'arrêter.
– Une idée qui ne te mettra pas en garde à vue ?
– Vous savez, ça fait longtemps que je le sais maintenant, quelque part je l'ai toujours su.
– Quoi ?
– Que je fais partie de ceux qu'ont rien à perdre.
– Joan, ne fais pas de connerie, lâche Élise soudain familière. T'as plein de choses à perdre, à commencer par ta liberté.
Joan éclate de rire, un rire franc qui la secoue de l'intérieur.
– C'est la guerre.

– C'est quoi le plan exactement, chef ?

Question innocente en somme. Girard retire ses lunettes et se frotte énergiquement les yeux. Il regarde Allaoui manger son sandwich dégoulinant. Girard plisse les yeux essayant de repérer les ombres qui passent dans les ruelles sombres. Les rues ne sont pas éclairées, sans doute de nouvelles coupes budgétaires. Il se met à frissonner, qu'est-ce qu'il détesterait vivre ici. Les bâtiments sont tous des copies les uns des autres. Gris sur blanc, blanc sur gris. L'officier le regarde interloqué. Le capitaine se racle la gorge.

– C'est quoi que tu comprends pas exactement ?

Allaoui s'apprête à lui répondre mais Girard lui donne une tape sur le bras lui faisant signe de se taire et pointant de son index droit une silhouette bien reconnaissable. Même dans le noir, on voit son cuir élimé et son corps maigrelet et élancé.

– C'est elle. Elle parle à quelqu'un. Regarde.

Allaoui prend la paire de jumelles et la colle sur les yeux. Il acquiesce et grommelle :

– Sabri Zaouche. Rien de mystérieux.

– Elle parle à un dealer le jour de sa sortie de GAV et c'est rien de mystérieux ?

Allaoui hausse les épaules et arque un sourcil.

– Vous avez grandi où vous ? Ici, tout le monde se connaît, ça prouve rien, puis de ce que je sais, ils étaient amis, c'est peut-être toujours le cas.

Girard secoue la tête. Un truc cloche. Un truc. C'est la manière dont ils se parlent. Il reprend les jumelles. Il distingue bien leurs visages à présent. Ils sont proches mais ils ne se regardent pas. Girard doit entendre ce qu'ils se disent. Il fait mine d'ouvrir la portière. Allaoui le stoppe net.

– C'est quoi le plan, chef ? C'est le 9-3 ici. C'est pas notre juridiction. Je ne sais pas ce que vous cherchez mais je suis certain d'une chose : on n'a pas le droit d'être ici.

Le temps qu'il écoute Allaoui, Zaouche et Mendes ont disparu dans la nuit. Girard tape sur son volant pour faire passer sa frustration.

Lundi 18 novembre 2019

Élise Andreani boit son café en silence. Elle a un sentiment de malaise qu'elle ne saurait décrire exactement. Comme si quelque chose de grave était sur le point de se produire. En face d'elle, Rachel, sa compagne, a les yeux rivés sur son portable. Celle-ci allume une cigarette distraitement sans quitter l'écran des yeux. Élise continue de l'observer, de la détailler même. Ses yeux sont rougis et gonflés comme si elle avait pleuré.

– Oh putain, murmure Rachel.

– Quoi ?

– Oh putain, Élise.

La femme aux cheveux roux porte la main à sa bouche.

– Mais quoi, bordel ?

Rachel daigne enfin lever les yeux et lui tend son portable. Un bâtiment orange. Des flammes gigantesques tout autour. Et une banderole : « Libérez Mohammed ». Et une seconde : « Pas de justice, pas de paix ». Et une troisième : « Justice pour Angela ». Et la dernière : « De

Bonneval, on sait ce que tu as fait et tu payeras ». Des cocktails Molotov lancés à travers les fenêtres du bâtiment. Des centaines de personnes entièrement cagoulées. Mais Élise la reconnaît tout de même, tenant dans sa main maigre un mégaphone. Joan.

« C'est la guerre. »

Élise se lève les jambes un peu tremblantes vers le salon et s'assied sur le canapé en cuir noir. Elle allume la télévision et met directement BFM-TV.

Des scènes d'une rare violence, les manifestants ont maintenant entouré complètement le siège social d'Hoïkos à Montigny-le-Bretonneux dans les Yvelines. Les pompiers sont en route, mais il est difficile d'envisager qu'ils puissent intervenir sereinement dans une telle scène de guerre civile. Avant de faire le point avec nos éditorialistes, nous écoutons Armand Tonnelière, notre envoyé spécial. Armand, vous êtes sur place, comment a évolué la situation ?

– Écoutez Anthony, la situation n'a pas énormément évolué. Ici ce sont des centaines de salariés d'Hoïkos qui se sont réunis au siège, pour leur deuxième journée de grève reconductible à la suite de la tentative de suicide d'une salariée d'Hoïkos Paris-Nord.

– Avez-vous eu des informations concernant les raisons d'un tel déchaînement de violence ?

– Eh bien oui, j'ai pu justement discuter avec un manifestant qui m'a expliqué que leur délégué syndical, Mohammed Djebbari, devait comparaître en ce début d'après-midi au tribunal de grande instance de Pontoise, pour des faits de violence.

– Mais que réclament les grévistes ?

– Écoutez Anthony, leurs revendications ne sont pas très claires. Ils se contentent des slogans traditionnels « Pas de justice, pas de paix » et aussi ils réclament la démission de leur directeur de magasin, Jean-Baptiste de Bonneval.

Élise éteint la télévision avec rage. Elle se dirige vers la chambre à coucher où elle a laissé son portable.

– Tu ne veux pas écouter la suite ? demande Rachel à la cantonade.

Élise ne prend même pas la peine de lui répondre. Elle s'assied sur le lit et prend une profonde inspiration, puis se met le visage dans les mains.

– Putain ! hurle-t-elle.

Rachel lui offre un petit sourire alors qu'elle se tient dans l'encadrement de la porte.

– Je peux t'aider ?

Élise secoue la tête, elle appelle le puissant Syndicat du commerce. Répondeur.

Elle appelle Joan Mendes. Répondeur.

– Tu veux pas me parler ?

– Te parler de quoi Rachel ? Tu vois pas que c'est la merde ? Faut que je bouge.

Elle s'habille en lui tournant le dos mais continue de sentir sa présence.

– Quand est-ce que t'as arrêté de m'aimer ?

Élise se retourne et la jauge, prête à éclater de rire. Mais elle se ravise. Rachel est sérieuse. C'était donc ça. Les larmes. Les yeux rouges. Les retours de nuits blanches encore arrachée.

Élise lui sourit, enfile une veste de tailleur ceinturée bleu ciel. Elle s'approche d'elle et prend son visage dans ses mains.

– Je t'aime, OK?

Elle l'embrasse doucement.

– Par contre si tu pouvais ralentir sur l'ego. Tout ce petit monde risque de finir en taule.

La chaleur du feu brûle les joues de Joan, même sous la cagoule, elle sent sa peau bouillante. La police les encercle et se rapproche de plus en plus. Elle peut les voir de plus en plus proches. La colère la porte. Il n'y avait que ça qui comptait. Elle ne laisserait pas Momo pourrir en taule, comme elle avait laissé Sabri se faire enfermer. Marre de voir les siens enfermés derrière les barreaux et tout ça pour quoi ? Simplement pour avoir fait grève. Pour avoir gueulé trop fort contre ce fumier de Jean-Baptiste de Bonneval. Pour avoir refusé qu'il… Non, elle ne peut pas perdre ses moyens, pas maintenant. C'est la guerre, elle l'avait dit à l'avocate. La violence. Il n'y a que ce langage qu'ils comprennent tous. Alors, elle leur en donnera. La fumée l'empêche de voir correctement. Ses collègues deviennent des silhouettes prises dans la brume. Au loin, on entend les sirènes. De nombreuses sirènes. Les pompiers. Le feu s'étend.

More wood for their fires, loud neighbors

Les flics sont trop proches maintenant. CRS et gendarmes mobiles, casqués jusqu'aux dents, alors on ne rigole plus. Ils sont trop proches, on peut presque sentir les boucliers qui s'appuient sur leur dos. Mais toujours aucune sommation. Face à dos. Cela pourrait durer des heures. C'est sans compter le feu.

Dans sa voiture, maître Andreani ne lâche pas le volant. Ses bras sont tendus et son pied reste bien fixé sur la pédale d'accélérateur. France Info en boucle dans les haut-parleurs. Les mêmes informations. La situation n'a pas évolué. Les keufs ne sont toujours pas intervenus, alors il n'est pas trop tard.

« Maître Andreani, la priorité c'est la comparution de Mohammed. On ne vous cache pas que ce qu'il se passe là est hors de notre contrôle. Nous n'étions même pas au courant. Nous n'aurions jamais autorisé une telle action. C'est du suicide. Un suicide politique. Si les travailleurs d'Hoïkos veulent se mettre toute la population à dos, ils n'auraient pas mieux fait. Si l'on veut récupérer la main sur la grève, il faut sortir Mohammed. C'est lui qui gère tout à Hoïkos. »

Voilà ce qu'avait dit Hervé Martin, le secrétaire du puissant Syndicat du commerce. Se mettre la population à dos ? Élise en doute fort. Les gilets jaunes sont passés par là, et la loi Travail. L'État de droit se fissure chaque jour davantage et la violence de la police n'est plus un secret pour personne.

« Qu'est-ce que tu vas aller faire là-bas, Élise ? Te jeter entre la police et les manifestants ? »

Élise avait haussé les épaules face à sa compagne au sourire moqueur.

« S'il le faut. » Un peu de hargne dans la voix.

« Pourquoi ça te touche autant ? Une grève qui tourne mal, c'est le lot quotidien. C'est fini nos glorieuses années de

révolutionnaires étudiantes. C'est ça maintenant, bienvenue en 2019 : la violence, les micro-situations insurrectionnelles. »

Oui, pourquoi est-ce que l'histoire de Joan la touche autant ? Pourquoi la fait-elle sienne ? Tout à l'heure, elle n'avait pas daigné répondre à Rachel, s'énervant même de ses remarques au ton moraliste. Mais le discours de Rachel n'était pas sans objet. Élise défendait des migrants, reconduits à la frontière, des grévistes qui brûlaient tout et finissaient en taule. Pourquoi le sort de Joan plus qu'un autre ?

Elle voit la fumée à présent, une lourde et épaisse fumée noire. Elle sait bien pourquoi cela la touche tant. C'est cette histoire. Une histoire qui la relie aux autres. Elle aurait pu se rendre au chevet d'Angela Gianni, la convaincre de témoigner, avant l'audience. Sortir cette carte de cette manche. Mais jamais elle n'arriverait au TGI de Pontoise pour la comparution de Djebbari en passant par Montigny. Alors elle appelle une de ses collaboratrices, une jeune, qui sort à peine de l'école d'avocat. Elle prétexte l'embouteillage, un accident sur la A86.

Elle devrait être là pour Djebbari. *C'est la priorité.*

Il y aura toujours l'appel, se dit-elle pour se rassurer. Et puis peut-être que la collab' peut gagner, c'est le genre d'affaire qui va forger son caractère.

Elle se ment à elle-même mais une force la tire en avant. Peut-être qu'il y a autre chose qui l'attire chez Joan.

« Que je fais partie de ceux qu'ont rien à perdre. »

Ses idées s'enchevêtrent sans pouvoir se démêler. Le visage émacié de Joan est imprimé sur sa rétine. Ses mains qui tremblent comme une personne en manque.

« Que je fais partie de ceux qu'ont rien à perdre. »

Dehors la fumée s'épaissit encore davantage. Quel merdier. Peut-être qu'elle n'en pouvait plus de cette vie tiède. Cette vie de neutre. Elle se gare sur le parking et voit la rangée de policiers. Ils interviendront. Quand, elle ne le sait pas, mais bientôt. Elle ferme les paupières, inspire et expire. Elle voit à nouveau Joan, en manque, les mains qui tremblent. *« Que je fais partie de ceux qu'ont rien à perdre. »*

En sortant, elle se retrouve nez à nez avec un type très gros, qui arbore une veste en cuir. Il a des cheveux noirs et fins qui descendent jusqu'aux épaules. Il doit avoir une cinquantaine d'années. De loin, on pourrait le prendre pour un gauchiste. Il lui sourit. Cela ressemble à une grimace. Elle ne peut s'empêcher de renifler.

– Les RG, elle fait.

L'homme lève les mains en signe de reddition et éclate de rire.

– On ne peut rien vous cacher, Élise.

Elle n'est pas surprise qu'il la connaisse, mais elle n'aime pas cette familiarité.

– Étrange de voir un avocat dans cette situation. On revient à ses anciennes amours ?

– Pas étrange de voir les RG ici par contre. Vu comment s'est passée la dernière journée de grève, je m'assure simplement que mes clients seront traités correctement.

– Gérald Matthias, dit le RG en lui tendant la main.

Élise ne la serre pas. Elle lève les sourcils et fait un mouvement pour avancer.

– Ils ne vont pas intervenir, dit Matthias simplement.

Élise se retourne à nouveau vers lui.

– Pas dans l'immédiat en tout cas. Étonnant n'est-ce pas ? On dirait presque qu'ils veulent que ça dégénère, continue-t-il d'un ton amusé.

– Ils ? relève Élise.

– Je ne travaille pas pour la préfecture des Yvelines, jusqu'à preuve du contraire en tout cas.

– Vous êtes tous indissociables à mes yeux, réplique l'avocate avec un ton piquant.

Il acquiesce.

– Oui, ça ne m'étonne pas trop de vous pour être tout à fait honnête. À votre place, je conseillerais à votre pouliche de proposer un départ collectif en bonne et due forme. Mendes, c'est ça ?

Élise est prise d'un haut-le-cœur.

– Je ne sais pas de quoi vous parlez.

Matthias lui sourit.

– C'est évident. Ça va dégénérer Élise, et vous avez de telles œillères que vous ne voyez même pas le merdier dans lequel vous êtes.

Élise avance avec rage sans lui répondre vers les manifestants.

« Ne fais pas ça Joan. Arrête tout. Arrête, je t'en supplie.

– Je ne peux pas Sabri, tu ne peux pas comprendre. C'est comme disait mon vieux. Avant, avant qu'on lui prenne tout. Il n'y a qu'une chose qui compte c'est le rapport de force.

– Je t'en supplie Joan. Tu n'as aucune idée de qui est Jean-Baptiste !

– Quoi ?

– Laisse tomber, j'ai rien dit.

– Sabri, qu'est-ce que tu sais ?

– Rien je t'ai dit. Laisse tomber.

– Sabri.

– C'est trop Joan, désolé c'est sans moi. »

Alors que la fumée fait couler les larmes de ses yeux, Joan repense à la conversation de samedi soir qu'elle a eue sur le talus avec son ami. Au loin elle voit l'avocate, qui lui fait un signe. Elle plisse les yeux pour voir. Mais elle ne distingue plus rien. On ne peut plus vraiment respirer. En toussant, elle prend son portable : elle lit le message de maître Andreani.

Il faut que vous sortiez avant la sommation.
Sortez en chaîne. Si vous ne sortez pas maintenant,
je ne pourrai plusvous aider.

Joan regarde ses collègues qui toussent, parfois il faut accepter de perdre un peu, elle acquiesce. Elle fait un signe et ils sortent en chaîne, laissant aux pompiers le champ libre pour intervenir.

À la surprise générale, personne n'est arrêté.

Matthias a peut-être raison, se dit Élise Andreani. Il manque des pièces à son puzzle.

Au loin dans une voiture banalisée, l'inspecteur Girard croque un bout de sandwich au thon. Allaoui le fixe avec un air étrange.

– C'est quoi le plan ? demande-t-il. Paris, le 9-3, le 7-8, ensuite quoi ?

Girard fronce les sourcils en regardant les grévistes sortir de la fumée.

– Qu'est-ce que tu dirais si on allait voir Fonseca demain matin ?

Dehors Joan passe devant la voiture sans les reconnaître. Peut-être que si elle les avait reconnus, elle aurait compris que cette histoire la dépassait et de loin, depuis bien trop longtemps. Peut-être qu'elle la dépassait depuis qu'elle avait commencé, il y a de cela des années.

Chapitre 20

Ruptures – *Where Did You Sleep Last Night*

Novembre 2014 - Mars 2018

Dans la tête de Joan, ça avait toujours été Rose qui l'avait quittée. *Elle partirait, un jour où l'autre, elle partirait.* Si elle devait y penser à présent, elle se souvenait qu'elle ne s'était jamais défaite de ce sentiment. Évidemment, si on avait demandé son avis à Rose, elle aurait dit que Joan était partie du jour au lendemain.

Elle était sortie de l'appartement en reniflant un peu. Le lendemain, ses affaires avaient disparu. Rose ne se souvenait probablement pas réellement des excuses de Joan. De ses raisons. Ça allait, aurait-elle pu dire à ses amies. Et puis, elle est partie. Vous savez quoi ? Je suis même certaine qu'elle m'a trompée. Ses amies avaient sans doute acquiescé. Elle avait très certainement relaté les paroles de son ex-fiancée. « Je ne veux pas m'engager. Je ne veux pas d'enfant. » Depuis quand ? Elle voulait tout ça. Elle le voulait aurait juré Rose. Elle voulait de l'appartement. Elle voulait quitter Casa même si c'était pour Saint-Denis. Elle voulait d'un endroit à elles. Même si elles étaient trop jeunes, elle aimait faire des plans sur la comète. Peut-être qu'en relatant ses paroles, elle avait oublié la seule phrase sincère de Joan : « Tu apprendras à vivre sans moi, parce que moi je n'ai pas de projets, pas de plan. Je suis un frein dans ta vie. »

Bien sûr que si on avait demandé son avis à Rose, elle n'aurait jamais dit qu'elle avait quitté Joan. Mais après tout, ce n'est pas l'histoire de Rose.

Quand Joan avait rencontré Rose, elles étaient toutes les deux étudiantes en L1 à l'université de Paris 8. Joan était étudiante en lettres modernes. Rose en sociologie. Le seul cours en commun était ce cours en option de littérature féminine, que Rose avait choisi car elle voulait basculer en études de genre quand viendrait le temps du master. Joan l'avait choisi comme ça, par hasard. Sans doute parce qu'elle aimait les femmes alors pourquoi pas ? Joan avait un an de plus que Rose, elle venait d'avoir enfin son bac. Elle ne voulait pas forcément aller très loin dans les études. Mais les premiers jours à la fac, elle s'était prise à y croire à nouveau, qu'elle pouvait le faire. Réussir. Après tout elle était à la fac. Alors pourquoi pas ? Rose, elle, rêvait d'une thèse. De devenir chercheuse, prof de fac. Parfois elle demandait à Joan : « Si tu pouvais faire tout ce que tu voulais, qu'est-ce que tu choisirais Joan ? » Joan connaissait ce jeu. C'est le jeu auquel elle jouait avec Selma quand elles étaient enfants, puis au début du lycée. Elle l'avait arrêté le jour où Sabri avait été enfermé à Fleury. Les rêves ne servaient qu'à se faire écraser.

Un jour, cela devait faire six mois qu'elles sortaient ensemble, Joan s'était rappelé l'arrestation de Sabri. Il était sorti de prison depuis plusieurs mois, mais ils ne s'étaient plus adressé la parole depuis le mariage de Noémie.

« On pourrait faire un festival rock à Rosny qu'on appellerait Rock and Rosny ? »

Pourquoi ne se le rappelait-elle qu'aujourd'hui ? Cette idée était née et morte ce jour-là.

Joan en parle alors à Rose. Le visage de cette dernière s'illumine.

– Mais c'est une idée incroyable mon amour !

Joan cligne des yeux plusieurs fois, jamais Rose n'a eu autant d'admiration pour elle et alors elle s'attache à ce rêve, à cette admiration qu'elle voit dans le regard de Rose. Elle fait mine d'oublier qu'elle ne comprend pas toujours les mots que l'autre emploie, qu'elle ne comprend rien aux cours à la fac. Les mois passent et bientôt, la fin de l'année scolaire approche. L'échec était là comme une tache tenace. 8 sur 20. Non admise en L2.

– Alors ?

– Raté.

Le sourire sur le visage de Rose s'efface.

– Ce n'est pas grave, on réussit rarement la première année, puis tu bosses aussi. C'est pour ça qu'on a besoin d'une allocation d'autonomie. Pour pouvoir faire nos études sereinement.

Le discours de l'étudiante syndicaliste revenait, véhément.

Joan hausse les épaules.

– Tu y arrives bien toi.

Rose se met à rougir. Joan est lasse. Elle balaye d'une main dans le vide. Rose bosse elle aussi. Elle est pionne dans un lycée à côté de la fac, puis elle a le syndicat. Elle a arraché la mention bien, sans même vraiment réviser. Comme si ça coulait tout seul. On le lui avait dit à Joan, tellement répété : en Seine-Saint-Denis, on part pas avec les mêmes chances. Mais Selma réussissait et brillamment. Alors pourquoi pas elle ?

– Pas sûre que je vais continuer, c'est pas pour moi l'université, j'y comprends rien.

– Arrête Joan, t'es aussi intelligente que moi. Et puis t'es une artiste aussi.

Une artiste. Toujours cette étincelle dans les yeux. Jamais au grand jamais Joan ne s'était vue comme une artiste. Elle hoche la tête, verse une larme, prend Rose dans ses bras. Alors peut-être qu'au creux de ses bras, elle croit aux mensonges, de ceux qu'on se dit tout bas, pour se convaincre soi-même. Mais peut-être que c'est à ce moment-là qu'elle sait, un jour Rose la quittera. Joan n'a pas de rêves de grandeur. Sortir de Casa, ça avait été ça son rêve à une époque. Parfois elle le partage encore un peu avec Rose. C'est pour ça qu'elles ont leur appartement. Mais une fois partie, elle s'est rendu compte que Casa lui manque. Tout est moins facile. Elle ne connaît personne. Et il y a le fossé, même à Paris 8, il lui semble que tout le monde parle une langue qui lui est étrangère.

– Ouais t'as raison, je vais me remettre à fond sur Rock and Rosny.

Le sourire de Rose s'élargit encore.

Rose la quittera, mais elle ne veut pas briser l'illusion de cet amour. La « bulle » comme elles se disent à voix basse le soir enlacées l'une contre l'autre. *Notre bulle contre le reste du monde.*

Rose et Joan ça avait duré encore deux années entières après ça. Leur relation semblait aller pour le mieux. Elles avaient leurs projets et tous les jours Rose poussait Joan à donner le meilleur d'elle-même, elle voulait la voir réussir. Puis un jour, Joan était partie. Elle avait pris toutes ses affaires, qu'elle avait fourrées dans un énorme sac. Elle avait laissé les clés sur la table et avait claqué la porte derrière elle. Après avoir donné ses explications à Rose, elle avait éteint son téléphone et s'était réfugiée chez ses parents. Du haut de sa fenêtre, elle voyait s'étendre Casa. Elle était à nouveau à sa place.

Rose avait peut-être espéré recroiser Joan à la fac, traîner au bâtiment B, fumer des joints sur le banc habituel où elle squattait. Mais Joan n'avait jamais remis les pieds à Paris 8 après la rupture. C'était Sabri qui était venu la voir le premier. Elle était roulée en boule dans son lit minuscule. Il s'était assis sur le rebord.

– Alors ?

Joan avait remonté la couverture sur sa tête pour qu'il ne voie pas ses yeux gonflés.

– Qui te l'a dit ? murmure-t-elle avec une voix plaintive.

Sabri hausse les épaules.

– Rose a appelé Sousou, elle était inquiète pour toi. Sousou a essayé de t'appeler, mais ton téléphone est éteint. Elle m'a demandé de passer voir. Je suis là.

Joan se relève d'un seul coup et sa tête tourne un peu. Elle détaille son meilleur ami. Ses yeux sont cernés, son visage émacié. Elle plisse les yeux.

– T'as recommencé ?

Sabri fait une grimace. Il est las.

– J'ai jamais arrêté, Joan. Tu peux pas comprendre.

Non, elle ne peut probablement pas. Sabri avait fait une overdose, il y avait un peu plus d'un an. Il s'en était tiré de justesse. Plus le temps passait, plus il semblait décidé à mourir.

– Tu parles à Sousou maintenant ?

Haussement d'épaules encore.

– Bon je vais y aller, je suis content que tu sois vivante, Joan.

Mais nulle part cette joie ne se lisait sur son visage.

Joan avait tout de même hoché la tête sans essayer de le retenir. Sabri n'était plus réellement Sabri. Qu'auraient-ils pu se dire ?

Selma était venue le lendemain. Elle l'avait obligée à se lever et elles erraient toutes deux à Casa. Joan faisait écouter à Selma les meilleures chansons de rupture, aucune ne trouvait grâce à ses yeux.

– Rose m'a appelée, finit par dire son amie.

– Toi aussi ? Pourquoi ?

– Elle s'inquiète, je suppose. Tu n'es pas retournée à la fac.

– J'ai arrêté la fac.

– Depuis quand ?

– Une semaine, répond Joan, maussade.

– Donc tu as arrêté la fac et le soir même tu quittes Rose ? Pourquoi ? Quel est le rapport ?

– Je n'ai pas quitté Rose.

– Pardon ?

– Je suis partie pour qu'elle n'ait pas à le faire.

– J'ai rien entendu de plus débile honnêtement Joan. Et c'est moi qui dis ça qui continue à être amoureuse de la même meuf depuis le lycée.

Joan sent les larmes monter en elle.

– Tu ne sais pas ce que c'est Selma de la voir avec son regard déçu. Son regard qui dit : « tu pourrais faire de grandes choses, si tu arrêtais de boire, si tu ne fumais plus, si tu bougeais ton cul ». Mais moi je la connais la vérité. Je sais que je vaux rien ou pas grand-chose. Je sais que je peux pas réussir la fac, que je peux rien faire de bien.

Selma allume une nouvelle clope. Elle tire fort dessus.

– Je te jure Joan, j'ai envie de te frapper, heureusement que tu souffres, sinon je le ferais. T'es conne, putain, t'es super conne. Rose elle en a rien à foutre de tout ça. Elle s'en fout que tu sois caissière ou prof de fac. Elle t'aime putain, elle t'aime de ouf, t'as détruit un truc incroyable, un truc qu'on donnerait toutes pour l'avoir.

Joan pleure maintenant.

– Je ne veux pas que tu lui parles, Selma.

– OK alors je lui parlerai pas, mais je pense que toi, tu devrais lui parler. Parce que tu vas te réveiller dans six mois, dans un an et tu te rendras compte de la connerie que t'as faite.

– Je regretterai rien du tout, réplique Joan agressive.

– Si tu le dis.

– Elle sera mieux sans moi.

– Et toi ?

– Quoi moi ?

– Tu vas faire quoi Joan ? Tu peux arrêter de te dévaloriser tout le temps ? Tu crois toujours ça que tu vaux rien, tout ça parce que tu rates l'école et tout. Mais merde, la vie c'est pas l'école Joan. Et moi, moi j'en reviens de ces trucs d'école, de la réussite. Tu vois je crois que j'ai même plus envie de continuer tellement ça m'emmerde.

Selma avait raison. Un an plus tard, Joan se rendit compte qu'elle avait fait une connerie en partant. Mais il était trop tard. Rose avait avancé dans sa vie et elle ne lui faisait plus confiance. Il faudrait trois années à Joan pour passer réellement à autre chose. Jusqu'à la rencontre avec Antona. Pendant ces cinq années, elle s'était concentrée sur son projet de Rock and Rosny. Elle n'avait pas besoin de l'école. Elle avait seulement besoin de se rappeler qu'elle valait plus que ce qu'on lui avait toujours dit. Sabri était revenu à la vie quelque temps après. Miraculeusement. Il s'était mis à fond dans le projet. Thomas était revenu lui aussi. Il avait aidé à constituer les dossiers de demandes de subventions. Sousou et Selma, sans aucun amour du rock, mais trop heureuses de voir Joan sortir la tête de l'eau, s'étaient ajoutées au projet. Sergio en discutait passionnément, proposait des idées toujours infaisables, bien sûr. Peu à peu un groupe s'était monté, des bénévoles motivés s'ajoutaient chaque jour au projet.

Joan n'avait pas prévu de retomber amoureuse à un quelconque moment. Elle couchait avec des filles différentes toutes les semaines. Elle ne les rappelait jamais. Antona lui avait tout de suite déplu. Sa dégaine, sa manière de posséder un espace qui ne lui appartenait pas. Cette relation n'avait pas d'avenir, ça elle le savait. Si Rose et elle s'étaient perdues, jamais elle ne serait à la hauteur d'Antona. Antona n'aimait même pas les femmes. Pas vraiment. Elle avait un mec depuis toujours, mais elle avait couché une nuit avec Selma sur un coup de tête, depuis elle se disait bisexuelle.

Leur relation avait été intense et courte. Passionnée et déjà achevée avant même qu'elle commence. Joan n'était pas partie cette fois, elle n'en avait pas eu l'occasion. Chaque jour du mois d'octobre, alors qu'Antona ne répondait plus à ses messages, Joan savait que c'était la fin. Elle lui roulerait dessus sans rien laisser d'elle. Joan n'avait rien dit quand enfin Antona s'était présentée à elle lui disant la vérité.

– J'ai décidé d'arrêter Joan.

– Il aurait fallu que ça commence pour arrêter.

– Je me rappellerai tout ce que tu m'as apporté.

– Un orgasme.

– Tu essayes de me blesser, c'est normal, mais je t'en supplie Joan, sache que ça me brise le cœur.

– Il faudrait que tu en aies un pour ça.

– Joan.

– Tu peux retourner dans ta tour d'ivoire où l'on vit bien, tu auras une histoire à raconter. Regarde tu t'es fait baiser par une meuf, des quartiers en plus. Quelle rebelle tu fais.

– C'était plus que ça, Joan.

– Pas pour moi. Pour moi, ce n'était rien. Et tu baises mal. C'est à force de simuler avec ton mec.

Joan avait menti. Mais elle avait retenu ses larmes.

Antona avait disparu de sa vie comme elle y était entrée.

Elle n'avait plus de rêve auquel se raccrocher. Rock and Rosny était terminé depuis des mois à présent. Son rêve s'était envolé en fumée.

Elle n'avait plus d'argent non plus.

Le lendemain, elle postulait à Hoïkos, après avoir bu une bouteille entière de vodka.

Il ne restait plus grand-chose à Joan avant l'acte final de sa vie et cette fois, elle avait touché le fond. Il n'y avait plus de branches auxquelles s'accrocher. Ce qu'elle ne savait pas par contre, c'est que ce jour où elle avait postulé, un certain JB était entré chez Sabri sans prévenir avec trois autres hommes tous armés. Ils l'avaient fait s'agenouiller, le menaçant pour qu'il ferme sa gueule.

– Une overdose, c'est si vite arrivé, avaient-ils dit. Toi-même tu le sais non ?

– Pourquoi je parlerais ? il avait dit.

– C'est juste un rappel amical.

Ça Joan n'en savait rien. Si elle l'avait su, jamais elle n'aurait postulé à Hoïkos. Au contraire, elle aurait pris Sabri par la main, elle aurait sans doute eu le courage de lui proposer de changer de vie, au lieu que chacun de leur côté ils plongent vers le fond sans possibilité de jamais en remonter.

Chapitre 21
Fonseca – *Cocaïne*

Mardi 19 novembre 2019

Leandro Fonseca peut dire qu'il est satisfait de sa vie. À 45 ans, lui qui avait grandi dans la cité de Danielle Casanova à Rosny-sous-Bois, fils d'un père ouvrier, moins que rien, et d'une mère catholique et femme au foyer, est à présent un homme riche. Il se l'était juré petit : jamais il ne s'abaisserait à monter des pièces à la chaîne pour Peugeot. Jamais il ne crèverait la misère comme ses deux sœurs aînées. Il avait juré de devenir riche. Bien entendu que ce n'avait pas été un long fleuve tranquille. Il avait enchaîné les périodes au placard. La faute des *traidors* de toutes sortes et des petits arrivistes. Le dernier en date lui avait fait prendre pour quinze ans, liberté conditionnelle pour bonne conduite au bout de sept.

Leandro pense à l'étendue de sa richesse, en prenant la petite trace du matin. Il n'entend même pas qu'on sonne à la porte. Il sursaute en voyant les deux agents en uniforme l'observer relever la tête.

– Ne panique pas Fonseca, on n'est pas des Stups.

– PUTAIN ! MARYAM !

Sa femme passe la tête par l'encadrement de la porte du salon. Elle pose ses yeux sur le peignoir entrouvert de son mari. Son ventre flasque et poilu est bien visible. Sa bouche se tord dans une moue de dégoût.

– Quoi ? demande-t-elle d'un ton froid.

– La police. La police est là.

Maryam hausse les épaules et quitte la pièce.

– Monsieur Fonseca, capitaine Girard et officier Allaoui, du commissariat de Gonesse.

– C'est une blague ou quoi ?

– Nous voulons juste vous poser quelques questions, monsieur Fonseca.

– Que je sache le 93 ce n'est pas votre juridiction.

– On peut s'asseoir ?

Girard n'attend pas sa réponse et s'installe sur le fauteuil en cuir d'un blanc immaculé en face de Fonseca. Allaoui, lui, semble quelque peu hésiter, mais il finit par s'asseoir sur une chaise.

– On a pu rencontrer souvent votre nièce en quelques jours, monsieur Fonseca.

– Ma nièce, répond Fonseca en détachant chaque syllabe.

– Joan Mendes, ce n'est pas votre nièce ?

L'oncle de Mendes éclate de rire et sa moustache rebondit sur son visage anguleux.

– C'est à propos de la grève ?

Allaoui le regarde droit dans les yeux :

– Donc vous êtes au courant ?

Fonseca lève les mains en l'air :

– Je plaide coupable, monsieur le juge, j'ai regardé les infos comme tout le monde, c'était difficile à manquer, je te connais toi non ?

Girard fronce les sourcils, il tourne la tête vers Allaoui, mais celui-ci n'a pas du tout l'air perturbé.

– Pas moi, Amine Allaoui, mon cousin, il paraît que je lui ressemble. Ressemblais.

Girard est persuadé que Fonseca est mal à l'aise.

– Désolé, pour Amine. J'ai euh… appris. Vous voulez quoi ?

– On veut parler de Jean-Baptiste de Bonneval.

– Connais pas.

– C'est ça. On sait que vous étiez amis.

– Le passé, c'est le passé.

– T'étais son homme de main, qu'est-ce qu'il s'est passé ? demande Girard. T'en as eu marre de jouer les seconds couteaux ?

Fonseca ouvre une petite boîte en fer et en sort un cigarillo.

– Regarde autour de toi, j'ai l'air d'être un second couteau ?

Girard regarde le salon dans lequel il se trouve. Des colonnes en stuc, des canapés en cuir blanc, une table basse en marbre. Fonseca est fasciné par l'argent.

Allaoui se racle la gorge.

– Bon écoute Fonseca, on va pas tourner autour du pot toute la journée, dit-il plus agressivement qu'il ne l'aurait voulu. T'es pas mis en cause ici, on essaye juste de résoudre une enquête…

Quand il dit « enquête », Mohammed Allaoui ne se pose plus la question de savoir le contenu de cette enquête. Il est venu ici pour Fonseca, parce que lui aussi a quelques comptes à régler. C'est pour ça que quand son chef lui a proposé, il n'a pas fait remarquer qu'Aulnay n'était pas dans leur juridiction, ni d'ailleurs qu'on n'allait pas interroger un trafiquant de drogue sans prévenir les Stups.

– Tu me le dois, ajoute-t-il acerbe.

Girard lève les sourcils, mais ne dit rien. Devant les truands, il faut agir soudés.

Fonseca grimace.

– C'était un ami, oui. Mais c'est fini maintenant. Je l'ai pas revu depuis longtemps. C'est vrai je lui ai rendu quelques services, mais à l'époque il traînait dans des bails… disons que ce n'était pas pour moi.

– Tu viens de passer sept ans en taule quand même.

– Ouais. Mais j'ai un honneur. Vous pouvez pas comprendre. Toute façon on m'a dit qu'il s'était rangé.

– Et la grève de 2004 ?

– Les grèves c'est pas pour moi.

– Pourtant on raconte que c'était toi qui avais fourni les barils pour mettre le feu à l'entrepôt.

– On raconte ça hein ? ricane-t-il.

– Du coup d'où tu le connaissais Djebbari ?

Fonseca hausse les épaules.

– Je sais pas de qui tu parles. Je sais pas de quoi tu parles et si tu crois que je vais m'incriminer, sous prétexte que tu penses que je suis responsable de la mort du petit, tu peux toujours attendre. Tu connais déjà l'histoire de toute façon, qu'y aurait-il à ajouter ? La grève dont tu parles, ça fait quinze ans, de l'eau a coulé sous les ponts.

Allaoui se lève, il incline la tête vers le bas. Girard l'imite. Mais au moment où ils vont franchir le pas de la porte, l'agent se ravise et se retourne.

– On a retrouvé son corps des jours après, tu le savais ? Protégé hein ?

Fonseca le regarde, reprend une bouffée de cigarillo.

– Je balance pas, c'est comme ça. J'en serais pas là où j'en suis sinon. Et si ton cousin avait fermé sa gueule, il serait toujours de ce monde.

Girard n'a pas le temps de réagir, son collègue se rue sur le malfrat, le rouant de coups, le sang gicle de l'arcade sourcilière. Girard finit par le saisir par le bras. Allaoui se débat un peu pour la forme.

– Connards de flics, peste Fonseca, en mettant la main sur son arcade qui pisse le sang.

– On s'en va, je pense que tu nous diras rien de toute façon, dit Girard.

– Je vous ai dit énormément déjà, mais comme vous êtes aussi débiles que tous les flics, vous ne trouverez rien même si c'est sous votre nez. J'aimerais juste que vous laissiez ma nièce en dehors de ça. Je l'aime énormément. À ma façon.

Dehors sous le porche du pavillon de Fonseca, Girard se retourne vers Allaoui.

– Tu m'expliques ?

– Mon cousin Amine, il est mort.

– Je suis désolé, Allaoui, mais quel est le rapport avec l'affaire ?

Allaoui se mord la lèvre inférieure.

– Allaoui, tu m'as dit qu'Amine, le seul problème, c'est qu'il était homo.

– J'ai menti, chef. C'est une longue histoire. Je peux vous raconter dans la voiture ?

Girard acquiesce, dépité. Il pensait qu'Allaoui c'était le mec droit, honnête, qu'il n'avait rien à cacher. Il ouvre la portière avec une rage mal dissimulée.

Dans l'appartement familial des Mendes, engoncée dans son sweat à capuche, Joan relit l'article du *Parisien*. Ses mains tremblent un peu. La colère l'envahit encore une fois.

« Mohammed Djebbari, le délégué syndical d'Hoïkos Paris-Nord, a été condamné à un an de prison dont six mois avec sursis, alors que la grève bat son plein dans la grande enseigne d'ameublement. »

Sergio secoue la tête. Il écrase son mégot de cigarette dans un cendrier en forme de coquillage. « Les chiens », murmure-t-il. Une sonnerie retentit. Patricia Mendes se lève lourdement et sort dans le couloir pour répondre au téléphone fixe que plus personne n'utilise jamais. Joan se fait la réflexion qu'elle a oublié son portable dans son appartement. Elle se lève pour descendre le récupérer. Dans le couloir, sa mère porte la main à sa bouche, alors instinctivement Joan s'arrête. Patricia raccroche le combiné, son visage est livide.

– Amine Allaoui, tu le connaissais ?

Joan fronce les sourcils. Elle a encore le souvenir du cousin du flic, Mohammed Allaoui. Putain, qu'il lui ressemblait. Sauf l'uniforme. Amine. Des cheveux bouclés. Un sourire d'ange. Et des yeux injectés de sang, de ceux qui sont trop tôt tombés dans l'héro. C'était simple de voir la tragédie arriver. Et pourtant, la mort n'est jamais une chose simple quand bien même Joan n'a plus vu Amine depuis deux ans.

– On a retrouvé son corps cette nuit, c'était Sabri au téléphone tu devrais aller le voir.

Il y avait ce souvenir. Comme un souvenir empli de brumes. Amine Allaoui. Son air insolent affiché sur son visage. Pas encore drogué jusqu'au cou. Devant la grande tour assis sur une chaise pliante.

– Tu t'es perdue ?

– Leandro m'envoie.

Il ricane.

– C'est toi la mule ?

Acquiescement.

– On se connaît, finit-elle par dire lentement.

Il allume une cigarette et crache la fumée sur elle.

– Ah ouais ?

– Je suis une amie de Sabri, je jouais de la basse dans son groupe.

Amine lui saisit la main et lui broie les doigts.

– Je connais pas de Sabri.

Puis en chuchotant :

– T'as des nouvelles ? Il va bien ?

– Pas vraiment, non.

Un instant le regard d'Amine change. Mais avec le temps, Joan estimerait que ça avait été le fruit de son imagination.

Amine avait grimpé dans la hiérarchie et elle ne l'avait plus revu, jusqu'à ce soir de juin sur fond de rock'n'roll.

Elle aurait dû le haïr, pour ce qu'il lui avait fait deux ans plus tôt. Mais au fond il n'y avait qu'un seul coupable. Joan le sait.

Au commissariat de Gonesse, Girard reste passablement énervé contre Allaoui. Mais cela ne dure pas longtemps en voyant la face de Perret, la petite fachotte qui continue de traîner dans ses pattes. Elle sourit d'une telle manière qu'il sait déjà qu'elle a une idée derrière la tête.

– Les Stups vous attendent dans votre bureau, chef.

– Les Stups ?

– Oui, ils n'ont pas l'air heureux.

Girard regarde Allaoui et déglutit. Dans quoi s'était-il encore fourré ? Il sait déjà qui il va trouver dans son bureau et pourtant il ne peut s'empêcher de sursauter face au visage de son ancien chef de brigade. Le chef de la brigade des Stups a posé ses pieds sur le bureau de Girard, comme dans un mauvais western. Malgré les années, Girard, *le petit*, comme on le surnommait alors, sent sa respiration devenir saccadée. L'angoisse monte dans sa poitrine.

Mais c'est là que ça lui traverse l'esprit : il a passé sa vie à avoir peur de Le Gall et à raison. Le Gall avait gagné, Girard était au placard. Après les Stups et la Crim, Gonesse c'était plus qu'une rétrogradation. Mais maintenant ? Y avait-il un placard pire que celui de Gonesse ? Il n'avait plus aucune chance de jamais résoudre une affaire criminelle. La BC s'en saisirait à chaque fois. Et c'est parce qu'il sait qu'il a touché le fond qu'Étienne Girard peut respirer plus posément.

– Commissaire Le Gall.

– Girard, ça faisait longtemps que je n'avais pas revu un des fouille-merde de l'équipe de Kateb. Tu ne sais pas rester à ta place. Tu n'as jamais su d'ailleurs, si je me rappelle bien tes années chez nous.

Girard va s'asseoir tranquillement en face de lui et pose ses mains sur son bureau.

– Je ne fouille rien du tout.

– C'est pas ce qu'on m'a dit. Qu'est-ce que tu cherches sur Fonseca ?

Girard se surprend à éclater de rire.

Le Gall lui offre un sourire qui laisse entrevoir ses dents blanches étincelantes.

– Tu lui veux quoi à Fonseca ?

– J'enquête sur sa nièce, c'est normal que je parle à sa famille.

– T'enquêtes pas plutôt sur de Bonneval sans en avertir ta hiérarchie ?

– Je suppose que c'est Perret qui t'a prévenu, entre fachos on se protège.

– Bon, pour que tu me lâches la grappe et surtout parce que tu ne sais pas faire 2 + 2, je vais te donner un nom : Zaouche, Sabri Zaouche.

Girard fronce les sourcils. Il regarde Allaoui toujours debout au fond de la pièce. Ce dernier semble tout aussi décontenancé que lui.

– Il paraît que c'est lui qui a fait le coup. C'est ce qui se dit chez les drogués.

– Le coup de quoi ?

– T'es con ou quoi ? Alessandra de Bonneval.

Dans l'appartement, Sabri est roulé en boule et pleure sans pouvoir s'arrêter. Joan se cale contre lui et le serre si fort qu'elle a par moments le sentiment de l'étouffer. Au bout d'une heure, Sabri lui chuchote : « Je t'avais dit de pas t'en mêler, mais tu n'apprends jamais Joan. » Joan recule, prise d'un sentiment de peur.

– De quoi tu parles ?

– Ferme-la.

– De quoi tu parles Sabri ?

– À partir de maintenant on ne dira plus rien.

Le téléphone de Joan vibre dans sa poche. Elle le prend et regarde le message qu'elle a reçu.

Maître Andreani :

Ne bouge pas. Ne fais rien. Pas de décision précipitée. Je suis avec Mohammed Djebbari. Fais-moi confiance cette fois

C'est là qu'elle voit le message Telegram que lui a envoyé un numéro inconnu quelques heures avant :

Quoi qu'il se passe ne va pas chez Zaouche

Elle n'a pas le temps de réfléchir à la provenance de ce message.

Elle entend la sirène de l'alarme.

Elle voit les lumières bleues inonder les reflets de la fenêtre.

– Sabri !

Il la regarde, d'un regard triste.

– Je n'y retourne pas Joan.

– Viens on court. Si on court maintenant, on peut y arriver.

Il acquiesce. Il la pousse hors de la chambre.

– Cours, dit-il.

Elle court. Elle n'entend pas qu'il dit : « Je t'aime. » Si elle l'avait entendu, elle aurait pensé à la première fois qu'elle lui avait entendu le dire, juste avant de finir en taule, un sacrifice vain.

Mais elle n'entend pas ces mots-là. Elle entend seulement la fenêtre s'ouvrir. Elle entend la chute. Elle entend le corps de Sabri Zaouche s'écraser. Ou alors elle imagine ce bruit.

Parfois, toute une vie se joue à une minute.

Si elle avait lu ce message avant de se rendre chez Sabri.

Si elle lui avait saisi la main avant de courir.

Si elle avait oublié la réunion à Aulnay.

Si elle n'avait pas brûlé les paninis.

Si elle avait pensé aux maniques en haut du four.

Si elle avait choisi Rose.

Si elle ne s'était pas retournée sur Antona.

Si elle avait écouté Selma.

Si elle n'avait pas bu ce verre d'alcool.

Alors, elle n'aurait jamais tiré.

Mais de toute façon, elle était déjà foutue non ?

Quel maudit espoir avait-elle pu un jour espérer ?

Chapitre 22

Ingrid – *Bullet with Butterfly Wings*

Janvier – Juin 2006

Au milieu de la seconde, Joan désespérait d'un jour y arriver. Mme Barreau ne faisait que répéter à longueur de temps qu'elle était un cas désespéré.

« Il faut travailler mademoiselle Mendes, je vous l'ai déjà dit cent cinquante fois. Si vous ne travaillez pas, il n'y aura pas de miracle. »

Joan se tassait dans sa chaise, espérant disparaître. Elle ne répondait jamais. Répondre ne faisait qu'empirer les choses. Elle l'avait vite appris, le jour où elle avait osé répliquer, excédée :

– Mais je travaille ! Je ne fais que ça de travailler. Je ne comprends rien.

– Mais en plus vous me répondez, vous êtes véritablement insolente, mademoiselle Mendes.

– Vous m'avez dit que je ne travaille pas, c'est faux, je travaille.

Au fond de la salle, il y a quelques rires. Le sang de Mme Barreau ne fait qu'un tour. Elle ne veut certainement pas perdre le contrôle durement acquis au cours de ces années.

– Vous me manquez de respect, mademoiselle Mendes.

– Je ne vous manque pas de respect. Je dis juste la vérité. Vous mentez à mon sujet. C'est vous qui me manquez de respect, réplique Joan incapable de s'arrêter à présent.

– PARDON ? JE MENS ?

Le hurlement suraigu de Mme Barreau fait sursauter les élèves endormis sur le côté gauche. Certains ne peuvent s'empêcher de s'esclaffer. Il y a à présent une rage au fond d'elle. Plus rien n'a d'importance, hormis cela : gagner le face-à-face avec Barreau, l'humilier comme cette dernière l'humiliait quotidiennement.

– Vous mentez madame Barreau, sur moi et sur mes camarades. Vous faites comme si on faisait exprès de pas y arriver. Alors que la vérité, c'est que vous expliquez mal.

Dans la poitrine de Joan, son cœur cogne fort. Elle sent sa peau rougir. Certains élèves retiennent leur souffle, surtout ceux qui la connaissent du collège. Barreau change de couleur, elle devient blanche. Puis, dans ses yeux pâles, une lueur s'allume. Elle sourit à Joan. Un sourire tordu. Mauvais. C'est l'adjectif qu'utiliserait plus tard Joan pour le décrire.

– Mademoiselle Mendes, je vous prierai à l'avenir de parler correctement dans ma classe. Le langage que vous utilisez chez vous n'a pas cours dans l'enceinte de l'Éducation nationale. Je vous prierai aussi de réfléchir. Vous pourriez alors peut-être apprendre une ou deux choses. Car ce n'est certainement pas moi qui devrai passer le bac à la fin de l'année prochaine. Vous devriez penser à une réorientation, je ne sais la raison qui a poussé mes collègues à vous autoriser à poursuivre en générale. Mais évidemment, à force de laxisme dans vos établissements, on vous fait croire que vous pouvez avoir le monde. Dans votre cas, vous n'avez tout simplement pas le niveau pour poursuivre, encore moins pour accéder à des études universitaires. Vous n'êtes pas la seule, mais par contre vous êtes la seule dans cette classe à penser que vous pouvez interagir comme si vous étiez dans votre cité. C'est pourquoi je vous demanderai de sortir de ma classe. Si vous comptez y rester à l'avenir je vous demanderai de ne plus vous adresser à moi de la sorte. Je n'ai pas de temps à perdre avec des éléments perturbateurs, qui n'ont que faire de réussir dans la vie.

Joan avait pris la porte. Dans le couloir, elle s'était refusée à pleurer cette fois. Sousou l'avait rejointe à la fin du cours.

– Comment ça va ?

Joan avait haussé les épaules.

– C'était clairement injuste, Jojo.

– Ah ouais ? Pourtant personne n'a rien dit, même pas toi. Tout le monde m'a laissée me faire humilier comme à chaque fois. Tout le monde s'en fout de l'injustice.

Sousou avait ouvert la bouche, puis l'avait refermée immédiatement.

– Pardon Sousou, moi aussi je suis injuste. En vrai, elle a raison Barreau, la générale c'est pas pour moi.

Sousou avait essayé de rassurer Joan, mais rien n'y avait fait, son amie était décidée à changer de filière.

À présent quand Mme Barreau parlait d'elle, Joan ne réagissait plus. Elle attendait que ça passe. S'accrochant à l'idée qu'à la fin de l'année, elle passerait en pro et qu'elle n'aurait plus jamais à les revoir, elle et ses humiliations quotidiennes.

C'était un lundi que les choses avaient changé au paquebot. Joan s'employait à répéter des accords dans sa tête afin que l'heure passe plus vite. Elle devenait meilleure à faire abstraction des provocations constantes de sa professeure de français. Parfois elle regardait par la fenêtre en composant les paroles de futures chansons. Elle ne les mettait jamais sur papier mais elle avait l'espoir qu'un jour, elle le ferait. C'est à ce moment-là que Sousou lui avait donné un coup de coude dans le bras. Joan n'avait pu retenir un petit cri.

Mme Barreau lui lance un regard noir.

– Je doute que mon départ vous attriste beaucoup mademoiselle Mendes, mais cela ne vous autorise pas à pousser des cris d'animaux !

Joan se tourne avec un air interrogateur vers Sousou, qui lui offre un sourire éclatant.

À la sonnerie, Joan saute sur son amie pour en savoir plus.

– Elle sera partie dès demain ! J'ai l'impression que c'est le plus beau jour de ma vie, répond Sousou avec de l'émotion dans la voix.

Selma les rejoint à la récré, mais l'annonce n'a pas l'air de la réjouir.

– Mouais… En attendant, demain vous n'aurez pas cours de français, ni dans les jours à venir.

– Et alors ? La belle vie, non ? réplique Joan.

– Les épreuves anticipées c'est l'année prochaine Joan, si on ne vous trouve pas un remplaçant vous allez faire comment ?

Sousou hausse les épaules, le départ de Barreau la mettait en joie et elle ne permettrait à personne, même pas à la femme qu'elle aime, de lui gâcher le moral.

– Vous savez bien qu'en Seine-Saint-Denis, c'est le département où on a le moins de cours remplacés. OK Barreau était peut-être horrible, mais au moins elle vous donnait cours.

Joan rit de bon cœur.

– Tu parles comme Thomas Despin, tu devrais peut-être rejoindre sa petite bande, ils veulent bloquer le lycée, comme ça on sera certaines de pas avoir cours de français demain.

Selma prend un air sérieux.

– Tu sais quoi, je vais peut-être y réfléchir, oui.

Sousou mange un morceau de Twix en le mâchant un peu bruyamment.

– Écoute Selma, tu ne sais vraiment pas qui c'est Barreau, sinon tu ne dirais pas ça. Avec elle on apprend une seule et unique chose : l'humiliation.

Joan approuve vigoureusement de la tête. Selma semble un moment s'apprêter à répondre. Mais à la place elle tourne les talons et rejoint Thomas Despin, le batteur du groupe, qui est à la tête du syndicat lycéen.

Joan et Sousou n'avaient pas eu cours de français deux semaines durant. Bien que Thomas, Selma et quelques autres élèves aient organisé un blocus le lendemain, il fallut attendre quelques jours pour récupérer une nouvelle prof.

Ingrid Lambert était jeune. Elle devait avoir 25 ou 26 ans tout au plus. De longs cheveux bruns ondulés qu'elle laissait en permanence détachés, un visage pâle et un menton pointu. Elle portait des lunettes rondes et fines et s'habillait comme une éternelle ado : jeans, baskets et sweat à capuche. Sans doute une manière pour elle de se sentir connectée aux jeunes de banlieue, elle qui avait grandi dans la campagne bretonne. Ingrid avait fait ses études en lettres modernes à Rennes 2, appelée aussi Rennes la Rouge. Elle était arrivée au lycée de Rosny avec plein de bons sentiments. Mais on donne rarement cours avec de bons sentiments. Joan se souviendrait toujours comment elle était arrivée en classe, les bras chargés de bouquins, un grand sourire aux lèvres.

– Moi c'est Ingrid Lambert. Mais vous pouvez m'appeler Ingrid.

Hilarité générale.

Elle avait perdu les secondes 2 pour toute l'heure.

Ingrid n'avait pas pu en placer une.

Elle était sortie les larmes aux yeux.

Le lendemain Ingrid était revenue, toujours avec des livres dans les bras. Elle les avait distribués dans la cacophonie générale. Joan avait regardé le sien avec circonspection : *L'Assommoir* de Zola. Sousou, elle, avait sur sa table *1984* de George Orwell. Ingrid leur avait demandé de lire. Personne évidemment n'avait lu. Sousou, bonne élève, avait tout de même essayé, mais dans le bruit ambiant, c'était impossible. Ingrid était partie du cours le visage dépité.

Le jour d'après, Ingrid avait pris la parole en élevant le ton pour qu'on l'entende.

– Je ne compte pas crier, ni vous punir. Ce n'est pas ma méthode de travail. C'est vous qui choisirez ce que vous faites de ce cours.

Ensuite, elle avait reposé tous les livres sur une table, puis écrit un sujet de dissertation au tableau. Les élèves n'avaient pas plus travaillé ce jour-là.

Tout le monde pensait qu'Ingrid finirait par craquer, mais elle avait tenu. Elle continuait de sourire, d'apporter des livres. Peu à peu, les élèves s'étaient mis à interagir avec elle, lui posant des questions sur les sujets de dissertation proposés. Parfois motivés par le débat, les élèves se mirent à rédiger, parfois seuls, parfois à deux ou trois.

Rapidement, Ingrid Lambert était devenue la prof préférée de ses classes. Les autres professeurs reniflaient dédaigneusement en entendant son prénom.

– Quelle bande de rageux, ils sont juste jaloux ! s'exclame un jour Joan.

– Mais en vrai Joan, vous apprenez quelque chose ? demande Selma.

– On apprend plein de trucs !

– Je veux dire est-ce qu'elle vous prépare réellement au bac de français ?

Joan ne répond pas. Selma a probablement raison. Mais Joan a envie de venir en cours. Elle s'est remise à écrire, parfois elle lit ou elle choisit l'atelier débat. Elle se sent à nouveau bien. Elle croit à nouveau en l'école. Elle pourrait y arriver.

Joan ne parle plus jamais de réorientation.

L'année suivante, Ingrid était envoyée dans un autre établissement et Joan ne la revit que des années plus tard à la caisse d'Hoïkos.

Joan se planta au bac de français, puis au bac, puis en lettres modernes.

Souvent Joan repensait à Ingrid avec affection, c'était la seule qui lui avait donné confiance en elle quand elle en avait besoin.

Parfois le soir, elle en voulait à Ingrid, de lui avoir fait croire des mensonges.

Aujourd'hui, en bas de l'immeuble des Zaouche, à la cité Danielle Casanova, un cordon de police entoure le corps de son meilleur ami, alors elle hait de toutes ses forces Ingrid Lambert, de lui avoir donné l'espoir. Il n'y a rien de pire que l'espoir qu'on écrase.

Chapitre 23
Questions – *Enter Sandman*

Mardi 19 novembre 2019

Joan n'a pas le temps de réaliser la mort de Sabri. C'est Allaoui qui la saisit pour l'empêcher d'approcher le corps. Elle se souvient avoir hurlé. Et puis plus rien. Ils l'avaient embarquée. Elle n'avait pas tenté de s'y opposer. Elle n'avait même pas demandé à voir un avocat. La mort de Sabri ressemblait à la fin de tout.

Elle tente de se remémorer ses dernières paroles. Mais celles-ci n'ont aucun sens. Dans la fourgonnette, son corps se balance dans un sens et dans l'autre. Allaoui est monté avec elle derrière. Son visage ressemble trait pour trait à celui d'Amine. À l'exception de ses yeux. Le keuf a les yeux plus sombres. Plus durs.

– Mes condoléances, chuchote Joan.

Elle voit dans le rétroviseur les sourcils de l'inspecteur Girard se froncer. À côté de lui, la flic qui l'avait balancée dans une mare de vomi. Elle a toujours ce regard de haine. Mais elle se tient droite, sans bouger. Elle ne jette pas un regard à Joan. Allaoui se tait. Il regarde Joan, lui sourit puis finit par dire.

– Mes condoléances aussi. Je sais qu'il a fait des conneries Zaouche, mais c'était quelqu'un de bien.

– Il est mort comment Amine ?

– Il est mort comme un enfant passé par les pattes de Fonseca, comme un chien.

C'est en entendant le nom de son oncle que Joan se remémore.

Quoi qu'il se passe, ne va pas chez Zaouche cet après-midi

C'était forcément son oncle.

Il savait qu'Amine Allaoui était mort.

Logique.

Leandro Fonseca savait toujours tout. Qu'il sache qu'Amine était mort n'était pas une surprise. Pourquoi alors avait-elle le sentiment qu'il était responsable de sa mort ?

Mais surtout comment savait-il que les flics viendraient chez Sabri ? Et quel était le rapport avec tout ce qui se passait à Hoïkos ?

Joan repense aux paroles de Sabri. *Tu ne sais jamais comment t'arrêter ?* Tout est lié. Mais des pièces lui manquent indubitablement. Elle ne peut pas faire confiance aux flics.

Mais Allaoui, ce n'est pas qu'un flic. C'est Mohammed, un môme qui a grandi aux 3000. Un gamin de la cité comme elle. C'est le cousin d'Amine.

Sabri est mort. Momo prend de la taule. Comme Sabri avant lui. Ça le détruira, comme Sabri avant lui. Leandro est son oncle mais elle n'a plus à cœur de le protéger. Dans sa tête, Joan s'imagine tout cramer.

– Mon oncle, il m'a prévenue. Il savait que vous viendriez pour Sabri.

– Quoi ?

– Je parlerai pas au comico, je serai une tombe. Je dirai rien. Même si j'avais des trucs à dire, je dirai rien. Toi et moi, on a grandi pareils. Mais en grandissant, on s'est retrouvés de deux côtés d'une barrière.

– Y a pas de barrière, Joan.

– Si y a une barrière, tu fais semblant de l'ignorer, y a que toi pour pas la voir. Mais je me souviens de toi maintenant, c'est toi qui m'as prévenue que les keufs étaient partis y a quinze ans, lors de l'arrestation de Sabri aux 3000. J'étais cachée derrière des poubelles.

Allaoui la regarde dans les yeux sans ciller. Il ne répond pas. Il ne se défend pas.

– Alors je te rends la pareille, on est quittes Allaoui. Si tu veux rendre justice à Amine, je te le dis. Mon oncle, il savait que vous alliez venir chez Sabri. Pourquoi ? Comment ? C'est à toi de le découvrir.

Allaoui reste muet. Il doit avoir mille questions qui fusent dans sa tête. Ou alors il connaît déjà la réponse aux questions posées par Joan. Mais il ne dit toujours rien. Sans doute parce qu'il y a deux côtés à une barrière et qu'ils ne sont pas du même.

– Tu devrais parler Joan, finit-il par dire, pour Sabri.

– On est quittes Allaoui, ton cousin est mort, mon frère aussi. En ce qui me concerne le monde peut bien brûler maintenant ça m'est égal.

Dans le commissariat de Gonesse, Mohammed Allaoui frappe à la porte du bureau du capitaine Girard. Celui-ci est concentré sur l'écran de son ordinateur. Il tape énergiquement avec deux doigts sur son clavier.

– J'appelle l'avocate ?
– Quelle avocate ?
– Maître Andreani.
– Pour quoi faire ?
– C'est l'avocate de Mendes, chef.

Girard ne dit rien, il continue de taper sur son clavier. Allaoui se racle la gorge, mais les yeux de son chef restent rivés sur son écran.

– Andreani, c'est l'avocate du Syndicat du commerce, ça n'a rien à voir.

– Pas sûr que ça n'ait rien à voir, chef.

Allaoui résume la conversation qu'il a eue avec Mendes dans le fourgon. Girard se passe la main dans les cheveux.

– Vous en pensez quoi, chef ?

– Pour être honnête ? Que ça pue la merde. Si Fonseca était au courant, c'est Le Gall qui lui a dit. Mais c'est quoi le lien entre Le Gall et Fonseca ? Hormis le lien évident.

– Vous soupçonnez Le Gall, chef ?

Girard lui fait signe de fermer la porte. Une fois la porte fermée, Girard chuchote.

– Écoute Allaoui, je m'étais juré de ne jamais reparler de cette histoire. Mais tu m'as fait confiance en me racontant l'histoire de ton cousin. Alors on va dire que c'est donnant-donnant.

Allaoui l'écoute raconter une histoire qui lui fait froid dans le dos. Une histoire digne d'un film policier. Le Gall, c'était le flic corrompu par excellence. Toujours à prendre des raccourcis pour gagner un max de fric. La drogue disparaissait toujours des scellés, il négociait avec les plus gros trafiquants. Il régnait avec terreur sur la brigade des Stups. Dès qu'il avait pu, Étienne Girard s'était barré. Un poste s'était libéré à la brigade criminelle. Il avait sauté sur l'occasion. Puis, il avait revu Le Gall, par hasard, au TGI de Paris, pendant une enquête. Une coïncidence. Enfin presque. Girard enquêtait sur l'extrême droite et Le Gall les protégeait. Pour ne pas faire tomber tout le monde, Le Gall avait fait chanter la commissaire en charge de l'enquête en mêlant son frangin à du trafic de drogue.

Quand Girard a terminé, Allaoui se demande dans quoi il s'est fourré. Des flics corrompus, racistes, violents. Ce n'était pas exactement la première fois qu'il en entendait parler. Mais lui c'était un petit flic, dans un commissariat de banlieue. Gonesse. Les sphères du pouvoir ce n'était pas pour lui.

– On fait quoi ?

– Je ne sais pas Allaoui. On ne peut pas arrêter Fonseca comme ça. Mendes ne l'a pas balancé en garde à vue. Elle te l'a dit dans un fourgon, menottée. Tu sais qu'elle niera.

– Pourquoi on est allés là-bas, chef?

– Parce que Le Gall nous l'a dit.

– Vous croyez qu'il avait tout prévu ?

– La mort de Zaouche ? Impossible. C'est impossible de prévoir qu'un gamin se jette par une fenêtre par peur des flics.

– C'est pas un hasard si mon cousin est mort, il devait savoir quelque chose.

– Mais quoi ? Tu sais encore sur quoi on enquête, toi ? Moi je ne sais plus. On a commencé par Gianni. Puis on a mis Djebbari sous écrous. Pourquoi ? Parce que de Bonneval nous l'a dit. De Bonneval, dont la femme a été assassinée. Ça nous a menés à Fonseca, ton cousin et Zaouche. Sans oublier Mendes et la grève.

On frappe à la porte. C'est Perret. Son visage est crispé mais elle esquisse tout de même un sourire.

– Chef, on vient d'appeler, les grévistes se sont barricadés dans le magasin, ils retiennent M. de Bonneval en otage.

Girard écarquille les yeux. La situation ne pouvait pas être pire.

– OK Perret, prends une équipe, on y va et j'appelle le préfet pour qu'il nous envoie les CRS.

– Et Mendes ?

– Quoi Mendes ?

– J'en fais quoi ?

Girard se frotte les yeux, il ne sait plus depuis combien de temps il n'a pas dormi.

– Allaoui, tu vas faire le tour des proches de Zaouche. Pose-leur des questions, vois ce qu'ils savent.

– Et Mendes ? demande à nouveau Perret.

– T'es encore là toi ? Laisse-la tranquille Mendes, Allaoui va prendre sa déposition et après il va la libérer.

Perret blêmit mais n'ajoute rien et tourne les talons.

Élise Andreani est plongée dans le dossier de régularisation d'un travailleur sans papiers quand le téléphone sonne. Elle ne répond pas tout de suite mais à la dernière sonnerie elle décroche enfin. En entendant la voix du secrétaire général du Syndicat du commerce, elle bondit sur ses pieds. Elle jure, raccroche puis allume la télévision en se mettant directement sur BFM-TV. Elle ne peut décrocher son regard des images d'une extrême violence. Des gaz lacrymogènes, des coups de matraque. Les grévistes en chaîne. D'autres derrière sont armés de barres en fer. Puis une personne cagoulée jette un cocktail Molotov sur le cordon de CRS. Les CRS reculent. Élise ne peut pas empêcher ses larmes de couler. Tant de questions se bousculent dans sa tête. Mais une seule reste gravée dans sa tête : « Comment a-t-on pu en arriver là ? » Elle essaye d'appeler Joan. Elle tombe sur le répondeur. Elle se recroqueville dans son canapé. Sa compagne est absente pour la soirée. Elle pense qu'elle n'a jamais eu autant besoin de ses bras.

Le regard que Joan tend à Allaoui est vitreux.

– Toujours rien à déclarer je suppose ?

Elle secoue la tête. La migraine la prend. Elle a tant envie d'alcool. Combien de temps cela fait qu'elle n'a pas bu un verre d'alcool ?

– Allez viens je te ramène, il faut que je passe voir la mère de Zaouche.

Joan se lève lourdement et le suit sans dire un mot.

Wu Xiu, dite Sousou, était chez Selma quand on lui avait appris la nouvelle. Sabri Zaouche s'était jeté par la fenêtre. C'était son petit frère qui l'avait appelée. Il était livreur pour le restaurant familial en soirée. Il passait à travers le quartier du Pré-Gentil quand il avait vu un corps tomber, puis Joan, une des meilleures amies de sa sœur, se faire embarquer par la police. Sousou avait peu connu Sabri. Sabri c'était l'autre monde de Joan. Parfois ils traînaient tous ensemble, mais Sousou et Sabri avaient rarement été seuls. C'est pourquoi elle avait été étonnée, la veille, quand il était venu la voir. Il venait d'apprendre la mort d'Amine.

Elle n'avait pu s'empêcher de trembler en entendant l'histoire que lui racontait Sabri.

– Pourquoi tu n'as rien dit à Joan ?

– Tu connais Joan, elle aurait voulu tout cramer.

– Tu aurais dû lui dire Sabri, elle aurait arrêté. Elle aurait arrêté. J'en suis sûre.

Sabri l'avait regardée avec douceur.

– Joan, c'est l'amour de ma vie. Pas ce genre d'amour sur lequel on écrit des romans. Pourtant c'est un vrai amour, peut-être le seul vrai qui existe.

Quand son frère lui avait dit que Sabri s'était défenestré, Sousou avait attendu des heures, prostrée chez Selma. Elle ne savait pas si elle pouvait tout lui raconter. Puis aux alentours de 20 heures, elle s'était décidée. Il y avait trop de questions sans réponses. Sousou avait frappé à la porte de Joan. Joan avait ouvert la porte, Sousou n'avait vu que la pâleur de son visage, alors elle avait serré son amie fort dans ses bras et sans lui laisser prendre la parole, elle lui avait dit d'un trait :

– Sabri, il m'a raconté, on l'a piégé pour le meurtre d'Alessandra Gabrielli, la femme de ton patron, Jean-Baptiste de Bonneval.

Joan avait blêmi, faisant signe à Sousou de se taire. L'agent Allaoui s'était placé derrière Joan.

– Il va falloir nous raconter ça à présent mademoiselle.

Joan ignorait qui était Alessandra Gabrielli.

Mais elle savait que jamais Sabri n'aurait tué une femme quelle qu'en soit la raison.

Elle regarde Mohammed Allaoui. Il fait pivoter son corps pour faire signe à Sousou d'entrer.

Cette nuit-là, les questions trouvèrent leurs réponses. Et la haine pour Jean-Baptiste de Bonneval monta d'un cran.

Elle promit de venger Sabri, de venger Angela. Plus rien n'avait d'importance à présent.

Il était loin le temps de Rock and Rosny, du bonheur et des amours de Joan Mendes.

Il ne restait plus que la colère. Brute. Implacable.

Chapitre 24
Antona - *Don't Leave Me Now*

Juin 2017 – Mars 2018

Joan Mendes avait rencontré Antona en juin 2017 au festival Rock and Rosny, qui constituait l'aboutissement de sa vie. Évidemment, jamais elle n'avait pensé en tomber amoureuse. Tout en Antona lui donnait des sueurs froides. Antona faisait une thèse en sociologie après avoir fait Sciences Po avec Selma. Antona était d'un an la cadette de Selma et elles n'avaient pas eu cours ensemble. Mais elles s'étaient rencontrées au détour d'un couloir car Antona avait monté un collectif féministe. À cette époque-là, Selma entamait sa première année de master. Sciences Po l'avait usée jusqu'à la moelle. Depuis la fête du Nouvel An, où Selma avait terminé à l'hôpital, elle avait petit à petit abandonné l'idée de sortir de son milieu social, ce dont elle avait rêvé depuis sa plus tendre enfance. La violence de ses camarades y était pour beaucoup. À Sciences Po, Selma s'était retrouvée confrontée à un mépris social doublé d'un racisme à peine voilé. Alors petit à petit, Selma avait baissé les armes. Chaque fois qu'elle le pouvait, elle rentrait à Casa et se réfugiait chez Joan qui venait d'emménager dans un petit studio, au rez-de-chaussée, soit un étage en dessous de chez ses parents. Sousou les rejoignait souvent. Parfois Sabri, quand il n'était pas enfoncé dans la drogue. Ensemble, ils refaisaient le monde. Aussi, la cité, que Selma et Joan avaient toujours voulu fuir, était devenue peu à peu un refuge. Le studio de Joan était leur havre de paix et en y réfléchissant des années plus tard, elles diraient toutes les trois que cela avait été les plus belles années de leur vie.

Toujours est-il que lorsque commença sa première année de master, Selma ne pensait plus qu'à une seule chose : en finir avec Sciences Po et rentrer à Casa le plus rapidement possible.

Des trois, Selma était celle qui s'était toujours le plus intéressée à la politique. Elle tentait souvent de débattre avec ses amies de la société et des conditions dans lesquelles vivaient les habitants de Seine-Saint-Denis. Si elle s'était un peu perdue lors de ses deux premières années à Sciences Po, espérant que cela lui apporterait une porte de sortie, elle ne prêchait que pour la sortie collective. Elle avait d'ailleurs un temps intégré le syndicat lycéen dirigé par Thomas Despin, et elle avait beaucoup discuté avec Rose de syndicalisme et des conditions de vie des étudiants. Sousou et Joan ne s'intéressaient pas à ce genre de débats. Elles n'étaient pas opposées à ces combats, mais à 16 ans, ces dernières étaient déjà profondément cyniques.

« On ne peut rien faire », disait Joan en haussant les épaules.

« La seule solution serait de tout brûler », répliquait Sousou.

Selma arguait qu'il était possible de changer les choses. Sousou et Joan l'écoutaient en souriant.

Selma ne s'était jamais spécifiquement intéressée au féminisme. Non, ce qu'elle voulait c'était changer les choses concrètement. Les conditions d'études, les salaires, les aides sociales, la Sécu : voilà ce qui la passionnait. Mais Antona était belle et elle se disait anticapitaliste. Dans l'univers dans lequel elles naviguaient toutes les deux, Selma l'avait trouvée « rafraîchissante ».

– Rafraîchissante ? demande Joan dubitative.

– Oh y a pas de galères Joan, je sais bien ce que tu penses, que c'est une bourgeoise blablabla. Et c'est vrai, de ce que j'en sais ses parents ont de la maille, elle a eu une bonne éducation. Mais vraiment elle est cool, vous pourriez bien vous entendre.

Joan fait la moue, c'est la troisième fois en un mois que Selma revient à la charge avec cette affaire d'interview.

– C'est marrant elle a pas l'air du genre qui kiffe sur les meufs.

– Écoute, je crois qu'elle se définit comme bi, mais par ailleurs elle a un gars depuis 107 ans. J'ai niqué avec par hasard. Je crois qu'elle voulait absolument coucher un jour avec une meuf, pour se prouver qu'elle était vraiment bi, tu vois.

Joan ouvre une cannette de bière et la verse à grandes gorgées dans son gosier.

– Je crois pas à la bisexualité moi.

– Putain Joan, qu'est-ce tu t'en fous ? Tu crois à pas grand-chose de toute façon. Tu vas pas niquer avec, l'idée c'est tu fais une interview. Elle en a besoin pour sa thèse, sois sympa.

– Comme si j'avais envie de niquer avec cette cruche.

Selma se lève et va se servir un grand verre de Coca frais.

– Qu'est-ce que j'en sais moi, tu niques n'importe quelle meuf *anyways.*

Joan ouvre la bouche, estomaquée. Elle fronce les sourcils.

– Bah quoi Joan c'est vrai et c'est l'occasion de te le dire. Au début, on s'est dit, c'est une passade pour oublier Rose, mais Joan ça fait trois ans que t'as quitté Rose.

– Je l'ai pas…

– Je sais tu l'as pas quittée ! Sauf que tu l'as quittée. Il est temps de te remettre, trouve-toi une meuf mignonne et tout ça. Tombe amoureuse, marie-toi, fais des mômes.

Joan se radoucit, elle regarde Selma dans les yeux, elles éclatent de rire.

– Tu peux parler, toi !

– C'est pas pareil, Sousou est toujours là. J'aurais l'impression de la tromper. Je me dis, j'ai juste à attendre que son vieux, il claque.

– Donc tu me conseilles quoi, de tomber amoureuse d'Antona ? demande Joan en badinant.

– T'es conne ! Je lui file ton numéro, OK ? Elle va t'appeler.

L'interview s'était finalement déroulée près de deux mois plus tard. Antona avait un emploi du temps de ministre. Joan, elle, ne faisait absolument rien. Elle était au chômage depuis cinq mois, depuis qu'elle avait définitivement quitté McDo pour se consacrer à Rock and

Rosny. À cette époque, Joan était certaine que ce festival serait le premier d'une longue série. Elle se battrait pour le faire vivre. Alors, elle n'avait aucune intention de trouver du travail. Quand elle galérait un peu trop, elle faisait quelques heures dans l'épicerie de nuit pour gratter quelques billets. Cependant Joan ne voulait pas non plus donner à Antona le loisir de fixer le rendez-vous. Elle refusait souvent les propositions d'Antona pour le plaisir de lui donner du fil à retordre. Finalement, une fin d'après-midi, Antona lui avait écrit :

Par hasard, je ne suis pas loin de Rosny,
est-ce que tu serais dispo pour l'interview ?

Joan en lisant ça n'avait pu s'empêcher de sourire. Antona n'était sûrement pas « pas loin de Rosny ». Personne n'était jamais « Pas loin de Rosny » et sûrement pas « par hasard », surtout pas quand on a grandi dans le 5e arrondissement de Paris et qu'on participe à la gentrification de Pantin tout en critiquant la gentrification.

Vas-y viens chez moi. Ça va aller de venir toute seule
ou tu vas flipper de te balader le soir toute seule dans le 9-3 ?

Ça va aller j'habite en Seine-Saint-Denis je te rappelle

Pas cette Seine-Saint-Denis

Je ne suis pas qui tu crois que je suis

On verra ça

Évidemment, Antona avait été morte de peur.

Antona n'avait rien de commun avec les filles que Joan voyait de temps à autre. Et Joan n'avait rien de commun avec les personnes qui entouraient la vie d'Antona. Lors de l'interview, elles avaient bu du vin en discutant de musique puis de livres. Même si elle ne l'aurait jamais avoué, Antona n'avait jamais pensé que Joan puisse être tout ça à la fois.

– Mais tu joues aussi non ?

Le sourire de Joan s'était agrandi.

– De la basse. Tu veux écouter ?

Antona avait acquiescé sans effusion.

C'était comme ça qu'elle était Antona. Jamais un mot de trop. On ne savait jamais réellement ce qu'il y avait dans sa tête.

Joan avait joué pour elle. *Cherry Bomb.* Comme à l'époque de The Ultimate Temptation. Puis, elle avait repris Patti Smith et enfin quelques compos à elle.

– Tu es vraiment douée, pourquoi tu n'essayes pas d'en faire quelque chose ?

Antona était très différente de Rose. Mais comme elle, elle voulait que Joan fasse plus. Soit plus. Plus qu'elle-même.

Elles avaient continué de discuter. Et Joan était tombée amoureuse de son visage pâle et de ses boucles blondes. Mais surtout de la douceur de sa voix. Elles avaient discuté des heures durant de tout. Antona était restée jusqu'au petit matin. Elles s'étaient quittées sans étreintes, se frôlant à peine. La tension était là, mais ni l'une ni l'autre n'avaient décidé d'en faire quelque chose.

Les jours qui avaient suivi, Joan avait commencé à nourrir une obsession pour Antona. Elle s'était mise à la suivre sur ses réseaux sociaux, tentant de décoder chaque image postée, chaque musique partagée. Puis, Antona avait posté l'image d'un coucher de soleil. Elle n'y avait d'abord pas accordé d'importance, puis s'était rendu compte qu'elle connaissait l'endroit. Il s'agissait de la vue de la gare de RER de Rosny. La musique qui l'accompagnait était *Don't Leave Me Now* de Supertramp.

« Pour moi, c'est la plus belle chanson de rupture », avait dit Antona quelques jours auparavant.

Joan était sûre que cela lui était destiné.

Elle avait envoyé un message :

Tu es à Rosny ?

Non, j'aimerais bien. J'ai pris cette photo en juin dernier, quand je suis revenue de Rock and Rosny le dimanche soir.

Il y a mieux comme chanson de rupture

Et c'est comme cela que ça avait commencé. Des centaines de messages. Des musiques échangées. Et Joan y avait cru chaque minute davantage. Son cœur lui semblait sur le point d'exploser. Elle s'était mise à composer à nouveau. Des dizaines de chansons, toutes au nom d'Antona.

– Fais attention, Joan, elle ne t'a rien promis, elle a un mec.

– Jusqu'à ce qu'elle n'en ait plus.

Antona et Joan avaient mis plusieurs semaines à se revoir. Puis, Antona avait débarqué un soir sans prévenir. Prise d'un courage soudain, Antona l'avait embrassée immédiatement. Elle était restée toute la nuit. Alors Joan y avait cru plus fort, à la manière dont elle la regardait. C'était impossible qu'elle ne l'aime pas.

– Nous deux c'est une évidence.

Mais Antona n'était jamais disponible. Les messages se faisaient de plus en plus sporadiques.

Puis ce fut la fin.

– Je lui ai tout avoué. Il m'a posé un ultimatum. Je suis désolée Joan, vraiment désolée. Je ne peux pas vivre ma vie sans lui.

Pour garder une forme d'honneur, elle avait craché des horreurs.

Une fois Antona partie, elle s'était mise à écouter *Don't Leave Me Now*. En boucle, toute la soirée, en s'enfilant seule une bouteille de vodka.

Finalement, c'était bien la meilleure chanson de rupture.

La suite fut de longs mois de descente aux enfers. Elle ne bougeait plus. Elle ne composait plus.

Des mois plus tard, elle s'était posé la question : « Est-ce qu'Antona l'avait jamais aimée ? »

Cette question tournait dans sa tête. Elle devint une obsession et quand on est enfermée, les obsessions c'est tout ce que l'on a.

Chapitre 25
Le feu – *We're Not Gonna Take It*

Mardi 19 novembre 2019

– Qu'est-ce qu'il se passe Élise ?

Quand Rachel entre dans le salon, sa compagne est toujours roulée en boule dans le canapé. Les images qui continuent de tourner en boucle sur l'écran de télévision sont si violentes. Élise ne semble plus elle-même à présent. Elle ne peut émettre de son. Les images lui ont pris sa voix. Il n'y a plus rien à faire. Le drame se déroule devant ses yeux et elle est définitivement impuissante.

Joan avait allumé son téléphone bien après que Sousou avait raconté son histoire, bien après que Mohammed Allaoui avait quitté son studio. Elle se sent vidée. Elle n'avait pas parlé. Elle n'avait pas dit ce qu'elle en pensait. Elle se souvient seulement de l'histoire d'Angela. Quand Mohammed Djebbari, alias Momo, avait raconté quelques jours avant une terrible histoire, elle s'était dit qu'il fallait en finir avec de Bonneval. C'était un porc. La tentative de suicide d'Angie était la résultante d'un crime qu'il ne payerait pas. Mais depuis, les morts s'étaient empilés : Amine, Sabri. Et Momo croupissait en taule. Et puis il y avait Alessandra.

– Ne fais rien de stupide, lui avait dit Allaoui en partant.

Elle avait haussé les épaules.

– S'il a tué mon cousin, je ne me reposerai pas tant que je ne l'aurai pas mis sous les verrous.

Allaoui était d'une naïveté, avait pensé Joan, à croire qu'il y avait une forme de justice. Personne ne redonnerait vie à Sabri. Et s'il était vivant il aurait fini en prison.

Maeva Popescu n'a jamais aimé les chefs. Mais elle s'en était toujours accommodée. Elle travaille depuis ses 15 ans. Elle est mère célibataire : elle a trois bouches à nourrir. Et un salaire à peine plus élevé que le SMIC. Elle s'est syndiquée tard en rencontrant Momo à Hoïkos. Momo avait un feu en lui qui paraissait ne jamais vouloir s'éteindre. Alors, elle avait pris sa carte. Elle était venue aux réunions. Elle avait soutenu Momo quand il avait reçu sa première plainte. Le patron l'accusait de harcèlement. « Une blague, vraiment, quand on sait tout ce qu'il a fait. » Maeva a toujours été une bonne travailleuse. Elle est fière de travailler efficacement. Elle n'a jamais aimé les chefs. Trop paresseux. Des parasites, dit-elle parfois. Cependant, rien ne la destinait à prendre la tête de la grève. Quand Joan avait proposé samedi d'encercler le siège d'Hoïkos de feu, Maeva avait été plus que timorée. Bien sûr, le lundi matin, elle était venue mais elle avait formulé ses critiques. Mais hier, Momo avait pris du ferme. Alors, la colère l'avait prise elle aussi, comme ses collègues. On ne pouvait plus se laisser faire.

« On occupe. »

C'était ça le mot d'ordre au départ. « On occupe jusqu'à ce qu'ils libèrent Momo. » Le mot était passé. À 14 heures, débrayage. Ils étaient tous là à quitter leurs postes. Ils avaient fait une chaîne devant pour empêcher les clients de rentrer dans le magasin de Paris-Nord. D'autres étaient montés dans les étages. Dans les bureaux se cachaient quelques cadres et c'est là qu'ils s'étaient rendu compte, qu'assis derrière son ordinateur, Jean-Baptiste, JB, était dans son bureau.

– On fait quoi ? On le fait sortir ? Comme le reste des cadres ? avait demandé Cyrille.

L'employée de la logistique s'était tournée vers Maeva, parce que sans Momo, elle paraissait être devenue la personne indiquée pour prendre ce genre de décisions. Maeva s'était retournée vers Cyrille, d'autres l'observaient, attendaient avec appréhension son avis. Maeva avait failli dire oui. C'était la solution la plus simple, la moins risquée. Mais elle avait vu le visage de de Bonneval et elle avait pensé au visage de Momo à la sortie du TGI et aux larmes qui coulaient sur le visage de sa femme. Elle s'était ravisée.

– Non, on le séquestre.

– Tu veux faire quoi Joan ?

Sousou était restée avec son amie après le départ de l'officier Allaoui. Joan est assise dans son petit canapé blanc. Sousou se lève et prend une bière dans le frigo qu'elle lui décapsule. Joan a un sourire crispé et repousse la bière.

– Les collègues occupent le magasin, ils ont séquestré de Bonneval.

– Tu devrais pas leur raconter ? Tu devrais pas leur dire ce qu'il s'est passé avec Sabri ? Avec Amine ?

Joan se calfeutre dans les bras de Sousou. Elle allume une cigarette, fumant lentement, comme si elle devait être la dernière.

– Tu sais quoi ? J'espère que ça va mal tourner et qu'ils vont le buter.

Sousou acquiesce.

– Tu crois pas que la police va faire quelque chose ?

– Non.

– Tu te souviens quand on avait seize piges, Selma nous disait toujours qu'on pouvait changer quelque chose. Et nous on disait…

– Faudrait tout faire cramer.

– Oui, parfois je me dis qu'on était juste des petites connes, parfois je me dis qu'on avait raison.

Sousou finit par boire la bière. Joan termine sa cigarette en silence. Puis elle se lève :

– Je me rends compte qu'il y a une chose que j'ai pas faite.

Le téléphone d'Élise Andreani avait sonné aux alentours de 21 h 30. Rachel avait répondu car Élise n'avait toujours pas prononcé un mot.

« C'était Joan Mendes. Elle te fait savoir qu'elle n'est pas à Hoïkos et qu'elle se rend chez Angela Gianni, qu'elle a une histoire à raconter et que si tu veux l'entendre, tu es la bienvenue. »

Angela Gianni était sortie de l'hôpital. On lui avait bien proposé de se faire interner. Mais elle avait refusé.

Tout ce qu'elle avait obtenu, c'était un arrêt de travail. Trois semaines, et « après on verra ». Elle avait éteint son téléphone, avait évité les informations. Elle s'était mise au lit avec l'intégrale de *Buffy contre les vampires.* À côté d'elle un paquet de chips au fromage et des bonbons qui collent aux dents. Angela n'avait aucune idée que Momo, à qui elle s'était confiée, il y a quelques mois, était en prison, aucune idée que plusieurs de ses collègues s'étaient retrouvés en garde à vue, ni aucune idée que dehors le feu avait pris à Hoïkos. Il est presque 22 heures quand la crise de larmes la prend à nouveau et c'est à ce moment-là qu'elle entend sonner chez elle.

Elle hésite à ouvrir. Mais ça sonne à nouveau. Elle ouvre doucement la porte et voit devant elle deux femmes : une grande aux longs cheveux noirs, vêtue d'un tailleur bleu marine, et l'autre, maigrichonne aux cheveux courts bouclés, une dégaine punk, un visage livide et des cernes creusés. Elle met du temps à la remettre, sans l'uniforme de couleur orange.

– Joan, de la cafet, on a fait équipe ensemble au bowling.

– C'est toi qui m'as trouvée n'est-ce pas ?

Joan lui montre les paumes de ses mains, les cloques ne sont pas encore parties.

– Je m'étais brûlée avec les paninis, je voulais déclarer l'accident.

Angela lui sourit.

– Tu sais qu'il est pas là ? Le registre, il est au poste de sécu. T'as pas écouté ta formation sécurité ?

Joan n'a aucun souvenir de ces journées de formation. C'était la première fois depuis des mois qu'elle devait se passer d'alcool pendant la journée. Le manque la rendait folle. Elle se rappelle seulement de personnes qui parlent toute la journée, qui lui demandent de dire des secrets sur sa vie, de monter des meubles Hoïkos. *Changer la vie de tous.* Mains qui tremblent. *Les valeurs d'Hoïkos.* Sueurs. *Famille.* Envie de boire. *Ça va Joan ?*

– Madame Gianni, je sais qu'il est tard, mais la situation est un peu compliquée. Je me présente, maître Andreani, je suis l'avocate du Syndicat du commerce. Vous accepteriez de nous laisser rentrer ?

Angela hoche lentement la tête et ouvre la porte complètement pour laisser passer les deux femmes. Elle les conduit dans une petite cuisine aux murs jaunes.

– Vous voulez boire quelque chose ? Il me reste du vin rouge et c'est à peu près tout ?

– T'aurais du café ? La nuit va être longue, répond Joan.

Angela lui offre un maigre sourire et ouvre un placard en hauteur pour récupérer un bocal de café. Elle lance une cafetière à filtre. L'odeur du café la réconforte.

– Je suppose qu'il y a un problème à Hoïkos.

– Pas qu'un seul, réplique Joan, t'es pas au courant qu'il y a grève ?

Grève. Même ce mot semble dénué de sens, pense Joan. Ce n'était plus une grève à présent, c'était une guerre. Une guerre sans armes ou presque. Pendant que le café coule dans le percolateur, Joan résume la grève à Hoïkos.

– Donc Momo vous a tout raconté ?

Les deux autres acquiescent.

– Je suppose que vous n'envisagez pas de porter plainte, souffle l'avocate.

Les larmes coulent sur le visage d'Angela, cela fait un moment qu'elle ne maîtrise plus ses émotions.

– Vous rigolez j'espère ?

– Je sais, je sais, les plaintes pour ce genre de cas ne fonctionnent que très rarement, tempère maître Andreani.

Angela se met à rire. Un rire forcé. Un rire jaune.

– C'est la première chose que j'ai faite. Il vous a pas dit Momo ? Je suis allée au commissariat, on m'a ri au nez. « Vous le détestez à ce point-là votre patron ? » « Il a fait quoi, il vous a refusé une augmentation ? » Voilà ce qu'ils disaient. Je me suis effondrée en larmes et je me suis enfuie. Mais j'ai quand même entendu leurs derniers mots : « Encore une menteuse. »

Joan fixe l'horloge pour éviter de regarder Angela. Elle ne veut pas que sa collègue voie qu'elle perd pied. Elle n'avait pas bu d'alcool depuis son arrestation. Peut-être que c'est là qu'elle a décidé, Joan, que ça devrait finir dans le sang. Pourtant, elle ne l'avait pas prémédité.

– Je vais vous raconter tout ce que je sais sur de Bonneval, après ça il faudra prendre une décision. Jean-Baptiste de Bonneval a pas toujours été directeur d'Hoïkos, avant ça c'était un genre de courtier ou je sais pas quoi. En tout cas, son truc c'était la Bourse. Assez tôt, il a trouvé que la Bourse ça ne suffisait pas pour se faire de l'argent. Il en a voulu plus, il s'est mis à monter des sociétés écrans. C'était magouille à tous les étages. Il a rencontré mon oncle Leandro Fonseca qui lui a proposé d'assurer sa sécurité. Leandro, il avait la vingtaine. Il avait un petit biz mais c'était pas encore le malfrat qu'on connaît aujourd'hui. Je sais pas si c'est sa faute si mon oncle est devenu comme il est. J'ai sûrement un regard biaisé. Mon oncle, il m'a toujours aidée, mais il a aussi bousillé ma vie, alors je l'absous pas. Puis, il est devenu de plus en plus gourmand, il avait besoin de blanchir beaucoup d'argent. Ils ont monté ensemble une escroquerie. Mais ça s'est planté et ils ont tout perdu. De Bonneval est alors rentré à Hoïkos, on lui a offert le poste de sous-directeur de magasin. Je pense pas que ça l'ait intéressé, au début il faisait ça seulement pour se poser, avoir une couverture, le temps que la tempête passe.

– Je suppose que la tempête n'est pas passée vu qu'il y est toujours, dit sombrement Angela.

– Peu de temps après, y a eu une grève qui s'est déclenchée. Y avait eu un suicide d'un employé de la logistique, les cadences étaient trop importantes, les payes trop faibles et toujours ce discours insupportable rabâché dans tous les sens.

– Changer la vie de tous.

– C'est sans doute Leandro qui lui a soufflé l'idée, le grand-père était syndicaliste. Fous le feu, accuse les grévistes. Tu seras débarrassé des fouteurs de merde et peut-être que le chef sautera.

– C'est ce qui s'est passé ? demande Élise.

– Plus ou moins. Momo qui était déjà là n'a pas été viré à l'époque. Y a eu un procès, mais les grévistes l'ont gagné. Par contre la grève s'est arrêtée. Ils n'ont rien gagné. Pas une augmentation, rien. Le directeur a sauté et on a récupéré de Bonneval.

Angela se lève pour leur servir trois grands mugs de café. Toutes trois boivent en silence.

– Mais ça lui rapportait quoi à de Bonneval ?

– Nul ne le sait, mais sûrement des magouilles, le magasin est franchisé, c'est une bonne couverture pour blanchir de l'argent. On ne le saura probablement jamais vraiment. Toujours est-il que peu de temps après mon oncle s'est fait arrêter, il s'est fait trahir, il est allé en taule et mon ami Sabri qui dealait pour lui aussi. Jean-Baptiste s'est marié avec Alessandra, une noble héritière italienne qui peu de temps après leur mariage a été assassinée.

Joan se tait pour boire une gorgée de café.

– Il l'a tuée ?

– Bien sûr.

– La police ?

– L'a soupçonné mais sans réussir à prouver que c'était lui qui l'avait fait. À la place, Leandro, en bon homme de main, a fourni un coupable : Sabri Zaouche, qui venait de sortir de taule. Je sais que de Bonneval l'a menacé, je l'ai entendu faire au mariage de ma cousine. Évidemment à l'époque je ne savais pas qui c'était. Sabri a dit à mon amie Sousou que « JB » et ses amis l'ont menacé et lui ont fait tenir l'arme du crime avec ses empreintes qui contrairement à celles de notre cher patron sont dans un fichier ADN. Si jamais la police avait enquêté trop près, ils auraient sorti la carte Sabri, un coupable idéal.

Angela se mord la lèvre.

– C'est trop gros, il faut qu'on aille voir la police !

– La police sait déjà tout ça. Il n'y a aucune preuve : juste le témoignage de Sabri et encore c'est ce qu'il a confié à une de mes amies.

– Honnêtement, Joan je ne suis pas spécialisée dans le pénal, mais je peux consulter un confrère pour ton ami.

Joan boit d'un trait son café chaud qui lui brûle la gorge.

– Sabri est mort. Ils l'ont d'abord menacé quand la grève a commencé. Puis ils ont tué Amine, la seule personne qui était au courant de l'affaire. Overdose. Sabri n'a pas vu d'issue, alors il s'est jeté de la fenêtre de son appartement.

Angela plaque une main contre sa bouche. Les mains d'Élise tremblent légèrement et, pour se donner une contenance, elle porte la tasse chaude à ses lèvres. Joan sent les larmes couler sur ses joues. Elle ne pense pas à boire, elle pense seulement au bruit que fait un corps quand il s'étale mort sur une route. Angela lui prend la main et la serre fort.

– C'est quoi le choix à faire ?

– Au début, on disait *Justice pour Angela*, mais on t'a jamais demandé ce que tu voulais.

Angela lui sourit, et soudain elle se sent délestée d'un poids comme si c'est ce qu'elle avait attendu depuis des mois. Elle a l'impression que l'étau qui enserrait sa poitrine l'a enfin libérée.

– Je voudrais tout brûler, dit-elle glaciale.

– C'est bien ce que je pensais.

Chapitre 26
Perret – *War Pigs*

Jeudi 14 novembre – Mardi 19 novembre 2019

Julie Perret avait toujours voulu intégrer la police, aussi loin que remontaient ses souvenirs d'enfance. Il faut dire que son père, son grand-père et son frère étaient tous de la maison. L'histoire remontait sans doute même à plus loin. Si elle avait fouillé son arbre généalogique, l'officier Perret aurait trouvé des flics dans chaque recoin. Chez les Perret on avait aussi toujours voté pour le Front, depuis que celui-ci s'était créé. Elle se rappelait encore à 4 ans perchée sur les épaules de son père, à admirer le vieux borgne haranguer les foules. Elle se rappelait la beauté et l'émotion, des drapeaux tricolores qui s'agitaient, des chants guerriers, des hurlements joyeux. Il était donc assez logique que Julie tout comme son grand frère Théo rejoigne rapidement les rangs de son organisation de jeunesse. Fascinée par l'ordre, Julie s'était vite lassée et finit par se rapprocher dès 2012 du Groupe union défense, le GUD. C'est à cet endroit-là qu'elle s'était le plus sentie comprise. Elle était d'ailleurs là, à Lyon, le 17 juin 2013, lors de l'agression de ce jeune couple dont une femme asiatique. Cagoulée, elle n'avait pas été reconnue et elle s'était enfuie quand ses camarades avaient été arrêtés.

Elle était rentrée à l'école de police en septembre 2016, et elle s'était faite petite. En arrivant à Gonesse trois ans plus tard, elle avait voulu reprendre ses activités. Mais le GUD était dissous depuis deux ans. Elle avait bien tenté de retourner dans des réunions du Front. Seulement tout avait changé, c'était encore plus mou que lorsqu'elle l'avait quitté. Le soir quand elle se déshabillait, elle regardait le tatouage de sa croix gammée avec nostalgie. Perret était devenue un électron libre. Plus elle voyait le monde changer, plus la haine grandissait en elle. Alors le premier jour de la grève à Hoïkos, tout était ressorti, elle était incontrôlable. C'est ce soir-là qu'elle l'avait rencontré.

– Dure journée ?

Il était là à l'attendre devant sa porte. Elle l'avait repéré tout de suite. Flic en civil. Veste en cuir noir. Jean Levi's. Des cheveux mi-longs qui retombaient sur la nuque, noirs. Un menton pointu et des joues creusées.

Julie avait hoché la tête sans répondre.

– Vous êtes ?

– De la maison.

– Ça oui merci, j'avais compris.

– Tu me fais entrer ? Je t'ai ramené une bouteille de whisky pur malt. C'est ça que tu bois ? Non ? C'est ton pote Pierre qui m'a lâché l'info.

Julie hausse les sourcils, mais elle le laisse entrer. Elle sert deux verres sans glaçons et les pose sur la table de la cuisine.

– Parle.

– On est passée au tutoiement ?

Perret ne répond rien. Elle boit le verre d'un trait et s'en ressert un autre. La journée avait été longue. Il se met à rire.

– Je vais pas te dire mon nom, mais tu peux m'appeler Jean. Vois-tu je ne sais pas si je peux encore te faire confiance ?

Il lui tend son paquet de Camel.

– Tu fumes ?

– Non, et j'apprécierais que tu ne fumes pas chez moi.

Jean allume sa cigarette.

– Voilà, officier Perret, arrête-moi quand j'ai tort. T'as grandi à Tressan, un petit bled pas loin de Montpellier de quoi, cent cinquante habitants ? Ton père c'est Olivier Perret qui a fini par devenir commissaire à force de grimper les échelons, cadre au Front. Ton frère c'est Théodore Perret, cadre du FNJ jusqu'en 2016 et gardien de la paix. Il a reçu un blâme après avoir tabassé un syndicaliste lors d'une manifestation. Dis donc c'est de famille ?

Il rit. Julie boit son deuxième verre en silence.

– Toi t'as commencé au Front, puis t'as quitté pour rejoindre les gudards. Marrant, je croyais qu'ils étaient pas fans des meufs qui savent castagner.

Julie commence à être lassée de son cinéma.

– Tu veux quoi exactement ?

– Tu sais Perret, c'est pas parce que t'es keuf que t'es pas surveillée. Les RG ils surveillent tout le monde, en particulier les éléments violents comme toi. Tu sais pourquoi ?

Julie ne dit rien.

– Parce qu'un jour ou l'autre tu vas péter les plombs, bavure policière, tu vas taper trop fort sur un Arabe et ton passé va ressortir. Regarde-toi, t'as déjà commencé à péter les plombs.

Cette fois c'est trop. Elle se lève, renverse la table et dégaine son arme de service. Elle le tient en joue. Lui, il continue de sourire.

– T'as trop parlé, maintenant t'as exactement cinq minutes pour me dire qui t'es et ce que tu veux.

Il la regarde droit dans les yeux et sourit.

– Tu vois, tu illustres exactement mon propos. Je suis venu te donner une chance. Je suis haut placé dans la police et j'ai besoin de soldats obéissants comme toi, qui se donnent à fond. Mais j'ai besoin d'abord que tu me rendes service.

– T'es du GUD ?

Il rit à nouveau.

– Mais non enfin, j'ai des amis partout. Au GUD, aux Républicains, chez les malfrats. J'ai mon propre agenda.

Julie Perret pose son flingue sur la table, puis s'assied tranquillement.

– Tu peux te casser de chez moi, je mange pas chez les pourris.

– Pourtant j'ai une information qui devrait sauver ton cul.

– Non merci, répond-elle sèchement.

– Okay, on rigole, on rigole. Tu sais quoi ma petite Julie, j'ai été sympathique jusque-là. J'avais envie que toi tu aies envie d'être mon amie, tu vois. Mais contrairement à toi, moi je ne suis pas au bas de l'échelle, donc soit tu m'aides, soit je m'arrange pour que l'IGPN te charge à mort.

Perret ne baisse pas son regard. Elle ne veut pas lui montrer qu'elle a peur. Perret n'a peur de personne. Jean, lui, sourit toujours.

– C'est quoi l'info ? finit-elle par demander.

– Joan Mendes, la jeune dont t'as explosé la gueule, c'est la nièce de Leandro Fonseca. Elle est impliquée dans du trafic de drogue. Me remercie pas. Je veux toutes les infos concernant cette enquête. Même celles qui paraissent les plus anecdotiques.

Perret n'avait pas revu Jean tout de suite, mais elle s'était mise à lui envoyer la moindre information qu'elle connaissait. Rien n'était simple à vrai dire. Le chef ne lui faisait pas confiance et Allaoui encore moins depuis qu'il avait repéré son tatouage.

Puis un jour, elle l'avait vu entrer dans le bureau de Girard alors que celui-ci n'était pas encore arrivé. Elle n'avait pu s'empêcher de le retenir par la manche.

– Tu fais quoi là ?

– Ah ! Perret ! Heureux de te revoir, tu pourras dire à ton chef que « Le Gall » l'attend dans son bureau.

À peine était-il entré qu'elle se tourne vers un de ses collègues :

– Tu sais qui c'est Le Gall ?

– Ah il ressemble à ça Le Gall ? Je l'imaginais plus vieux ! C'est le chef de la brigade des Stups.

Julie Perret avait toujours eu l'impression d'être du bon côté de la barrière. Du côté de l'ordre. Devant le magasin Hoïkos Paris-Nord elle regarde le feu qui crépite. Elle caresse son bras à l'endroit où se trouve caché sous l'uniforme son tatouage en forme de croix gammée. Elle jette un dernier coup d'œil derrière elle. L'inspecteur Girard a disparu. Alors elle se lance dans la cohue. C'est la guerre.

Chapitre 27
La guerre – *Eat The Rich*

Mercredi 20 novembre 2019

Élise Andreani était rentrée chez elle aux alentours d'une heure du matin. Elle avait été étonnée de retrouver Rachel assise à la table de la cuisine, penchée sur son ordinateur.

– Ça va ? Tu écris ?

– Non, je t'attendais et j'essayais de m'occuper.

Élise lui offre un maigre sourire et se love dans ses bras.

– Tu veux me dire ce qu'il se passe maintenant ? lui demande Rachel.

– Franchement même si je pouvais, ce qui n'est pas le cas, je ne saurais pas quoi te dire.

– On va se coucher ?

Dans le lit, Élise se plaque dans le dos de Rachel, et lui murmure :

– Je crois que je veux arrêter d'être avocate.

Mais Rachel s'est endormie.

Allaoui arrive sur le site d'Hoïkos Paris-Nord vers 21 h 30. Il a conduit le plus rapidement possible afin de retrouver Girard et lui raconter ce qu'il a appris chez Joan Mendes. Mais arrivé sur les lieux, ce qu'il voit lui fait momentanément oublier l'affaire Zaouche. Les CRS ont reculé de plusieurs centaines de mètres alors qu'une barrière de feu s'est dressée sur le parking. L'équipe de Gonesse est un peu plus loin en train de sécuriser le périmètre. En le voyant arriver son chef lui explique que le préfet a donné l'ordre de ne pas intervenir, pour l'instant.

Les pompiers arrivent une demi-heure plus tard. Le feu a pris partout. Ils mettent plusieurs heures à l'éteindre. Allaoui regarde autour de lui, les visages sont tendus, mâchoires contractées. Tout le monde est en état d'alerte.

– On fait quoi, chef? finit-il par demander à Girard.

– Vous ne faites rien du tout, c'est le chef de la compagnie de CRS qui répond. Vous n'êtes pas formé pour et j'agis ici sur ordre du préfet.

C'est à ce moment-là qu'une petite femme avec les cheveux tirés en arrière et portant l'uniforme Hoïkos s'avance devant la ligne de grévistes qui tiennent le magasin. Elle a un mégaphone et le porte directement à sa bouche.

« Ceci est un mouvement de grève. Nous avons fait le choix d'occuper le magasin. Nous arrêterons l'occupation une fois que nos revendications seront satisfaites : à savoir l'augmentation de nos salaires d'au moins 300 euros, le respect de nos horaires de travail, toute heure supplémentaire effectuée devra être payée immédiatement, le licenciement immédiat de notre directeur de magasin et surtout la libération de notre collègue Mohammed Djebbari, injustement condamné. »

La grosse caméra siglée BFM-TV la filme en gros plan.

– Putain de grévistes !

Allaoui se retourne et voit Perret cracher par terre. C'est là qu'il reprend ses esprits : Jean-Baptiste de Bonneval avait piégé Sabri Zaouche pour le meurtre de sa femme, il avait fait assassiner son cousin. Il ne peut pas s'en tirer comme ça.

– Je peux vous parler, chef ?

Girard acquiesce, las.

– T'as un plan pour entrer avec cette armée de flics ?

Dans la petite Twingo bleu métallisé d'Angela, Joan scrute le magasin encerclé par les CRS. Il est presque une heure du matin. Les CRS sont moins nombreux que ce qu'elle a vu dans les informations qui tournent en boucle. Il y a aussi quelques flics en uniforme, çà et là. Ils ne semblent pas sur le point d'envahir le magasin pour mettre tout le monde en garde à vue, mais toutes les entrées et sorties sont couvertes et si elles essayent d'entrer, elles ne passeront pas inaperçues.

Elle se décide à appeler Maeva, qu'elle met en haut-parleur.

– Joan t'étais où ?

– C'est une longue histoire, mais pour la faire rapide, je me suis encore fait interpeller par les flics, en début d'après-midi.

– Ces connards de flics putain.

– Je suis avec Angela, on veut rentrer comment on fait ?

– Je sais pas quoi te dire petite, tout est bouclé ici, y a moins de monde du côté des entrepôts si t'arrives à les éviter on peut t'envoyer du monde pour te protéger.

Joan indique une rue qui part vers les entrepôts et Angela redémarre le moteur.

– Et de Bonneval il est toujours vivant ?

– Oui, il pleure, il dit qu'il n'a jamais voulu en arriver là.

– Vas-y, envoie du monde aux entrepôts, on va essayer d'entrer.

Au portail livraison il n'y a pas grand monde, une voiture de police et trois ou quatre hommes en uniforme. Angela plisse les yeux. Elle cherche une issue. Il n'y en a pas. Joan ouvre la fenêtre et allume une cigarette. Son cœur bat vite, elle ne peut pas reculer, pas maintenant. Il faut qu'elles entrent absolument. Il faut terminer la partie. Elle hésite à envoyer un message à Leandro. Après tout, il l'avait prévenue de ne pas aller chez Sabri. Il assurait encore ses arrières. Mais de Bonneval c'est son pote, quel rôle jouerait-il ensuite ? Elle finit par envoyer un SMS.

Je suis parquée à côté des entrepôts. Rejoins-moi. SEUL.

PS : Certaines barrières ont plus de deux côtés.

– Maintenant il faut attendre.

Il ne faut pas plus d'une vingtaine de minutes à Mohammed Allaoui pour arriver. Elle ouvre la fenêtre.

– C'est fou comme tu lui ressembles à Amine. Monte deux minutes.

Angela écarquille les yeux en voyant le flic obéir.

– Comment t'as eu mon numéro Mendes ?

Elle sourit dans le rétroviseur.

– J'avais oublié que je l'avais. Je l'avais enregistré il y a quelques années, c'est Amine qui me l'avait donné au cas où j'aurais des problèmes. Heureusement, que t'as pas changé de numéro.

– Qu'est-ce que tu fais là ? Je t'ai dit de ne pas faire de trucs débiles, que je m'en occupais.

Joan se retourne pour regarder Allaoui dans les yeux.

– Il a dit quoi ton chef quand tu lui as raconté ?

Mohammed ne dit rien, il essaye de ne pas penser à cette conversation. Il essaye de rester calme, ne pas réfléchir à la mort d'Amine, mort seul, assassiné comme un chien.

– Je vais t'aider Allaoui, il t'a dit qu'on n'a pas de preuves. Qu'il faut faire intervenir plus haut, la Crim' ou un truc comme ça. Peut-être qu'il le fera. Peut-être que plus haut, ça enquêtera qui sait. Mais c'est beaucoup de peut-être et même toi t'y crois pas. On a grandi pareil toi et moi, alors on sait ce qui arrive aux nôtres qui sont butés sans raison. On enquête un peu pour la forme, mais on retrouve jamais les coupables. Les *vrais* coupables. Ça te met pas en colère ?

Allaoui tape son poing sur le siège à côté de lui.

– Mais qu'est-ce que tu crois Mendes ? Bien sûr que si ça me met en colère. On parle de mon cousin, on parle d'Amine. Il était pas vieux, Amine, il était comme un grand frère pour moi. Tu comptes faire quoi Mendes ? Tu vas rendre justice toute seule ? Tu veux la guerre c'est ça ?

Angela hésite puis finit par couper la diatribe d'Allaoui.

– On veut juste rentrer, lui parler, obtenir des aveux, avoir des preuves matérielles.

– Et ton oncle ? C'est ta famille alors tu le laisses tranquille ?

– Je te promets que s'il y est mêlé, je le balancerai. Je balancerai tout, tout ce que j'ai jamais dit, tout ce que je sais, je le ferai tomber pour vingt piges. Seulement, j'y crois pas. Il aurait pas tué Amine. Mon oncle c'est la pire des ordures je te l'accorde, je suis bien placée pour le savoir. Mais Amine, Sabri, moi. Il nous protégeait à sa façon.

Dans la nuit noire, Allaoui s'avance vers ses collègues avec Joan et Angela à ses côtés. Il fait signe aux agents de les laisser rentrer.

– Le chef dit qu'on peut essayer, c'est Angela Gianni, comme tout part d'elle elle va essayer de les convaincre de libérer le directeur du magasin.

Un des agents fronce les sourcils, mais dans le doute il les laisse passer.

Allaoui regarde les deux silhouettes s'éloigner jusqu'à ne plus du tout être visibles. Il espère que tout ça vaut la peine de se faire mettre à pied.

L'inspecteur Girard était arrivé à l'entrée des entrepôts au moins une vingtaine de minutes après le passage d'Angela Gianni et de Joan Mendes. Il y avait retrouvé l'agent Allaoui adossé à la barrière en train de rire avec ses collègues.

– Qu'est-ce tu fous là Allaoui ?

Girard fait signe de se taire à l'agent qui est sur le point de répondre.

– Préparez-vous les gars. Le préfet a donné l'ordre d'évacuer. Ça ne va pas se faire en douceur. Il envoie des renforts, ils sont en chemin. Dans quelques heures tout sera plié et on pourra rentrer chez nous.

Girard fait demi-tour, et Allaoui lui emboîte le pas. Il essaye de lui parler à nouveau de de Bonneval mais Girard ne l'écoute pas.

– Tu faisais quoi derrière ?

– Rien.

Girard s'arrête :

– Tu sais quoi Allaoui ? Je pense que t'aurais dû prendre quelques jours pour la mort de ton cousin. On finit ce qu'on a à faire ici et je te revois pas pendant une semaine c'est clair ?

Allaoui baisse la tête. Il n'y a aucune chance pour que personne ne se rende compte de ce qu'il vient de faire. C'est à ce moment qu'il réalise qu'il aurait dû passer chez son oncle, le père d'Amine. Il est las.

Jean-Baptiste de Bonneval regarde les grévistes armés de pieds de table arrachés, de bouteilles vides et autres armes de fortune. Il se demande, il est vrai, comment il a pu en arriver là. Mais il peut déjà répondre à cette question. Il sait exactement ce qu'il a fait, ce qu'il a été prêt à faire pour réussir et combien de corps jonchent la route parcourue. Alors JB pleure un peu pour la forme. Une grève dure, il en a déjà vécu une. Il sait qu'à la fin les patrons ne perdent jamais et que tous ceux dont il identifie le visage prendront de lourdes sanctions quand les forces de l'ordre interviendront. Et elles interviendront, ce n'est qu'une question d'heures. Pendant ce temps-là, il faut jouer le jeu, adoucir, ne pas énerver, ne pas provoquer. La seule chose qu'il n'avait pas prévue c'est que la petite Gianni débarque dans son bureau, avec la petite Portugaise, la nièce de Leandro. Elles demandent aux autres de sortir. Ils les voient s'agiter. Dire des choses qu'il sait déjà. Oui, oui, il est coupable. Y avait pas de mal qu'il répond. Tout ça c'est un malentendu. Il ne lui a jamais voulu de mal à Angela.

Joan se dit qu'il est vraiment minable, ce de Bonneval avec ses excuses pathétiques. Elle le voit suer sous les aisselles de sa chemise. De grandes auréoles qui la dégoûtent. Puis son téléphone vibre, c'est un message d'Allaoui :

Première sommation dans moins de 15 mn

Deuxième message :

PS : il n'y a que deux côtés à une barrière, mais toi et moi on a toujours été du même, le côté de la justice

Joan secoue la tête, qu'il est naïf Allaoui. Elle regarde sa montre. 1 h 37 : il faut accélérer les choses. Elle sort le revolver de la poche de son sweat à capuche et le pointe sur la tête du directeur de magasin. Angela pousse un cri. Derrière la vitre du bureau, les grévistes regardent Joan avec peur.

– Tu connais mon oncle Leandro Fonseca, à l'époque où je dealais pour lui, il a voulu absolument m'offrir une arme et m'apprendre à tirer. Et moi j'ai jamais su dire non.

– Je ne pense pas que Leandro apprécierait que tu pointes un flingue sur ma tête.

Joan le gifle avec la crosse de son arme.

– Tu vas avouer maintenant : la mort d'Alessandra, le piège tendu à Sabri, et aussi la mort d'Amine et pour Angela aussi.

Jean-Baptiste de Bonneval éclate de rire. Elle voit alors que sa bouche pisse le sang. Elle a dû frapper plus fort qu'elle ne le pensait.

– Mais à quoi ça sert ? Aucun aveu sous la contrainte ne servira dans une cour de justice.

– Il n'y a pas qu'une seule façon de faire justice.

De loin elle entend la première sommation, alors elle enlève le cran de sécurité.

– Tu sais quoi ? Je n'ai plus rien à perdre, de Bonneval, mon frère est mort et moi ça fait des années que je suis un peu morte. Toi t'as à perdre.

Rien n'était prémédité. Jamais Joan n'avait pas prévu quoi que ce soit. Rien ne l'avait destinée à devenir une tueuse. Rien ou peut-être tout. Elle ne savait même pas pourquoi elle avait pris le flingue tout à l'heure : le Colt 45, que son oncle lui avait offert, toujours caché dans un coffre en dessous de son lit.

– C'est ton oncle ! Tu ne me croiras pas, mais c'est ton oncle !

– Répète un peu.

Elle est prête à tirer pour ne pas avoir à entendre la suite. Mais le gaz lacrymogène rentre partout, en lui brûlant les yeux. Elle a le souffle coupé, une impression d'étouffer, elle baisse son bras qui tient l'arme.

– Mendes, tu ne braques plus de flingue sur moi, je n'ai plus à mentir. Mais je vais quand même t'offrir la vérité. Je suis le second couteau. Pas ton oncle. C'est ton oncle le chef. Il a tué Alessandra. Il a piégé Sabri. Il a tué Amine. Il comptait tuer Sabri puis il s'est dit qu'il pouvait le livrer à la police à la place, qu'il le ferait buter plus discrètement en taule. Il me protège parce que je lui rapporte de l'argent. Ma seule culpabilité c'est la petite Gianni.

Joan ne voit plus rien mais elle entend un coup sourd et un corps tomber. Du bruit dans les escaliers, et une main la saisir.

– Range ton flingue.

Elle peut reconnaître la voix de Maeva.

– Va te cacher, il ne te reste que ça et après, cours et ne te retourne jamais.

Chapitre 28
Angela – *Running Up That Hill*

Septembre 2017 – Novembre 2019

Angela Gianni n'avait jamais fait de politique, n'avait jamais participé à une manifestation, n'avait jamais connu ce que c'était de vivre la rage au ventre. Elle avait grandi dans un petit village en Auvergne avec des parents qui continuaient de s'aimer après plus de vingt ans de mariage. Elle n'avait jamais connu de grosses difficultés scolaires, elle n'était pas très douée en mathématiques, mais elle arrivait toujours à s'en sortir à peu près. Elle était sociable et toujours prête à bavarder avec les gens autour d'elle, c'est pourquoi après une licence AES, elle avait bifurqué sur un master en gestion des ressources humaines. Elle rêvait d'un poste dans une grande ONG à l'international. Mais sans expérience et avec un master de l'université de Clermont-Ferrand, après sept mois de recherches en vivant aux crochets de ses parents, elle avait finalement postulé à Hoïkos. Travailler dans le commerce ne l'avait jamais passionnée, mais en se renseignant sur l'entreprise, c'est-à-dire en regardant les vidéos produites par Hoïkos sur leur politique en matière de ressources humaines, elle avait été agréablement surprise par leurs engagements en la matière. Le management horizontal, c'était une bonne façon de mêler valeurs éthiques et recherche du profit. Elle avait postulé sur-le-champ.

La procédure d'embauche à Hoïkos était longue et fastidieuse quel que soit le niveau du poste. Il n'y avait pas moins de trois entretiens effectués par différentes personnes, le directeur des ressources humaines, le directeur du magasin et la personne en charge des RH au siège. Ces entretiens duraient une heure chacun et portaient tous sur les valeurs d'Hoïkos et jamais vraiment sur ses compétences. À la suite du dernier entretien, on lui avait annoncé qu'Hoïkos serait heureux de l'accueillir dans la famille, moyennant un déménagement en région parisienne. Angela n'y était pas opposée, et une fois le contrat signé elle s'était mise à la recherche d'un studio meublé dans les Yvelines, département dans lequel elle avait été affectée. Les premières semaines passées à Hoïkos avaient levé les doutes qu'elle pouvait avoir. Elle aimait particulièrement l'esprit d'entreprise qui y régnait. Elle s'extasiait sur l'horizontalité des rapports : « Tu te rends compte, racontait-elle à sa mère au téléphone, quand c'est le rush, le directeur du magasin que tout le monde tutoie, même les femmes de ménage, vient aider à nettoyer les tables de la cafétéria. » Angela était admirative, elle était une fervente supportrice de la boîte pour laquelle elle travaillait. *Changer la vie de tous.* La devise d'Hoïkos lui paraissait essentielle. Très rapidement, elle était devenue active dans la construction d'une vie sociale à Hoïkos, elle préparait les sorties entre collègues, elle s'y était fait des amies, essentiellement parmi les cadres qui travaillaient dans les bureaux.

Angela avait passé presque six mois au Hoïkos de Montigny. Puis elle avait reçu une mutation à Paris-Nord, sans vraiment de préavis, ce qui lui avait provoqué une bonne dose d'anxiété.

– Pourquoi ? avait-elle demandé à sa cheffe.

– Ne t'en fais pas pour ça, ça arrive souvent dans la boîte.

– Mais tu trouves que je ne fais pas du bon travail ?

– Bien sûr que si ! Mais l'équipe de Paris-Nord est incroyable, tu verras.

Montigny-Roissy ce n'était pas la porte à côté, le temps de trouver un nouvel appartement, Angela devait faire le trajet en transport en commun car elle n'avait pas encore pu acheter de voiture. C'était presque une heure quarante à passer dans les transports et ça c'était quand il n'y avait aucun problème ni sur la ligne N ni sur le RER B. Un minimum de quatre changements pour arriver à bon port.

Il lui avait fallu deux mois pour trouver un appartement, heureusement Gonesse était moins cher que les Yvelines et Angela avait alors pu se payer un appartement deux pièces. Cette fois elle l'avait pris vide et meublé entièrement en meubles Hoïkos, ce qui l'avait obligée à prendre un prêt à la consommation. Angela était à présent endettée, épuisée et soumise à l'anxiété de par sa mutation soudaine. Prendre ses marques à Paris-Nord n'avait pas été de tout repos, contrairement à Montigny, les salariés paraissaient en permanence sous tension. Si le directeur du magasin, Jean-Baptiste, lui paraissait particulièrement sympathique, elle n'arrivait pas à mettre le doigt sur le malaise général. Elle s'investit à nouveau dans la vie sociale d'Hoïkos en organisant un bowling mais à sa grande surprise, seule une partie de l'équipe était venue à la soirée.

C'est seulement un mois après cet événement qu'elle avait compris à quoi était due cette tension permanente. Il s'agissait de celui que tout le monde surnommait Momo et qui était délégué syndical.

À Montigny, elle avait rencontré des délégués du personnel, mais ils ne ressemblaient pas à l'idée qu'on pouvait se faire de leurs fonctions, qu'elle avait pu étudier à la fac. Ils s'entendaient bien avec le directeur, ainsi qu'avec les cadres. Contrairement à Momo qui, lui, était à Hoïkos depuis quinze ans et paraissait très agressif et toujours mécontent. Curieusement, elle le voyait pourtant très bien entouré. Il était notamment toujours en compagnie de deux femmes, Maeva qui travaillait à la cafétéria et Cyrille à la logistique. D'autres gravitaient autour de ces trois personnes, quand elle passait à côté d'eux, ils baissaient alors la voix. Elle avait remarqué que ces employés étaient ceux qui ne venaient pas aux événements Hoïkos. Elle en avait donc parlé avec sa nouvelle cheffe, Sandra.

– Oui c'est l'équipe syndicale, répond celle-ci simplement.

– Ça ne fonctionnait pas comme ça à Montigny. Pourtant on avait des délégués syndicaux aussi, mais tout le monde fonctionnait ensemble.

– Oui, c'est parce qu'à Montigny il n'y a pas le Syndicat du commerce. Ils cherchent à s'implanter mais ils n'y sont pas encore arrivés. Et puis tu verras, Momo est un personnage agressif et vindicatif, sache qu'il ne reculera devant rien et comme tu vas être en charge, je préfère te prévenir que lors de la dernière grosse grève, il a fait brûler notre entrepôt.

– Quoi ?

– Enfin, il n'y a jamais eu de preuves, donc il n'a pas été condamné, mais on m'a dit que c'était lui.

Angela écarquilla les yeux puis finit par réaliser :

– Attends, que veux-tu dire par « tu vas être en charge » ?

Sandra lui sourit.

– Oui tu as été mutée ici pour ça, il me fallait une remplaçante, car je monte au siège. Mais on ne te l'a pas dit car on n'était pas encore certains que tu ferais l'affaire.

Alors c'était ça, des mois d'anxiété pour rien. Une promotion même. Sandra est partie quelques semaines après et Angie a pris la relève. Elle doit travailler bien plus qu'auparavant et la boîte n'a toujours embauché personne d'autre. Son salaire a augmenté d'une centaine d'euros. Mais Angie ne se plaint pas.

Quelques jours après sa prise de fonction, Mohammed Djebbari débarque dans son bureau. Angie ne peut s'empêcher de remarquer sa mâchoire contractée et son regard fuyant.

– On n'a pas encore eu l'occasion de se rencontrer, dit-il sans la regarder dans les yeux. Mais vu que tu prends la direction des RH, je viens me présenter.

– Je sais déjà qui tu es, réplique-t-elle plus froidement qu'elle ne l'aurait voulu.

Il plante alors son regard dans le sien. Angie s'étonne de n'y voir qu'une grande douceur.

– Je vois, il sourit, je sais que t'as pas l'habitude, parce qu'Hoïkos c'est une zone de non-droit pour les syndicats, mais ici on a plus de 50 % de syndiqués. Alors pour que les choses soient bien claires entre nous, si y a la moindre procédure de licenciements, il faudra passer par moi.

Angela a étudié les relations syndicales à la fac. Elle connaît la définition du rapport de force que cela peut impliquer.

– Nous sommes du même côté Mohammed, du côté du bien-être des salariés.

Il éclate de rire.

– Quelle naïveté ! Tu es du côté du patron, comme tous les RH, mais méfie-toi quand même, tu es jeune et il a les mains baladeuses.

Angela reste interdite. Elle incline seulement le menton. Mais en elle un gouffre s'est formé. Mohammed sort, il ferme la porte derrière lui. Une fois la porte fermée, les larmes coulent sans qu'elle puisse les maîtriser. Elle secoue la tête, c'est idiot vraiment idiot, se dit-elle. Il n'y a pas plus gentil que JB. Toujours un compliment, toujours derrière ses salariés à donner un coup de main. Toujours ce sourire. Elle voit ce sourire à travers les larmes. Pourquoi a-t-elle la nausée ?

Elle essuie les larmes, étend son dos sur le dossier du fauteuil et ferme les yeux quelques minutes. Il y a une main dans son dos. Puis une main sur sa hanche. La main encore qui arrête les portes de l'ascenseur à chaque fois qu'elle est seule dedans. Il est derrière elle, il est trop près. Elle ne dit rien, c'est le patron. Ses paupières s'ouvrent. Elle secoue la tête à nouveau pour empêcher les pensées de s'infiltrer dans sa tête. Elle s'approche du clavier et continue de rédiger son dossier sur les recrutements. Puis elle change d'onglet et cherche les procédures en place dans la boîte pour les cas de harcèlement sexuel. Elle lit toute la documentation pendant une heure. Puis, elle rédige un mail au service RH du siège.

Chers collègues,
J'ai vu en parcourant la documentation que vous avez mis en place une formation sur l'égalité hommes/femmes. Je trouverais ça intéressant de la proposer aux collaborateurs d'Hoïkos Paris-Nord,
Cordialement,
Angela
RH Hoïkos Paris-Nord

On frappe à sa porte, elle sursaute, à travers la vitre, elle peut voir l'imposante stature de son chef Jean-Baptiste de Bonneval. Elle lui sourit et fait un signe de la tête pour l'autoriser à entrer. Il s'avance, elle ne peut s'empêcher de frissonner. Il s'avance trop près. Pourquoi est-il si proche ? Il est derrière son bureau maintenant. Elle continue de sourire. Mais elle sent que sa respiration se fait saccadée, son pouls s'accélère. Elle n'entend que ça, le son de son cœur qui cogne. Est-ce qu'il est capable de l'entendre aussi ? Est-ce qu'il sent sa panique intérieure ? Il n'y a pas de raison de s'inquiéter. C'est juste son patron. Ce sont les paroles de Mohammed qui l'ont affectée. Il a juste essayé de la déstabiliser.

– Tu fais quoi ? Tu travailles encore à cette heure-ci ? Tu sais qu'il n'y a plus personne ?

Il pose sa main sur son épaule. Elle ne peut s'empêcher de remarquer que ses mains sont moites. Elle regarde sa montre. Elle n'avait pas vu l'heure, il est 20 h 30. Dehors les bureaux sont effectivement vides. Le magasin ferme à

22 heures. En bas, il doit y avoir encore pas mal de monde. Des collaborateurs. Des clients venus faire la nocturne.

Elle n'a rien à craindre. C'est juste son patron, un patron gentil. Souriant. Un peu trop tactile peut-être.

– Tu as raison, finit-elle par dire, la voix un peu tremblante. Je vais rentrer, il est tard.

Il n'y a pas que sa voix qui tremble, il y a ses mains aussi. Elle range ses affaires qu'elle fourre dans son sac. Il est toujours là contre elle. Elle n'arrive plus à contourner son corps qui s'impose face à elle.

– Attends, attends, tu ne veux pas rester un peu ?

Elle secoue la tête.

– On m'attend. Mon copain.

Un copain imaginaire. Pour le faire fuir. Pour qu'il comprenne qu'il n'y a rien à espérer. Mais il est toujours là, il la prend par la taille. Elle devrait lui dire de la laisser, mais elle est tétanisée. Il la repousse dans son fauteuil. Elle pleure. Elle sent ses mains et leur moiteur sur son corps. Dans sa tête, elle hurle. Mais elle ne dit rien, elle ne fait que pleurer. Elle pleure de plus en plus violemment quand elle le voit baisser son pantalon. Et dans sa tête toujours, elle ne peut s'empêcher de se demander comment elle a pu provoquer ça. Elle ne bouge pas. Elle ne fait pas un geste. Son corps est secoué de spasmes. Il n'y a que ses larmes et sa peur imprimée dans tous ses muscles. Elle se dit que c'est trop tard maintenant pour dire non. Pour hurler. Elle fixe la fenêtre pour ne pas le regarder, pour ne pas voir son visage quand il jouit.

Ses mains à lui se crispent sur sa gorge. Elle sent ses ongles qui pénètrent sa chair. Et puis plus rien.

– Tu as aimé ça.

Elle vomit sur le tapis de son bureau. Le même qui recueillera son sang dans quelques mois.

Elle ne répond pas. Elle ne bouge toujours pas. Il s'en va.

Il sait.

Elle sait.

Malgré les chiffres, elle avait toujours eu du mal à imaginer un viol se dérouler sur un lieu de travail, à la vue de tous.

Non, pas de tous. Les bureaux étaient vides.

Elle s'était arrêtée directement au commissariat de Gonesse, sans se laver, sans se changer. Pour récupérer les preuves. Il avait ri. Ce flic posté à son comptoir. Dans ses rêves, elle ne verrait que son rire, déformé et laid.

Le lendemain, elle n'était pas allée travailler.

Le surlendemain non plus.

Elle y était allée le jour suivant.

– Vous m'avez violée.

Elle lui avait dit comme ça. Elle ne voulait plus du tutoiement. Elle voulait que ce soit clair entre eux.

– Qu'est-ce que tu racontes ?

– Vous m'avez violée.

– Quelles sont tes preuves ?

– Je vais lancer une procédure.

– Tu sais que personne ne te croira.

– Vous m'avez violée.

Il souriait. Elle était sortie et ne l'avait plus croisé dans les couloirs d'Hoïkos.

Il avait fallu encore quelques jours à Angela Gianni pour oser pousser la porte de Momo, comme ils l'appelaient tous. Le délégué du personnel.

Ils avaient lancé la procédure. La procédure n'avait pas abouti. Elle était incapable de se rappeler des détails. Elle ne se souvenait plus du jour où cela s'était passé. Elle disait le 15 puis le 16, puis le 17, non en fait elle était certaine que c'était le 15.

Elle ne se rappelait pas grand-chose : les ongles dans la chair de son cou, la pluie qui s'écrasait sur le carreau et le vomi.

« Tu as aimé ça. » Et sa phrase.

De Bonneval avait tout préparé. Angela lui avait demandé une augmentation qu'il avait refusée tant qu'elle n'aurait pas fait ses preuves, elle ne lui avait pas pardonné. Il ne demanderait pas son licenciement, mais il demandait à ce qu'elle mute. À nouveau.

Mohammed avait empêché sa mutation, puis il avait menacé de Bonneval, pendant la réunion, puis plus tard, dans les couloirs.

– Il lance une procédure contre moi, harcèlement. Il y a une plainte, avait dit Mohammed.

Angela avait continué le travail des semaines durant. Les semaines devenant des mois. Elle aurait dû partir, démissionner. Mais elle croulait sous les dettes des crédits à la consommation utilisés pour se meubler entièrement Hoïkos. Partir c'était aussi le laisser gagner. Alors un jour, un jour comme tous les autres à Hoïkos Paris-Nord, elle avait tranché ses veines avec un coupe-papier.

Angela Gianni n'avait jamais fait de politique, n'avait jamais participé à une manifestation, n'avait jamais connu ce que c'était de vivre la rage au ventre, puis elle était entrée à Hoïkos et sa vie avait basculé. Elle n'avait pas retenu Joan Mendes. Elle n'avait pas tenté de l'arrêter, parce qu'au fond, comme elle le dirait plus tard au procès, elle avait besoin de connaître le goût du sang.

Mais Joan Mendes ne tirerait pas sur de Bonneval. Joan tirerait, ça oui, dans quelques heures. Le sang coulerait. Elle verrait ce que fait le poids d'un corps mort quand il s'écroule sur le béton.

Chapitre 29
La mort – *Ode To My Family*

Mercredi 20 novembre 2019

Joan ne se souvient plus combien de temps elle est restée cachée dans la cage de l'escalier, à l'entresol. Elle se souvient des cris de terreur de ses collègues. Le bruit des tirs. Et l'odeur du gaz qui s'infiltre partout. Elle qui ne peut s'empêcher de tousser. Comment ne l'avaient-ils pas trouvée ? Elle n'aurait pas dû être là. Elle n'aurait pas dû se trouver ici, à Hoïkos. C'était Allaoui qui l'avait fait entrer. Il aurait pu perdre son boulot pour ça. Mais coûte que coûte, il fallait venger Amine et Sabri. Il fallait venger Angela. Mais elle n'avait pas vengé Angela, elle l'avait laissée se noyer dans les gaz, seule et démunie. Jean-Baptiste de Bonneval avait prononcé ces lourdes paroles et un gouffre s'était ouvert en elle, du nom de Leandro. Évidemment, elle savait que son oncle était un salaud. Il l'avait sans sourciller fait porter de la drogue pendant plusieurs années. Elle avait dû négocier cher le prix de la vie de Sabri. Et puis il y avait eu Rock and Rosny. Il ne lui avait jamais rien donné gratuitement. Cela faisait longtemps qu'elle savait que Leandro ce n'était pas un petit truand comme il y en avait tant d'autres dans le quartier. C'était un marchand de mort, il s'enrichissait sur la misère des autres. Était-il si différent des patrons que son père lui avait appris à haïr ?

Alors qu'elle entend les bruits des bottes des CRS qui envahissent les locaux, Joan pense : « C'est terminé. » C'est terminé, elle porte une arme sur elle, elle a menacé de Bonneval après l'avoir séquestré et rien d'autre ne l'attend, si ce n'est la prison. Pourtant elle a le temps de retourner les paroles du patron d'Hoïkos dans sa tête, car personne ne la déloge de sa cachette.

Elle aime son oncle. Elle l'avait toujours aimé, même quand il la forçait à faire des choses dont elle n'avait pas envie. Elle sait ce que ça fait de grandir à Casa sans perspective d'avenir, elle est de ceux-là, à voir ses parents devenir de plus en plus pauvres, de ces mômes à qui l'on dit que la porte de sortie c'est l'école mais l'école pour eux est une voie de garage. Est-ce qu'elle peut en vouloir à son oncle d'avoir choisi un autre chemin ? De n'avoir pas voulu d'une vie misérable ?

Dehors, c'est la cohue. Girard assiste à une arrestation massive des grévistes, tous sont embarqués dans les bus, qu'on utilise dans les manifestations très violentes, du genre contre-sommet.

Il se tourne vers Allaoui.

– Au fait quand tu l'as laissée Mendes, elle a dit quelque chose de plus ?

– Quand ça ?

– Quand tu l'as laissée tout à l'heure avant de venir ici. Tu m'as dit qu'il y avait son amie et ce que t'avait raconté l'amie. Tu m'as pas dit l'état de Mendes, ce qu'elle comptait faire.

Allaoui secoue la tête.

– Je ne sais pas, chef, elle n'a rien dit.

Girard a l'impression qu'il y a quelque chose qu'Allaoui ne dit pas. La même impression qu'il a eue tout à l'heure, quand il n'était pas à sa place, mais à l'arrière vers l'entrepôt.

– T'aurais vraiment dû prendre un jour de repos pour ton cousin. Tu ne vas pas bien Allaoui, cette histoire, elle te tient trop à cœur.

– Vous allez l'arrêter ?

– Qui ?

– Je sais pas, de Bonneval ou Fonseca, même Le Gall finalement. Ils sont tous mouillés.

Girard le regarde, médusé. Quelque chose a changé dans les yeux de Mohammed. Il se rappelle cette collègue à la Crim' qui avait quitté la police après l'affaire du viol dans les locaux du 36. Girard sent dégouliner la sueur dans son dos. Sa respiration est un peu saccadée. Il ne maîtrise rien. Putain. Il s'était juré. Il se tiendrait à carreau de toutes ces conneries. Autour de lui il voit les grévistes épuisés, la colère brute, violente déforme leurs visages. Quel désordre, quel bordel. Il fait volte-face et se dirige rapidement vers sa voiture de service. Allaoui lui emboîte le pas et le rattrape, Girard sent sa main saisir son bras. Le sang dans ses veines se glace et se retourne en saisissant Mohammed Allaoui à la gorge.

– T'es con ou quoi ? hurle-t-il.

Le visage d'Allaoui devient rouge vif. Il n'arrive pas à respirer. Girard le lâche et le regarde prendre de grandes inspirations pour remplir d'air ses poumons.

– Le Gall c'est un pourri, mais c'est un flic. On n'attaque pas les flics.

Girard a le souvenir de cette phrase prononcée par quelqu'un d'autre à son encontre. Il s'agissait de son ancienne commissaire, Aïda Kateb. Il ouvre la portière à Allaoui et lui dit de monter.

Allaoui le regarde. Girard le voit à présent, plus clair que jamais, l'effondrement dans ses yeux.

– Vous m'avez demandé pourquoi j'étais devenu flic et je vous ai menti. Je savais pas que je vous mentais quand je l'ai fait. Je savais pas que j'étais flic pour la justice. Mais la justice, elle est clairement pas de notre côté.

– De quoi tu parles ?

– Mendes, elle m'a dit qu'il y avait que deux côtés à une barrière et qu'on n'était pas du même.

– Quand ça ? Quand est-ce qu'elle a dit ça Allaoui ?

Il hausse les épaules.

– Regardez autour de vous, chef. Regardez-les. Vous savez qu'il y a des truands, des criminels, on a leurs noms, on a toute l'histoire, on a même ceux qui fomentent, tapis dans l'ombre, qui ont tatoué sur leurs bras des croix gammées. Mais à la place c'est eux qu'on enferme.

Étienne Girard soupire.

– Repose-toi Allaoui. Va dormir, on parlera demain.

Dans le magasin, il n'y a plus un seul bruit. Joan n'a aucune idée de comment elle va sortir d'ici. Mais elle se fait une seule promesse. Si elle sort, elle ira voir Leandro, elle lui demandera des comptes. Elle réglera cette histoire une bonne fois pour toutes. De toute façon, elle n'a plus rien qui l'attend. Elle pense aussi que plus elle patiente ici, moins elle pourra faire quelque chose. Il y aura bien quelqu'un qui parlera, qui dira qu'elle était là avec une arme. Ce sera de Bonneval, ou Allaoui, ou même un des grévistes qui craquera sous la pression, par peur. C'était déjà arrivé, elle le savait. Mais même si personne ne la dénonçait il faudrait bien qu'elle sorte du magasin, c'est une question d'heures à présent.

Joan se lève prudemment et avance en faisant le moins de bruit possible. C'est là qu'elle entend un craquement. Puis des pas. Son pouls s'accélère. Elle dégaine son arme par réflexe, elle voit la porte s'ouvrir et l'homme en bas qui la regarde, hébété.

– Qu'est-ce que tu fous Mendes ? Tu veux me tirer dessus ? Qu'est-ce que tu fous avec une arme ?

Joan en reconnaissant Allaoui baisse son arme. Elle ne dit rien. Elle ne voit pas ce qu'elle pourrait lui expliquer exactement, ni par où commencer. Allaoui n'a pas l'air particulièrement offensif. Il n'est pas en colère, il ne semble pas avoir envie de l'arrêter.

– Viens, finit-il par dire voyant qu'elle ne parlerait pas, je vais te faire sortir et te ramener chez toi. Juste range ce flingue, tu vas finir par blesser quelqu'un.

Joan acquiesce en hochant lentement la tête et le suit jusqu'à sa voiture. Les locaux sont vides, seuls deux ou trois policiers en uniforme sont toujours sur le site.

Au commissariat de Gonesse, Girard ne sait pas quoi faire de tout ce monde, il envoie certains en transfert au dépôt de Pontoise. Il sait déjà qu'ils passeront en comparution immédiate. Il appelle directement Andreani pour éviter de perdre du temps. Ils auront tous la même avocate. La seule personne qu'il va interroger est Jean-Baptiste de Bonneval. Mais il sait déjà que ce sera pour la forme. Face à Allaoui, tout à l'heure, il a enfin compris. Certaines enquêtes n'ont pas vocation à être ni déterrées ni résolues. Il en resterait là, avec ses doutes.

Le patron d'Hoïkos Paris-Nord essaye de faire bonne figure, mais il semble tout de même avoir été secoué. Girard lui sourit, quand il le fait il a une sorte de haut-le-cœur.

– Vous l'avez arrêtée ?

Girard fronce les sourcils.

– De qui vous parlez ?

De Bonneval fronce les sourcils et frappe du plat de sa main sur le bureau.

– Comment ça de qui je parle ? De Joan Mendes ! Cette cinglée a pointé une arme sur moi ! Un Colt 45 pour être exact.

Girard blanchit.

Mendes m'a dit qu'il n'y avait que deux côtés à une barrière.

Dans la voiture, Joan regarde Allaoui. Ses mains sont crispées sur le volant. Elle se racle la gorge.

– Il faudrait que tu me déposes chez Leandro Fonseca, je peux te donner l'adresse.

– Qu'est-ce que tu vas faire ?

Mendes ne répond rien, elle regarde la route défiler.

« À toutes les unités, nous recherchons activement Joan Mendes, elle se trouvait sur le site d'Hoïkos, elle y est peut-être encore, elle porte une arme probablement chargée sur elle. »

Ils se regardent, puis Allaoui arrache avec force le câble de sa radio.

Joan ne sait pas vraiment quand elle a décidé qu'elle n'avait pas besoin d'entendre les mots dans la bouche de son oncle. L'histoire elle la connaissait. Elle n'avait pas besoin qu'il lui parle, qu'il lui mente. Elle n'avait pas besoin de se rappeler son oncle. Elle n'avait besoin que de sa mort. Rien ici ne lui offrirait de justice. Tout était joué d'avance. Tapie dans les buissons, elle ne cherche pas la justice. Elle ne se dit pas qu'elle est une héroïne. Elle ne se dit pas non plus qu'elle mène une guerre, qu'elle est une combattante. Elle sait qu'elle est un pion dans une tragédie. Pourquoi c'est dans cet instant qu'elle se rappelle Ingrid Lambert ?

Dans une tragédie, il n'y a pas d'issue.

Il n'y a pas d'échappatoire.

Tout coule inéluctablement vers la mort.

Je dois croire qu'il y a de l'espoir. Je dois croire que les choses peuvent changer, même si on s'épuise. Je crois qu'il y a de l'espoir pour nous tous. Oui j'y crois à ça.

Il y a Selma. Selma à 17 ans, Selma à 19 ans. Selma à 25 ans. Selma à 30 ans.

Tu es cynique Joan. Je trouve ça fou, que tu sois aussi cynique alors que quand il s'agit de musique, tu vibres tant.

Il n'y a plus de musique, Antona, même dans ma tête, elle a disparu.

Dis-moi que tu ne feras pas de connerie, dis-moi qu'on se retrouvera demain, qu'on écoutera tes musiques éclatées au sol en fumant des tonnes de clopes.

Pourquoi elle a un regard si triste Sousou, quand elle prononce ces paroles ? Est-ce qu'elle sait déjà ? Est-ce qu'elle sait que dans quelques heures elle tirera sur son oncle ? Qu'elle tiendra son arme droite, sans flancher, sans trembler, sans penser à l'alcool.

Joan Mendes n'était pas destinée à tuer. Ou peut-être l'avait-elle toujours été.

Peut-être était-ce une suite de coïncidences, ou peut-être y avait-il plus que cela.

Il y avait le récit d'Angela et son sang sur la moquette.

Il y avait l'exclusion du paquebot et le bac raté.

Il y avait l'arrestation de Sabri, et Fleury, et son suicide.

Il y avait la mort d'Amine.

Il y avait Hoïkos et la douleur dans le bas du dos.

Il y avait la rupture avec Rose et son cœur brisé par Antona.

Il y avait l'alcool.

Il y avait Casa.

Il y avait eu Casa.

Il y a sa mère en larmes au premier parloir. Elle dit :

– Pourquoi, Joan, pourquoi lui ?

Joan ne voit que le corps de Sabri partout dans ses rêves.

– Parce qu'Antigone aurait mieux fait de buter Créon.

Does anyone care?
What I've become.

Chapitre 30
Rock and Rosny – *I Love Rock'n Roll*

Samedi 23 juin 2017

Joan Mendes n'aurait jamais cru, enfant, qu'elle serait à la tête du plus gros festival de musique jamais organisé à Rosny-sous-Bois. Et pourtant il était là. Il se tenait là. L'énorme scène surplombait Danielle Casanova. « Casa ». C'était son festival, son bébé. Celui qu'elle avait porté des années durant comme un doux rêve. Un truc un peu trop grand pour elle.

Les affiches avaient été collées des mois durant. Les comptes étaient bouclés. Les préventes avaient été un succès. On attendait presque 3 000 personnes. Ce chiffre lui donnait un peu le vertige. Dans une heure, on ouvrirait. Et elle pourrait palper son rêve, enfin. Ce serait la première édition de Rock and Rosny. Pour la première fois depuis des années, Joan ressentait un bonheur infini. Elle ne pouvait s'empêcher de sourire.

– Même moi je me sens émue, alors que tu sais à quel point je ne comprends rien au rock.

Joan se retourne. Selma se tient derrière elle. Elle lui sourit. Tendrement. Tout autour d'elles les bénévoles s'agitent. On ajuste les derniers détails. Le son du talkie attaché à la ceinture de Joan se met en route. La voix de Sousou dans l'appareil est crachotante. « Joan ? Joan ? »

Selma rit un peu.

– On sent clairement qu'elle est stressée.

Joan prend le talkie et le porte à sa bouche.

– Oui Sousou ?

– Juste pour te dire au niveau des entrées, on est prêts. Y a une foule de malade.

– Merci Sousou, répond Joan, on ouvre dans une heure.

Elles avancent, Selma et elle, vers les loges. Elle frappe à la première loge, c'est Sabri qui lui ouvre. La loge est exiguë, mais un canapé en velours vert bouteille trône au milieu, sur lequel sont affalées la guitariste et la batteuse du groupe. Elles sont déjà prêtes. Le maquillage est impeccable. Tout est dans le look. Rien qu'à les observer, Joan a déjà envie de les voir se déchaîner sur scène.

– T'as perdu ta chanteuse ? demande Joan à Sabri.

Il sourit.

– Non, Mimi est partie chercher du Red Bull, on a encore une heure. T'inquiète même pas.

Joan sourit. Elle ne peut pas s'empêcher d'être anxieuse. Tout ne peut pas être aussi parfait. Il va forcément se produire quelque chose qui réduira tout en cendres.

– T'as pas envie d'être sur scène ? Ça te manque pas ?

Joan hausse les épaules.

– Viens, on va prendre un verre, t'as raison, il nous reste une heure.

Selma fait signe qu'elle va continuer le tour des artistes, pour vérifier que tout va bien. Sabri et Joan se dirigent vers la buvette. Derrière le comptoir, Hatoumata, la gérante de la buvette pour tout le week-end, est en train d'expliquer sèchement à une des serveuses la gestion de la caisse.

– Ça va ? vérifie Joan.

Hatoumata hoche la tête.

– Ouais, tranquille Joan, tout va bien se passer, dans le service on est toujours un peu comme ça à se parler comme des chiens, c'est notre façon de gérer le stress.

La serveuse dont Joan ne connaît pas le nom éclate de rire et acquiesce vivement. Joan sent alors la tension dans ses épaules se relâcher quelque peu. Elle demande deux whiskies-Coca pour Sabri et elle. Ils se regardent en silence en buvant lentement leurs verres.

– Je ne pense pas que ça me manque vraiment la scène, finit par dire Joan.

Sabri lève les sourcils.

– Je ne pense pas que The Ultimate Temptation ça a jamais été à propos de ça, ce que je voulais c'était transmettre le rock, c'était que d'autres vibrent comme moi. C'était à propos de transmettre la musique.

Sabri sourit.

– Tu te souviens ? De ce jour dans le garage ? « Qui viendrait à Casa même ? »

– C'est ce que tu m'avais dit. Je m'en souviens, oui, je pensais que tu aurais oublié, avec Fleury.

Sabri vient la prendre par les épaules et lui montre la foule qui s'entasse derrière les barrières.

– Qui viendrait à Casa même, répète-t-il la voix emplie d'une joie difficilement contenue.

– Tu vois je t'avais dit Joan, qu'on peut changer les choses !

Joan se retourne, Selma est à nouveau à quelques pas d'elle. Elle regarde ses deux amis. Elle se sent débordée d'une euphorie difficilement contenue. Son cœur pourrait exploser en cet instant même.

The Blast, le nouveau groupe de Sabri, ouvre la série de concerts qui doivent continuer jusque tard dans la nuit. C'est le premier soir à Rock and Rosny, les gens venus de toute la région parisienne se déchaînent sur leurs sons. Joan observe de loin au cas où elle serait appelée sur son talkie pour gérer une chose ou une autre. Elle voit Sergio et Ozzy hocher la tête en rythme. Plus loin, il y a Antona, cette fille qu'elle a un peu bousculée plus tôt dans la journée. Joan ne peut s'empêcher de penser que son look ne fait pas très rock and roll. Mais après tout elle sait que c'est ça aussi le rock, c'est venir comme on est, pour l'amour de la musique.

Puis, elle le repère dans la foule, il est loin, presque accroché à la scène. Il ne peut s'empêcher de chercher Sabri du regard. Ça fait des années qu'elle ne l'a pas vu. Elle les avait tous évités une fois Sabri sorti de Fleury. Elle avait tout abandonné, mis ça dans un coin de sa tête. Sabri lui avait dit un jour qu'il continuait à le voir de temps en temps. Mais pas régulièrement.

« Des fois j'ai l'impression qu'il est l'amour de ma vie. Mais même l'amour de ma vie, ça ne suffit pas à pardonner qui il est. »

Il est beau. Beau à en crever. Joan n'avait jamais vu un garçon, un homme puisque c'est ce qu'il était à présent, aussi beau. Pourtant sur sa colonne vertébrale, elle ressent un frisson de peur. Amine Allaoui, ça ne peut pas être une bonne nouvelle. Elle aurait pu penser qu'il était là juste pour venir écouter Sabri. Mais elle sait bien qu'il n'y a aucune chance que ce soit le cas.

– Ça va ? On dirait que t'as vu un fantôme.

Hatoumata porte une lourde caisse de bouteilles de Coca-Cola. Elles avaient été au lycée ensemble. Hatoumata a un an de plus qu'elle. Elles ne se sont jamais vraiment fréquentées, mais Joan sait qu'elle a déménagé avec sa tante aux 3000, lors de son année de terminale. Elle lui indique du doigt Amine.

– Ah Allaoui. Oui je l'ai vu tout à l'heure au bar.

Hatoumata pose la caisse sur une des tables vides.

– Tu ne t'imaginais quand même pas qu'il n'y aurait pas de dealers dans ce festival.

Joan secoue la tête.

– Amine c'est pas juste un dealer.

Hatoumata acquiesce.

– Non, c'est vrai. Mais qu'est-ce qu'on peut faire ?

Joan hausse les épaules et lui offre un maigre sourire.

– Probablement rien.

Une fois le set de Sabri terminé, Joan le rejoint en loge. Il est en train de serrer tout le monde dans ses bras. Le maquillage autour de ses yeux a coulé complètement sur son visage. La sueur perle sur son torse nu. Au loin, on entend la foule acclamer le groupe suivant. Joan félicite The Blast, puis bifurque dans le couloir sombre qui l'emmène dans son bureau provisoire.

C'est là qu'elle sent sa présence dans son dos. Elle ne se retourne pas, cela ne sert à rien. Elle le sait. Il le sait.

Elle ouvre le bureau, les mains légèrement tremblantes. Il pose sa main sur son cou, avec une pression légère. Il ne dit rien, il la pousse à peine pour entrer. Elle se retourne et lui fait face. Il ouvre simplement sa veste, dévoilant le revolver à sa ceinture.

– C'est ton oncle qui m'envoie, murmure-t-il doucement.

Sa voix est presque chantante.

– Ne fais pas ça Amine.

– Tu organises un énorme festival, ça brasse de l'argent Joan, tu sais bien qu'il faut payer.

Joan acquiesce.

– Si les comptes ne sont pas en règle, les subventions sauteront, et alors il n'y aura pas une deuxième édition.

– Tu es intelligente Joan, tu trouveras une solution.

Joan sent les larmes sur ses joues.

– Parfois, tu ne penses pas qu'il y a mieux, mieux que tout ça ? Qu'on peut changer les choses ?

Amine lui sourit et tend la main.

– C'est tout ce qu'il y a Joan, il faut juste jouer son rôle.

Au fond de sa cellule, Joan ne cesse de se remémorer ce souvenir. Ce moment, où elle avait vu son rêve partir en fumée. Il faut jouer son rôle. La tragédie était bien orchestrée.

Elle attend un procès, joué d'avance.

Il n'y a rien à attendre.

Chapitre 31
D'autres voix et fin – *Killing in the Name*

Samedi 23 novembre 2019

Châtelet-les-Halles annonce la voix grésillante. Wu Xiu l'entend à peine avec le son au maximum dans ses écouteurs. Elle se précipite dans la cohue et court presque dans les Escalator. Elle ne vient que rarement à Paris, mais quand elle vient c'est toujours ici. Comme si Paris tout entier se trouvait dans cet immense supermarché. Les trois étages semblent interminables mais elle ne doit pas mettre plus de cinq minutes à sortir Porte Lescot. Assise sur un des plots, engoncée dans une énorme doudoune violette, elle reconnaît facilement Rose, pourtant cela fait des années qu'elle ne l'a pas vue. Son visage n'a pas tant changé, il s'est peut-être quelque peu émacié. Ses joues ne sont plus aussi rondes qu'elles l'étaient auparavant. Ses yeux par contre ont perdu l'étincelle que Xiu leur avait connue. Ils sont gonflés, sans doute par ces derniers jours et des nuits de larmes. Quand elle l'aperçoit, Rose lui offre un maigre sourire, puis elle s'avance. Elles se serrent dans les bras, et leurs corps à toutes deux sont secoués de sanglots. Elles finissent par se détacher, et elles errent dans les rues. Le vent de novembre souffle sur la peau de leurs visages. Elles ne parlent pas. Parfois, Rose pleure à nouveau. Xiu ne dit rien, elle n'a pas de mots réconfortants. Elle avait prévenu Rose, parce qu'elle s'était dit que Rose voudrait savoir. Le lendemain, le visage de Joan passait en boucle sur BFM-TV. L'histoire qu'ils racontaient était violente, la vraie ne l'était pas moins. Il n'y aurait pas de rédemption pour Joan, ni de comité de soutien. Elle avait tué son oncle de sang-froid. Elle l'avait attendu, elle s'était cachée et elle l'avait tué. Sans remords.

Arrivées sur la place de l'Hôtel-de-Ville, elles prennent du vin chaud pour se réchauffer. Rose allume une cigarette avec des doigts engourdis.

– J'ai repris, dit-elle avec une voix d'excuse, quand j'ai appris, pour Joan.

Xiu acquiesce. Elle ne dit toujours rien. C'est Rose qui lui avait proposé de se voir. Elle avait toujours aimé Rose quand elle sortait avec Joan. C'était une personne joyeuse et drôle. Plus maintenant, pense Xiu.

– Joan m'avait dit que t'allais te marier, c'est pour quand ?

– Oh, elle t'a dit ça hein, sa voix se brise, normalement c'est en mai mais je ne sais plus maintenant.

Les larmes de Rose reprennent. Mais maintenant, ces larmes commencent à irriter Xiu. Sa meilleure amie est en prison. Elle ne devrait pas y être. Une rage explose en elle. La rage qu'elle aurait dû ressentir depuis des jours est là à présent.

– Ne fais pas ça Rose, finit-elle par dire sèchement.

– Quoi ?

– T'imaginer qu'elle est importante dans ta vie parce qu'il y a eu une tragédie. Ça fait dix ans que vous vous êtes séparées.

– Ça n'empêche pas qu'elle est importante dans ma vie.

– Depuis quand ? Depuis une semaine ?

– Tu es injuste, Sousou.

– Je ne m'appelle plus Sousou, Sousou, c'est comme ça que ma meilleure amie m'appelait quand je pensais que quelle que soit la dureté de la vie, on serait là l'une pour l'autre. Maintenant c'est Xiu, juste Xiu.

Rose hoche la tête et tire une bouffée de cigarette.

– Tout ça c'est fou, il y a tant de choses que je ne comprends pas.

Xiu passe son bras sur l'épaule de Rose et lui donne un baiser sur la joue.

– Je vais y aller. Je ne crois pas que tu devrais essayer de comprendre. Elle est coupable, elle va prendre quinze ans peut-être vingt.

– Et tu ne veux pas me dire pourquoi ?

– Je ne sais pas pourquoi. Je sais ce qu'il s'est passé. Je connais les faits, je peux te les citer dans l'ordre chronologique, mais je ne sais pas pourquoi.

Rose écrase son mégot. Xiu se lève pour partir.

– Et ça te va ?

Xiu se retourne. Elle lui sourit.

– J'espère qu'un jour tu apprendras à aimer sans condition, Rose.

Elle s'en va. Le vent souffle si fort qu'elle peut à peine ouvrir les yeux. Demain, elle ira voir Joan. Elle ne lui dira pas qu'elle a vu Rose, elle ne lui dira rien. Mais oui, elle lui dira qu'elle l'aime, qu'elle l'aimera toujours quoi qu'il se passe.

Pantin, le 30 novembre 2019

Chère Joan,
J'ai mis longtemps à t'écrire. Non pas si longtemps, mais trop longtemps. Je n'avais pas les mots. Je ne savais pas quoi te dire, je ne savais pas quoi écrire. Quand Selma m'a contactée, j'ai cru à une mauvaise blague. J'allume rarement la télé, je ne savais pas ce qui se passait à Hoïkos, d'ailleurs je ne savais pas que tu travaillais à Hoïkos.
Je ne sais pas si ça a un lien. Après ça j'ai lu toutes les informations que j'ai pu trouver. Je sais que ton oncle était un trafiquant, je suppose qu'il t'a fait du mal d'une manière ou d'une autre. Je sais ce qu'ils racontent partout. Mais pour moi tu es innocente. Et je dois te dire la seule chose que je puisse te dire. Je t'aime toujours. Enfin. Je t'aime, puisque je ne te l'ai jamais dit. J'avais peur. Et maintenant, c'est trop tard. Je serai là au procès.
Avec tout mon amour,
Antona

Antona relit la lettre. Elle soupire et frappe dans le bureau de rage. Elle roule en boule la lettre qui rejoint la corbeille en papier comme les quinze précédentes. On frappe à la porte. La porte s'entrebâille, Charles, son compagnon, passe la tête par la porte.

– Ma mère veut savoir si on les rejoint pour skier à Courchevel à Noël, on n'a toujours pas répondu.

Antona rejette sa tête en arrière.

– Oui, ça me fera du bien.

Il lui sourit et referme la porte derrière lui. Elle prend une nouvelle feuille et s'applique en écrivant « Chère Joan ».

Mercredi 3 juin 2020

Selma et Xiu arrivent ensemble chez les Mendes, c'est Ozzy qui ouvre la porte. Ses longs cheveux bouclés sont attachés en queue-de-cheval. Il porte un costume noir qui semble jurer avec son physique. Selma aurait ri si le jour n'avait pas été aussi dramatique.

– Maman est presque prête, marmonne-t-il, elle refait son maquillage pour la troisième fois, même s'il partira dans cinq minutes.

Selma sourit. Ozzy ne peut s'empêcher d'être sarcastique même le jour du procès de sa sœur.

Sergio arrive dans la cuisine et leur sert du café.

– C'est bien que vous soyez là, y aura pas grand monde pour soutenir Joan.

Selma le regarde et prend sa main. Elle la serre fort.

Elle qui n'écoute jamais de rock se rappelle soudain des paroles d'une chanson que Joan lui avait fait écouter il y a des années.

Some of those that burn crosses are the same that hold office.

Jeudi 11 juin 2020

Au bar Le Danube, Rachel est assise avec un café brûlant et une cigarette à la main. Le soleil éclaire son visage.

Élise Andreani arrive quelques minutes après. Rachel fait signe au serveur d'amener un deuxième café. Elle prend une cigarette dans le paquet qui est posé sur la table.

– Alors ?

– Elle a pris douze ans, ferme.

Rachel sourit.

– C'est pas si mal, ç'aurait pu être pire. Dans six ou sept ans elle sera libérable non ?

Élise hausse les épaules.

– J'ai fait un beau réquisitoire.

– Je n'en doute pas.

– Mais ça n'a pas suffi.

– Elle était coupable Élise, tu ne pouvais pas faire un miracle.

– Coupable ?

– Elle l'a tué.

– Il a tué lui aussi.

– Et alors, du coup on se fait justice soi-même ?

– Tu ne l'as pas connue, tu ne sais pas qui elle était. Tu ne sais rien.

Rachel continue de sourire.

– Je sais que je t'aime.

Élise fronce les sourcils.

– Ce n'est pas drôle Rachel.

Rachel prend sa main et la caresse doucement.

– Vois le bon côté des choses, tu as gagné le procès en appel de Djebbari.

Mercredi 8 juillet 2020

L'inspecteur Girard s'essuie son front ruisselant. Le mois de juillet a amené la canicule et le commissariat de Gonesse n'a toujours pas la clim. Il finit de rédiger un rapport quand on frappe à la porte.

C'est l'officier Perret. Elle se tient droite, les épaules tirées en arrière.

– Oui Perret ?

– L'IGPN, chef.

– Oui quoi ?

Elle lui tend le courrier. Girard l'ouvre et le lit rapidement.

– Alors ?

– Allaoui ne fait officiellement plus partie de la police.

– Vous vous attendiez à autre chose, chef ?

– Non. C'est... Non. Merci Perret.

Elle lui sourit. Son uniforme est impeccable. Pourtant sous sa chemise blanche, il jurerait voir une croix gammée. Il secoue la tête. En un an, c'était devenu une bonne flic.

Some of those that work forces, are the same that burn crosses.

La playlist de *Dernier Recours*

Children of the Grave – Black Sabbath
Angie – The Rolling Stones
Lonely Day – System Of A Down
Last Resort – Papa Roach
Boys Don't Cry – The Cure
I Wanna Be Sedated – Ramones
Another Brick in the Wall, Pt2 – Pink Floyd
Behind Blue Eyes – The Who
You Really Got Me – The Kinks
People Have the Power – Patti Smith
Ziggy Stardust – David Bowie
Burn Them Prisons – Leftöver Crack
Tip the Scales – Rise Against
Money – Pink Floyd
Drunken Lullabies – Flogging Molly
State of Fear – Useless ID
One Dead Cop – Leftöver Crack
November Rain – Guns N' Roses
Rich Kids – New Medicine
Toxicity – System Of A Down
Where Did You Sleep Last Night – Nirvana
Cocaïne – Eric Clapton

Bullet with Butterfly Wings – The Smashing Pumpkins
Enter Sandman – Metallica
Don't Leave Me Now – Supertramp
We're Not Gonna Take It – Twisted Sister
War Pigs – Black Sabbath
Eat The Rich – Aerosmith
Running Up That Hill – Kate Bush
Ode To My Family – The Cranberries
I Love Rock'n Roll – Joan Jett & the Blackhearts
Killing in the Name – Rage Against The Machine

Vous pouvez aussi retrouver la playlist sur Spotify :

Remerciements

Ce roman n'a jamais été prémédité, comme la tragédie de Joan Mendes, il est le fruit de coïncidences et de rencontres dans un monde que j'ai à cœur de continuer à écrire avec toutes ses complexités.

Je remercie en premier lieu Yannick Dehée, le directeur de Nouveau Monde éditions et Cécile Majorel, mon éditrice, pour m'avoir fait confiance et surtout pour s'être montrés aussi enthousiastes face à ce roman.

Un merci tout particulier à Sakina qui m'a lue et relue, conseillée, écoutée et soutenue depuis les bancs de Paris 8 jusqu'à aujourd'hui.

À cela, j'ajouterais un grand merci à Laurine et Léo pour avoir été mes premiers relecteurs, ainsi qu'à Pépinou pour ses précieux conseils musicaux.

En vrac : merci à Laurence Orban, mon ancienne professeure de français qui m'a tendu la main au moment où j'en avais le plus besoin, à Tasnim dont la solidarité et l'amitié dans les premières années de carrière m'ont empêché de claquer la porte de l'Éducation nationale, à Sihem pour Rosny-sous-Bois et pour tout le reste, à Tarik et Tiphaine pour leur amitié des années durant qui m'a fortement inspiré ce roman et à mes sœurs, elles savent pourquoi.

À ma mère, Marianne, qui m'a appris la dignité des pauvres.

À mon père, Jean-Claude, qui m'a appris celle d'un ouvrier qui se bat.

Comme toujours, à celles et ceux qui luttent chaque jour pour changer le monde.

Enfin merci à Salomé d'exister dans ce monde étouffant.

Déjà paru dans la collection

SANG-FROID

DAVID D'ÉQUAINVILLE
PASCAL HENRY

MONACO CONFIDENTIAL

nouveau monde

SANG-FROID

INÉDIT
PIERRE COURRÈGE
LA PHOTOGRAPHIE
L'AUTRE MISSION EICHMANN

INÉDIT

JACQUES
BAUDOUIN

L'ESPION
ET LE CARDINAL

nouveau monde

SANG FROID

Achevé d'imprimer en France par Normandie Roto Impression s.a.s.
en avril 2025 - Dépôt légal : mai 2025 - n° d'impression : 2501798